LUZES & SOMBRAS

A JORNADA

ANDREZA CARÍCIO

LUZES & SOMBRAS

A JORNADA

CITADEL
Grupo Editorial
2024

Luzes e sombras: a jornada

1ª edição: Abril 2024

Autora:
Andreza Carício

Preparação de texto:
Fernanda Guerriero

Revisão:
Daniela Georgeto
Rebeca Michelotti

Projeto gráfico e diagramação:
Gabriel Silva

Capa:
Raul Vilela (ilustração)
Dimitry Uziel (layout)

DADOS INTERNACIONAIS DE CATALOGAÇÃO NA PUBLICAÇÃO (CIP)

Carício, Andreza
Luzes e sombras : a jornada / Andreza Carício.
— Porto Alegre : Citadel, 2024.
304 p.

ISBN 978-65-5047-421-8

1. Ficção brasileira 2. Ficção científica 3. Espiritualidade
I. Título

24-0644 CDD - B869.3

Angélica Ilacqua - Bibliotecária - CRB-8/7057

Produção editorial e distribuição:

CITADEL Grupo Editorial
contato@citadel.com.br
www.citadel.com.br

Hoje, segure em suas mãos não apenas um livro, mas sim uma jornada. Uma jornada que começou a ser tecida nos anos 2016 e 2017, mas que, como as mais preciosas obras de arte, precisou de sete anos para desabrochar plenamente diante do mundo. Cada palavra, cada frase, cada página desta obra foi banhada na espera paciente por uma confirmação divina, uma luz que finalmente iluminou o caminho para o seu lançamento.

É com humildade e gratidão que dedico este livro a você, caro leitor, pois sei que você é a alma que dará vida a cada personagem, a cada dilema, a cada triunfo. É Deus, o autor supremo, quem merece nossa primeira homenagem, pois Ele é a fonte de toda inspiração e sabedoria. Foi Ele quem guiou cada passo, quem soprou as palavras ao vento e quem colocou em meu coração a missão de compartilhar esta história com o mundo.

Minhas amadas filhas, Lise e Lais, vocês foram as musas que inspiraram cada página deste livro. Cada sorriso, cada abraço, cada momento compartilhado encheu meu ser de amor e determinação. A maternidade transformou-me, moldou-me numa mulher que nunca imaginei ser, e é por vocês que este livro carrega uma autenticidade ímpar, uma profundidade de sentimentos que só uma mãe é capaz de compreender.

Ao meu amado Tiago, meu eterno companheiro nesta jornada da vida, meu coração transborda de gratidão. Somos como dois polos opostos que se complementam, que se fortalecem na diversidade, que se enriquecem nas diferenças. É ao seu lado que encontro forças para enfrentar os desafios, para celebrar as conquistas e para acreditar no poder dos nossos sonhos.

Esta é mais do que uma história. É um testemunho de lutas vencidas, de obstáculos superados e de fé inabalável. É a certeza de que, mesmo nos momentos mais sombrios, a luz sempre encontrará um caminho para brilhar. Que esta obra possa tocar seu coração, despertar sua alma e inspirar sua jornada. Pois, assim como eu, acredito que você colherá os frutos do que plantar, mesmo que às vezes a colheita demore a chegar.

INTRODUÇÃO

Era o ano de 2003 na Terra. Em Dragon, não havia contagem de tempo.

Aproximava-se o dia do Grande Eclipse.

Todo o Reino de Dragon ansiava por aquele espetáculo da natureza. Exceto Lis, pois pressentia que algo estava prestes a acontecer. Com densidade espiritual escura, Dragon era um planeta distante da Terra onde seus habitantes levavam uma vida sombria.

Aqueles que ali viviam estavam acostumados a caminhar entre as ruas cinzentas, num cenário pedregoso. Embora aquele reino tivesse a mais avançada tecnologia, não havia energia vital disponível, o que tornava o ar pesado. Além disso, era como se todos estivessem sem vida. Pareciam zumbis.

A forma física dos dragonianos assemelhava-se à dos terráqueos, embora conservassem a expressão fria, já que não demonstravam sentimentos. Era comum ver dragonianos aparentando estar cansados, com os olhos fundos, como se estivessem doentes, embora aquele fosse seu aspecto normal.

Em Dragon havia contêineres numerados nos quais cada habitante passava a noite. A maioria não tinha sequer janela para que entrasse a pouca luz existente no lugar. Os dragonianos consideravam a proteína animal a mais indicada para lhes servir de alimento, por isso, em lugares afastados dos centros, eram promovidas caçadas a fim de que perseguissem e matassem os animais que consumiriam em seguida.

O sistema de ensino era comandado por Saddah, que revisava as lições a serem divulgadas a cada novo habitante por meio das telas de LED espalhadas por pontos das cidades. Dessa forma, o líder de Dragon realizava uma espécie de lobotomia em todos, que acreditavam em tudo aquilo que ele queria.

Enquanto os habitantes daquele reino trevoso celebravam a data que tiraria o Sol de cena, Lis sentia uma angústia tomar conta do seu reino interior. Fazia alguns meses que aquela sensação de aprisionamento a incomodava. Ela não lembrava o que era felicidade, mas, assim como todos do reino onde vivia, estava habituada a ser infeliz, mesmo sem se dar conta disso. Era curioso como, de repente, fora invadida por uma iminente vontade de fugir dali. Como se algo dentro dela quisesse nascer e lutar. Lutar e fugir.

Lis passou a relembrar os dias que precediam aquele desejo inoportuno. Entendeu que fora logo depois de descobrir que a barriga cresceria, da qual nasceria uma criança. Já estava sem vida quando percebera que esperava um filho de Saddah. Ao contrário do que imaginava, sentia algo se desenvolver dentro de seu peito. Uma fagulha de amor a invadia e ela se iluminava pouco a pouco, como se ganhasse força e beleza.

Os dragonianos ao seu redor enxergaram aquela mudança repentina, inclusive Saddah, que se incomodava com tal transformação. O corpo de Lis tomava uma forma arredondada e sua alma parecia ter outra tonalidade. Era uma alteração nítida que proporcionava beleza e força a ela, o que fazia sua sensibilidade aumentar. Ao mesmo tempo, Lis tinha necessidade de se manter mais recolhida. Sempre que colocava a mão na barriga, sentia uma espécie de reconhecimento, como se algo que fizesse parte de sua essência despontasse.

De seu ventre sairia uma nova vida. Uma vida que ela não reconhecia como dela. Aliás, mal se lembrava de como sua vida se tornara tão... sem vida. E aquela mudança fazia parte de uma metamorfose que a levaria a um encontro consigo mesma.

Lis observou Saddah. Ele era um homem imponente e bonito, de pele clara e firme, com olhos castanho-claros cuja expressão lhe conferia um ar de superioridade, já que estava sempre com um sorriso irônico de lado e tinha um olhar penetrante. Quando Lis ousava encará-lo, sentia-se ameaçada. Naquele momento, ele dormia um sono profundo. Ela não sentia mais aquela paixão violenta. Algo estranho acontecia em seu íntimo.

Lis sempre acreditara que o pai do filho que carregava era alguém confiável, um líder a quem poderia seguir por onde fosse, mas a verdade era que Saddah roubava a energia de Lis e a manipulava, sem qualquer pudor, para nutrir a si mesmo e a Dragon.

O vigor que fazia com que ele conseguisse se erguer todas as manhãs vinha de Lis, que não era qualquer uma, e sim uma Geradora de Energia das mais poderosas. Só que Saddah era um sugador e arquitetava um plano ardiloso para criar um cenário em que ela gerasse energia apenas para ele. Aproveitava-se da intimidade entre os dois para fazer Lis lhe transferir, inconscientemente, todas as suas forças. De início, quando a conheceu, Saddah a roubava por meio da persuasão, mas, aos poucos, foi desenvolvendo novas técnicas. Como Lis tinha uma alma pura, ele criava condições para que ela lhe desse sua energia de boa vontade.

Por meio do toque das mãos, Lis muitas vezes o consolava e transmitia seu amor incondicional. Com seu abraço caloroso, ela o fazia sentir-se cheio de vitalidade. O olhar dela, poderoso, o tornava viciado naquela energia forte o bastante para mantê-lo abastecido por semanas. No entanto, a maneira mais eficaz que ele encontrara de dominá-la era por meio da energia sexual, em que ele se fundia ao campo energético dela, enfraquecendo-a para roubar sua melhor energia.

Como Lis não tinha consciência de que ele a vampirizava constantemente, doava e sentia-se fraca, mas logo depois gerava mais energia para si mesma, já que era uma fonte inesgotável de seu planeta de origem, Yevé.

Por meio de uma artimanha ardilosa de Saddah, Lis fora atraída para as trevas e, assim, perdera quase todo o brilho que tinha dentro de si. Os dois já tinham vivido juntos num reino de luz, mas ela não conservava a memória de lá pelo simples fato de que nem as lembranças com vibração positiva poderiam sobreviver à densidade de Dragon. Era como se imediatamente, ao entrar em Dragon, uma força bloqueasse qualquer sintoma ou sinal de felicidade, pureza e alegria, dado o nível baixo de energia em que o planeta vibrava.

No entanto, Saddah não imaginava que seus planos um dia poderiam falhar.

Quando ele decidiu que teriam um filho, não previu que se sentiria mais fraco com aquela gravidez. Era como se Lis fosse incapaz de doar energia para ele e para o bebê. Ao mesmo tempo, ela percebia em si uma nova frequência com a gestação. Aos poucos, conforme a barriga crescia, Lis se sentia bem; nela fluía uma leveza palpável. O que parecia impossível naquele reino trevoso começava a acontecer: com sua energia pura, Lis brilhava.

Recusando-se a aceitar as mudanças, Saddah decretara que daria um jeito de afastar Lis do bebê assim que ele nascesse. Tinha medo de perdê-la e se apavorava com a possibilidade de vê-la nutrindo amor por outro ser. A obsessão por ela se confundia com amor. Queria Lis para si e não aceitava dividi-la com mais ninguém.

Certo dia, com o bebê em seu ventre e buscando paz, Lis emitiu uma luz tão forte que o clarão iluminou a constelação vizinha: um reino de amor chamado Yevé. Era de lá que ela vinha, embora não pudesse se lembrar disso. Nesse planeta, as esferas de luz maiores viviam em paz e seus habitantes se encontravam em estado elevado de consciência. Em Yevé, os seres vibravam amor por seus semelhantes e desconheciam emoções negativas. Naquele reino, a luz e a alegria se faziam presentes em todos os espaços e seus moradores vibravam pureza e energias elevadas.

Era uma tarde em que o Grande Sol se punha, trazendo sinais de que havia um grito de socorro em algum lugar do Cosmos. Através da clarividência, os sábios e iluminados habitantes de Yevé sentiram que uma ex-habitante clamava por misericórdia e perdia energia. Foi então que o Conselho de Yevé se reuniu para tentar sentir quem era ela e de onde provinha a energia da missionária, até que descobriram se tratar de um Ser de Luz que estava por muito tempo preso num lugar escuro e sombrio, construído pelo Rei das Trevas. Extremamente preocupados, tentaram pensar numa maneira de ajudá-la. Sabiam que Saddah era manipulador e que conduzira muitos daquele reino para Dragon com promessas que jamais seriam cumpridas. Tinham consciência de que ele a usaria para construir outros reinos e manter a energia local, pois o poder de sedução dele era grande. Ela já não tinha clareza para discernir, visto que Saddah provocava nela uma fascinação obsessiva através de sua manipulação doentia.

Assustados com a capacidade de Saddah de sugar a energia de Lis, notaram que dentro do ventre dela estava a salvação. Lis seria salva por aquela criança. Detectado isso, iniciou-se uma corrida contra o tempo: dentro de dois dias, o Grande Eclipse abriria o Portal Cósmico Tridimensional, o único portal entre as duas constelações a ser aberto naquele século e o momento em que Lis seria resgatada. A pressa era genuína e eles sabiam que não haveria outra chance de resgate. Todos sentiam que Lis necessitava de força para retornar.

Lis tentava entender aquela sensação estranha que a acompanhava. Via os contêineres e sentia-se sufocar por estar num local frio e sem vida, mas não compreendia o porquê. Não conseguia se recordar dos campos floridos de Yevé, nem dos animais soltos e dos jardins com flores das mais variadas formas e aromas. Em Dragon, ela se sentia murcha, fria, sem vida e pavorosamente sem fé. No entanto, a esperança parecia querer nascer com o bebê que carregava na barriga. Lis sabia que seus sentidos estavam diferentes.

Na manhã seguinte, um dia antes do Grande Eclipse, Lis caminhava sozinha pelo morro quando dores no baixo ventre a atingiram, irradiando para as costas, indo e voltando. Não sabia que esse era o sinal de que seu filho estava prestes a vir ao mundo. A intensidade era maior, porque em Dragon seu corpo era incapaz de produzir ocitocina, o hormônio do amor, responsável por aliviar as contrações musculares uterinas de uma gravidez. Seu corpo apenas respondia à dor.

Inundada pelo medo, Lis pensou que morreria. Correu para dentro da sala que Saddah preparara especialmente para aquele momento e colocou a cabeça entre os joelhos, ao mesmo tempo que se prostrou ao chão. Já não tinha mais forças. Nunca sentira aquela dor e acreditava que suas costelas partiriam ao meio. Saddah observava o trabalho de parto inquieto e Lis implorava que ele a ajudasse, mas ele resolveu contar com a ajuda de uma dragoniana. Saddah escolheu Yunet para cuidar de Lis e saiu dali.

Yunet parou ao lado de Lis e a fitou com seus olhos verdes. Os cabelos dela eram claros, e a pele, cheia de sardas. Apesar de parecer inocente, Yunet sempre conseguia o que queria para se beneficiar e acreditava que aquela seria uma excelente estratégia para obter a confiança de Saddah. Invejava a condição de Lis de trazer um filho ao reino.

O talento nato de Yunet estava relacionado à doação de energia. Ela sabia como cuidar e doar parte de si mesma, o que fazia involuntariamente. Por causa da atração física que sentia por Saddah, tentava chamar a atenção dele para si doando sua energia, pois sabia que era assim que Lis o atraía. No entanto, sempre enfraquecia por não conseguir se reabastecer depois das constantes doações.

Com muita dor, Lis chegou ao segundo dia de contrações. Seu corpo estava quase desfalecido. Sozinha, enfrentou seus medos e sombras. Entrou nas trevas da própria alma e revisitou todos os episódios de sofrimento que já enfrentara. Foi então que, como quem roga por uma salvação, suplicou:

– Misericórdia!

Cada letra brotava de seus lábios e ela as repetia, como se fizessem parte de seu repertório.

Ouviu-se um estrondo. Em Dragon ninguém jamais clamara por misericórdia. E era uma palavra de poder, que podia interceder pelas forças de luz que a resgatariam. Lis fortaleceu-se, como se tivesse recebido uma injeção de ânimo. Ao mesmo tempo que seu corpo expelia o bebê, uma lágrima escorria de seus olhos. A felicidade brotava e iluminava todos os cantos do planeta. A luz trazia uma nova fenda na escuridão.

Saddah, que se isolara numa montanha para não presenciar o nascimento do filho, soube o que estava acontecendo. A luz em Dragon tornara-se tão intensa que até mesmo o eclipse parecia desistir de apagar o Sol. Aquela luz era a chama do amor que Lis via nos olhos do filho. Quando notou algo diferente na energia de Dragon, Saddah retornou para ver o que estava prestes a acontecer.

* * *

Já fazia dois dias que Lis e Yunet estavam num local afastado onde Saddah ordenou que ficassem. Era uma sala no alto de uma colina cercada por magnetos e pedras escuras que isolavam o lugar de quaisquer energias. Saddah criara um ambiente em que seu filho e herdeiro pudesse ser abastecido desde o nascimento. A única a presenciar o momento foi Yunet, que parecia imobilizada. Ela ainda não tinha qualquer compreensão das forças que a moviam.

Enquanto isso, começava o Grande Eclipse. Todos os habitantes experimentavam um misto de pavor e curiosidade enquanto o evento parecia movimentar forças desconhecidas da natureza. Ninguém vira o Sol desaparecer daquela maneira antes.

Por alguns segundos, a Lua eclipsou o Sol. E na escuridão, todos petrificados com o acontecimento, outra luz se formava, abrindo um Grande Portal e deixando os dragonianos absortos no medo, com a mente confusa. Sentiram-se ameaçados e correram para os contêineres onde viviam, na tentativa de fugir de qualquer evento perturbador.

Lis, por sua vez, entregava-se num misto de cansaço e reverência. Sentia o coração pulsar e uma alegria e felicidade das quais não se lembrava, mas que já experimentara em outras épocas, em outro reino. Foi então que todo o Reino de Yevé se mobilizou para o grande resgate. Com a força da luz, sugaram os corpos energéticos de Lis, que ainda estavam ligados a Saddah, e a envolveram num manto de proteção.

O portal acabara de ser aberto e o corpo de Lis levitava em direção a ele, como se levado para um buraco de minhoca. Yunet segurava o bebê com toda a força, com medo de que aquela luz o levasse também. Perplexa e amedrontada, Lis fechou os olhos na esperança de que tudo aquilo não passasse de uma ilusão. A luz emanada pelo portal era capaz de cegar quem a encarasse, já que em Dragon não existia qualquer referência de energia tão forte e pura como a que resgatava Lis.

Então, todos ouviram um estrondo. Saddah chegou em tempo de ver o seu grande amor partir, sem conseguir impedir que ela se fosse. Possuído pela raiva, levantou seu cajado e bateu com força no chão, na tentativa de barrar sua liberdade. No entanto, foi em vão.

Quando o Grande Eclipse estava prestes a acabar, ele percebeu que enfraquecera. Lis partia, carregada pelos emissários de Yevé, levando consigo a energia que o abastecia. Saddah ainda tentou subir pelo halo de luz e atravessar o portal, mas não foi possível, já que aquele clarão o cegava. Lembrou-se da criança e correu até Yunet para buscar o filho. Impetuoso, usou todas as forças para evitar que o bebê fosse levado. Lis, num ato de coragem, abriu os olhos e estendeu as mãos. Pela primeira vez, Saddah viu o seu olhar iluminado, dirigido a outro ser: ela amava aquela criança. Consumido pelo ódio, lançou uma onda de horror, que afastou o bebê para bem longe dali.

O portal se fechou sem que ninguém soubesse o que acontecera. Exceto Saddah. Lis tinha sido resgatada pelo Reino de Yevé, e o filho deles, fruto de dois reinos tão distintos, fora abduzido pela magia negra lançada pelo mastro de Saddah, que fez uma luz escura conduzir o menino a outro planeta, a um mundo de provas e expiações não tão escuro quanto o Reino de Dragon, mas longe de ter a beleza de Yevé.

Enfraquecido, Saddah cravou as unhas no rosto até que sangrasse. Ele sabia que não teria forças sem Lis. Inconformado, urrou de dor e prometeu, com o próprio sangue na ponta dos dedos, que a traria de volta e se vingaria do Reino de Yevé, sugando toda a energia do planeta Terra para isso.

Aquele era só o começo de uma batalha entre luz e sombra.

CAPÍTULO I
O RESGATE DE LIS

Era o ano de 2003 na Terra. Em Yevé, o tempo corria sem pressa.

Lis abriu os olhos, que pareciam úmidos. Piscou algumas vezes na tentativa de enxergar ao seu redor e percebeu que não sabia onde estava.

Havia um cheiro desconhecido no ar, e ela inspirou com força. Seu corpo parecia ter retomado todos os sentidos, embora estivesse leve demais. Era a primeira vez que se lembrava de se sentir daquele jeito. Era como se sua pele clara fosse ganhando novamente o viço e a beleza naturais. Sua suavidade e delicadeza se tornavam ainda mais evidentes, fazendo seus olhos verdes parecerem duas esmeraldas. Seus cabelos escuros estavam ainda mais sedosos. Era como se sua beleza tivesse sido mantida escondida durante o período em que estivera em Dragon, cedendo energia a Saddah.

Uma onda de bem-estar fez seus olhos lacrimejarem. As pontas de seus dedos pareciam quentes e brilhantes. Percebeu-se numa espécie de bolha de ar, uma película muito fina que a separava do jardim que a cercava dentro do campo fechado. Ela se sentou na cama revestida de algodão e colocou os pés no chão, instante em que a onda de bem-estar mais uma vez a invadiu.

Lis chorou. Era um choro que ela não sabia de onde vinha, mas explodia no seu peito e a fazia se sentir bem. Sorriu ao notar um pássaro a observando através da película. Não conseguia expressar alegria fazia muito tempo, nem sentir qualquer sensação boa quando estava em Dragon. Escutou o som das asas de uma borboleta. Seus sentidos estavam apurados. Era como se estivesse reconectada à Fonte. Enquanto no Reino de Dragon as pessoas quase não respiravam, nem sentiam ou enxergavam qualquer encanto natural, Lis renascia ali, no Reino de Yevé.

As energias entre os dois reinos eram tão distantes que ela mal conseguia se lembrar de onde viera. Isso acontecia porque Dragon vibrava numa frequência baixa e, portanto, apenas emoções negativas coexistiam nos organismos vivos. Em Dragon, as pessoas sentiam medo, inveja, raiva e rejeição. Em Yevé, ao contrário, o amor reinava e a frequência energética era tão elevada que os seres que ali habitavam expressavam ondas de gratidão, alegria, entusiasmo e satisfação que inundavam seus corações. O bem-estar era mantido e compartilhado entre todos, gerando energia constante para que pudessem manter vivo aquele núcleo de paz.

Como acabara de chegar de Dragon, Lis ainda não podia vivenciar tudo aquilo com intensidade, mas sair daquela atmosfera negativa a fazia sentir e experimentar uma pequena dose da felicidade que inundava os corações dos moradores de Yevé. Lis ainda não sabia, mas o isolamento provocado pela película de ar era necessário: seu corpo não conseguiria receber uma energia tão forte depois de tanto tempo em desordem.

Em Yevé todos se vestiam com panos esvoaçantes cujo caimento não perturbava a pele. Os grupos tinham talentos específicos e viviam em aldeias separadas nas quais desenvolviam dons e habilidades ao lado dos anciãos e sábios. Dessa forma, a transferência de conhecimento era contínua e ilimitada.

Para não desequilibrar o reino com a energia trazida de Dragon, Lis havia sido blindada. Aos poucos, receberia os cuidados necessários para reparar seus corpos e campos emocionais, espirituais, mentais e físicos. Sua memória parecia querer resgatar a lembrança de onde vinha, mas, por ser aquele um reino de extrema alegria, ela não retinha as memórias construídas em Dragon.

Yevé era tão colorido e vibrante que era impossível não sentir plenitude e felicidade o tempo todo. As flores eram de uma diversidade incomum, cujas cores se misturavam em pétalas grandes, as quais tinham vida própria. Quem as observava parecia comunicar-se com elas, graças à sua luz visível aos olhos de todos. O verde das florestas e dos bosques inspirava pureza. Não havia um ser vivo em Yevé cuja aura não fosse límpida e não exalasse um perfume refrescante. Os habitantes de lá revigoravam os corpos mental e físico nos campos abertos. Já nos campos fechados, como o que Lis estava, os corpos emocional e espiritual eram revitalizados. Em ambos os tipos, havia riachos e abundância de água, o que tornava o ambiente ainda mais imaculado. Era como se todo o ecossistema pudesse interagir com facilidade. Plantas, animais e seres, todos conviviam em plena harmonia e podiam desfrutar do espetáculo de cores protagonizado pelas árvores anciãs quando davam frutos. Em Yevé, a fartura era um presente natural.

Lis observava atentamente os movimentos dos animais que circulavam ao redor da película. Viu um pequeno unicórnio ao lado de uma criança nua e riu. Ao ouvir o próprio riso, espantou-se. Era a segunda vez, em poucos minutos, que experimentava o seu sorriso, que era uma grande novidade para ela. Quando seu corpo se acostumou com a respiração e o ritmo da natureza de Yevé, pressentiu que alguém se aproximava. Da mesma direção de onde estava a menina com seu unicórnio, vinha uma mulher vestida de branco segurando um ramo de oliveira. A pele dela era negra e os cabelos, prateados e compridos.

A mulher parou diante da garotinha e ambas trocaram sorrisos. A menina soltou uma gargalhada; a mulher riu, encolheu os ombros e apontou algo para a menina, sem emitir qualquer palavra. Esta acenou com a cabeça, sorriu e foi na direção indicada. Para Lis, que era incapaz de entender a comunicação por telepatia, aquela conversa parecia não ter sentido.

A mulher continuou caminhando e, sem qualquer dificuldade, atravessou a película e entrou na bolha de ar de Lis.

– Bem-vinda, Lis.

Lis se arrepiou, um calafrio que não soube identificar. Perdeu a voz, as lágrimas brotando de seus olhos. Nunca, em toda a sua existência, sentira uma onda de amor tão intensa como a que irradiava daquela mulher. Seu corpo se curvou e o choro tornou-se compulsivo, como se expressasse uma sensação que não tivera durante o tempo no Reino de Dragon. Viu luzes coloridas saírem do corpo dela e irem em sua direção.

Em Yevé, a doação de energia era constante; por isso, seus habitantes estavam sempre comprometidos uns com os outros, já que sabiam que o bem-estar de cada um impactava no coletivo. Era assim que, quando qualquer resquício de sentimento de baixa vibração se instalava, todos do reino se responsabilizavam por colocar aquela pessoa no centro de uma grande roda e entoar uma canção de amor que reanimasse as células e fizesse a vibração daquele ser, então, subir.

As características da passagem do tempo de Yevé também eram diferenciadas. Ali, a percepção dos dias era totalmente diferente da de Dragon, assim como da própria Terra, cuja existência Lis ainda desconhecia. Como as energias na Terra eram mais densas, assim como em Dragon, seus habitantes sentiam os efeitos degenerativos do tempo, coisa que não acontecia em Yevé. Era comum ver pessoas com centenas de anos e o corpo físico saudável, fortalecido e sem qualquer resquício de doença degenerativa. As doenças não conseguiam coexistir em um planeta com tanto amor. Lis, porém, não sabia de tudo isso e só se via diante de um ser abençoado que a olhava de um jeito carinhoso e emanava luzes com um aroma refrescante de cor rosa em sua direção.

– Fique tranquila. Tome seu tempo – pediu a mulher.

Lis não emitia uma só palavra. A sensação provocada por aquela Entidade de Luz era tão intensa que, sem perceber, dos seus lábios saiu um som de agradecimento por aquele momento:

– Obrigada.

Ela, então, ajoelhou-se aos pés da mulher e continuou chorando, como se apenas sua presença a fizesse se elevar. Reconhecia que estava diante de um Ser Sábio Sagrado e enxergava o coração dele como se a conexão entre os corações movesse amarras que encobriam sentimentos. Uma grande barreira rompia-se. A primeira delas. E Lis era capaz de sentir sem medo de ser atacada e controlada. Sentir sem ser vampirizada. Sentir, apenas. Aquela grande força mental da mulher fez Lis reconhecê-la como uma fonte eterna de amor e luz. E ela não conseguia dizer nada.

– Lis, quero honrar e agradecer sua presença no Reino de Yevé. Tudo que eu posso lhe dizer neste momento é que você é quem você é.

Lis balançou a cabeça. A sensação que sentia era forte demais para ser traduzida em palavras.

– E, por ser quem é – continuou –, você merecia ser resgatada. Sua essência nunca se perdeu, mesmo no reino das trevas. A coisa mais difícil para qualquer ser é circular entre os reinos e manter a própria essência. A energia pode ser recuperada, mas não a essência.

Lis fez um sinal afirmativo com a cabeça, pois compreendia cada palavra.

– Estamos trabalhando para você retomar toda a energia. Então poderá circular entre nós. Enquanto estiver debilitada, a energia de Yevé terá intensidade e frequência muito altas para você.

E isso pode atrasar sua evolução. Por isso, preferimos mantê-la nesta bolha, onde você estará protegida por uma bainha de luz que filtra as energias para que você as receba na intensidade que seu corpo pode suportar. A diferença energética entre os reinos é grande demais. Ao mesmo tempo, enquanto seu mental estiver ligado ao Reino de Dragon, Saddah poderá encontrá-la. Nesta bolha, porém, você estará protegida.

Num impulso incontrolável, Lis colocou a mão na barriga e gritou:

– Meu bebê!

Num lampejo de consciência, sua memória invadiu sua alma e ela se lembrou de que acabara de gerar um bebê. Aquela sensação de não o ter por perto fez sua energia cair de imediato e seu corpo pareceu despencar.

– Ele está bem. Durante o resgate, houve uma batalha – a mulher explicou. – Nesse combate, tentamos trazê-lo com você, mas Saddah lançou uma magia negra que fez seu filho ser abduzido pelo Reino Intermediário, o planeta Terra.

– Onde fica esse lugar? Quando vou encontrá-lo?

– Lis, nós enviamos um yevens aqui do Reino de Yevé para acompanhar os passos do seu filho. Você está sendo preparada para uma grande missão, só que, para isso, precisa se restabelecer. Seus corpos energético, espiritual, mental e físico estão frágeis, e as lembranças farão você sentir apego, que é o contrário de amor. Ele está sendo protegido e amado. E você vai resgatá-lo. Forneceremos todas as ferramentas possíveis para isso, mas, para que você entre no planeta Terra, precisa se fortalecer. Enquanto houver qualquer resquício de emoção, energia e pensamento circundante do Reino de Dragon, você não poderá ir para a Terra, pois não conseguirá cumprir sua tarefa. A energia da Terra é muito densa. Não tanto quanto a de Dragon, mas ela é sugada pelo... – Parou de falar. Então, respirou e continuou: – É sugada pelo líder das Trevas.

– O que vocês farão comigo? – Lis quis saber.

– Lis, você é pura luz e foi manipulada por um ser que roubou parte de sua energia. A sua essência, porém, é de uma Geradora de Energia. Você consegue circular por qualquer constelação, planeta ou reino sem se perder do seu coração. Por isso é tão especial. No entanto, só aqui em Yevé poderá reunir a força necessária para voltar para onde quiser.

Dito isso, desenhou um círculo com as mãos.

– Criamos um campo de proteção para você. E, aos poucos, você começará a ter contato com outros yevens. Eu serei sua Mentora Universal. Me chame de Kawaige. Em primeiro lugar, receba este amuleto de proteção. Ele te socorrerá contra a magia de Dragon e as energias daquele lugar.

Kawaige, que significava "encanto e doçura", fora o nome escolhido para aquela mulher, que havia muito habitava Yevé.

– Vamos buscar uma boa sintonia – disse Kawaige. – Aqui, conseguimos não absorver os magnetos de força mental que nos prendem até o esgotamento. As novas sintonias vão se instalar em você para que sua consciência comece a se revelar trazendo novas verdades. Em Yevé você não verá apatia, descrença ou qualquer sinal de sofrimento. E receberá energias luminosas de Paz. Neste reino não há conflito, nem ego.

Aos poucos, Lis sentia que o véu que a encobria começava a se desfazer.

– Deixe esse fardo pesado, Lis. Vamos trazer dinamismo para suas forças. Vamos limpar camada por camada. Amanhã começaremos. Hoje, descanse. A preocupação é inimiga da paz. Vibre amor quando a memória de seu filho a invadir. Ele está seguro e vigiado. O amor que você emitir o protegerá. Esteja onde estiver, ele será capaz de senti-lo e ser nutrido por ele. Essa força geradora de amor é a mais poderosa de todas, o maior dos poderes de todos os reinos. E a coincidência cósmica que acompanhou o acontecimento de Erosent nos traz um grande sinal.

– Qual sinal? – perguntou Lis, curiosa.

– De que esta era a hora certa de trazê-la. Porque, sem esse amor que a nutriu durante a gestação, o peso da sua energia seria tão intenso que ninguém do Reino de Yevé teria a capacidade de resgatá-la de Dragon. Com a gestação, você gerou amor, e esse amor trouxe luz para a sua existência. A luz manifestada através do amor de uma mãe é a força de que todos os reinos precisam para viver. Sem ela, as estrelas não brilhariam.

Lis sentiu um leve despertar. Kawaige pediu que ela se deitasse. Levou a mão à pálpebra de Lis e a fechou. Lis não viu nada, mas, ao seu redor, sua mentora criou um espaço de força para limpar as camadas de inferioridade. Alguns espirais de fogo se enrolavam no corpo de Lis, que sentia certo desconforto, conforme as formas-pensamento iam sendo retiradas de seu corpo mental. As formas-pensamento eram criações mentais que tinham sido estruturadas na matéria astral de Lis; não podiam ser vistas, mas eram como nuvens que cercavam seu corpo. À medida que pensamentos negativos repetitivos a invadiam, Lis levava consigo essa nuvem de pensamentos que inundava os lugares por onde andava.

Kawaige, enquanto trabalhava todos os corpos, ia identificando as necessidades de Lis. Percebeu que o corpo mental dela fora modificado pela força das ondas de ambição de Saddah, e suas emoções estavam sendo transmutadas com eficiência, um intenso processo de cura se iniciava. No entanto, a jovem ainda precisava subir alguns degraus.

As energias de Lis eram facilmente manipuláveis, tanto para o bem quanto para o mal, portanto Kawaige não sentiu dificuldade em fazê-la absorver suas energias. Doou com intensidade, sem qualquer sinal de esgotamento enquanto o fazia.

Kawaige percebeu que teriam um longo caminho pela frente. Se Lis fosse para a Terra daquele jeito, seus danos psíquicos a fariam recuar de sua missão. Enquanto escaneava a jovem, fazia um diagnóstico detalhado de tudo que seria necessário para reabilitá-la. Jogava ondas de luz de diferentes cores e realizava anotações mentais de tratamentos que precisariam ser conduzidos nos próximos dias. Lis necessitava resgatar alguns conhecimentos que já tinha em sua essência. Seria um processo purificador que promoveria sua cura em todos os níveis.

Enquanto Kawaige movimentava as ondas de energia para os chacras de Lis, recuperando seu corpo físico, a jovem repousava e entrava em sono profundo. Quando terminou, a mentora saiu da bolha de proteção e caminhou até a árvore milenar, de raízes profundas e vigoroso tronco, responsável por calibrar as energias físicas. Sentou-se e ficou em estado meditativo. Em poucos segundos, recuperada, retornou para junto dos outros habitantes do reino, enquanto Lis continuava dormindo.

A METAMORFOSE

Lis estava dentro de um sonho.

Seus olhos cruzaram com os dele, que a atraía com o olhar. Sem que pudesse controlar suas emoções, via fios invisíveis saindo de sua cabeça e conectando-se à dele.

Era assim que Saddah puxava seu mental. Lis desejava aquele homem com todas as suas forças e o via se transformar. Rapidamente, ele caía num abismo, voltava e prometia vingança. Criava uma cidade, mas via que, sozinho, não conseguiria controlar os seres dali. Ele, então, mantinha chips instalados nos habitantes dos reinos de frequência baixa e sugava as energias de todos.

De repente, Lis viu-se possuída. Saddah a envolvia e fazia bom uso disso, mas ela ainda não compreendia aquelas forças. A energia sexual desempenhava um papel importante no bem-estar de Saddah, pois por meio do sexo ele aumentava a própria energia, porém Lis não desconfiava disso. Ela o observava, expandindo e vendo forças destruidoras surgindo dentro de si, como se um buraco negro aparecesse no seu corpo, que ia se abrindo em várias partes, criando lacunas. Estava fraca e com o tamanho reduzido. Via-se numa terra de gigantes. Sentia-se suja e sem brilho. Foi então que seu corpo começou a se dissolver, até sumir.

Lis acordou num golpe de susto. Aliviada, percebeu que estava em Yevé. Respirou profundamente e tentou se acalmar. Que imagens perturbadoras tinham sido aquelas?

Em Dragon, seu corpo adormecia tão cansado que nem mesmo os sonhos eram possíveis. Todos eram sequestrados pelas forças ocultas que sugavam a criatividade da mente noturna.

O inconsciente de Lis lhe trazia lembranças fragmentadas da noite anterior, pois ainda carregava vibrações pesadas de Dragon. E ela não sabia, mas, até que seus corpos fossem libertos daquela força das sombras, teria alguns pesadelos.

Sentou-se, observando que até mesmo a escuridão no Reino de Yevé era diferente de tudo que experimentara antes. As luzes geradas pelas estrelas eram brilhantes. O azul anil tinha uma tonalidade que acalmava. A paz e o silêncio reinavam. Pediu em segredo por uma companhia. Em questão de segundos, surgiu uma figura caminhando em direção à bolha de ar onde ela estava. Era alguém cujo sexo ela não conseguia definir. Tinha os cabelos longos, a feição jovem e o sorriso sereno. Pediu-lhe permissão, ela concedeu e ele entrou.

– Boa noite. Sonhos difíceis? – perguntou, decifrando a mente inquieta de Lis.

– Sim.

Lis ainda conseguia experimentar aquele bem-estar que sua mentora trouxera, mas estava transtornada com o sonho que acabara de ter.

– Quem é você?

Lis sentia que ele era um ser de luz, mas tinha a curiosidade de saber quem era.

– Sou um Portador de Sonhos. Meu nome é Logan – apresentou-se e riu. – Desculpe, não me fiz entender. Minha missão em Yevé é passear pela noite e capturar sensações sutis nos corpos das pessoas. Se alguém vindo de outro planeta traz sonhos que possam baixar a sua frequência energética, o que o faz ser descoberto pelo Reino Inferior, eu o ajudo a se reequilibrar.

– Compreendo. O que eu não consigo entender é o meu passado – ela disse.

Logan olhou com carinho para Lis.

– Nosso passado pertence à nossa história – ele começou. – Só somos quem somos graças a ele. Todo aprendizado vem das experiências. Elas podem ser desafiadoras, mas constroem nosso caminho.

Lis suspirou.

– As lembranças podem atormentá-la caso você deixe que interfiram nos pensamentos. É importante entender que o passado fez parte de sua vida, mas hoje quem escreve a nova história é você. O passado não define quem você é, nem mesmo quem vai se tornar, a menos que você escolha viver nele.

Ele apontou a claridade da aurora no horizonte.

– Vê que a claridade sempre nos chama a acordar? Não precisamos permanecer na sonolência improdutiva quando existe um chamado para despertarmos. Hoje é o dia de você se levantar e receber a força do amanhecer. Espere o crescimento! Os reinos não podem esperar. Você tem de se restaurar para trabalhar e libertar outros da escuridão na qual ainda vivem. É por isso que está aqui. Para libertar a si mesma e espalhar a luz quando estiver pronta – finalizou. Dito isso, sussurrou como se ninguém pudesse ouvi-los: – Você está fraca. Tome isso.

Logan lhe entregou um pote de cobre no qual havia um líquido.

– O que é? – Lis quis saber, mas então tomou o conteúdo de um gole só.

– Você precisa de frutas, flores e um tratamento para o corpo. Além disso, deve se banhar nas águas cristalinas da cachoeira da purificação. Hoje, quem vai providenciar isso será um ser muito especial que domina todas as forças da natureza. Vou embora porque você já se esqueceu do sonho.

– Sonho?

Lis não se lembrava de nada, porque Logan lhe dera uma poção para que ela trabalhasse as emoções que haviam ficado em seu corpo como resquícios do sonho.

– Vou indo – ele avisou. – Apresse-se a acender a luz da sua alma.

Logan saiu com a mesma velocidade com que entrou e Lis sentiu algo diferente. Não se lembrava mais do pesadelo e, então, levantou-se. Como se ainda estivesse sonhando, avistou uma ave com plumagem colorida, destacando-se pelas penas azuis mescladas. Ao se aproximar do animal, parecia que ele tinha algo a dizer, pois colocou o bico dentro da planta e virou-se para Lis.

Ela não tinha ideia de que tipo de ave era aquela, mas nunca vira nenhum pássaro com cores tão vibrantes. Acompanhou seus movimentos com o olhar enquanto ele se movia em direção a uma planta. Perplexa, esfregou os olhos. Em seu bico havia uma espécie de tinta, com a qual escrevia na película que a separava do reino. Uma escrita diferente daquelas que conhecia, mas que parecia significar algo. Parecia um milagre.

Lis ficou ali, encantada com cada micromovimento da ave, até que uma mulher de aspecto imponente, com cabelos loiros e compridos, vestida com uma roupa azul, saiu do meio da floresta e aproximou-se da bolha. Ela levantou um braço e a ave imediatamente pousou em sua mão direita, como se a obedecesse. Eram complementares e fascinantes. Mais uma vez, Lis sentiu vontade de chorar. Uma emoção forte demais para ser controlada.

Deixando a ave do lado de fora, a desconhecida entrou na bolha por uma porta marcada por uma fina cobertura de cristais que traziam proteção. A maçaneta era uma grande safira azul sobre a qual a ave repousou.

– Olá, Lis. Meu nome é Gaia – a mulher se apresentou com uma voz suave e delicada. – Eu domino as forças da natureza e estou aqui para ajudar você. Serei sua guia para a missão que você tem na Terra. Necessitamos ser preparados para todo recomeço, e você precisará da purificação em todos os campos de energia. Eu e Kawaige teremos a missão de fortalecer você, mas agiremos em campos distintos, porque somos de aldeias diferentes, com habilidades específicas. Aqui em Yevé cada um é potencializado em seu real talento, de forma que este, quando compartilhado com o outro, transforma-se numa verdadeira arte.

Lis estranhou a voz que ouvia. Era melódica, como uma música. O rosto, a voz e a respiração daquele ser formavam uma sinfonia perfeita. Lis estava em transe, embora não conhecesse aquilo. Ela nunca vira alguém com uma presença tão conectada com o Todo. No entanto, ainda não sabia explicar por que aquela mulher lhe causava tal reação.

– No Reino de Yevé, a vibração da pureza acelera a ação dos elétrons e ajuda a expandir a luz e expelir as substâncias nocivas acumuladas – Gaia continuou.

Lis sentia que seu coração entendia aquela linguagem, embora as palavras lhe fossem novas. Era como se começasse a se reconectar com a própria essência.

– Seu corpo mental também precisa ser purificado para conseguir manter e acumular a força integral contra os poderes da dúvida, do medo e de outros agentes destrutivos que passeiam entre os reinos que não conseguem vibrar na frequência de luz de Yevé.

Lis deixou algumas lágrimas escaparem, sentindo-se iluminar.

– Seu corpo emocional também precisa purificar-se, senão corre o risco de ser seduzido pela ambição e pelo egoísmo. As lembranças do passado devem ser vistas do jeito certo. Os erros nos preparam para a realização dos sonhos, porque não há aprendizado na vida que não passe pela experiência dos erros. A vida é uma eterna dança entre o fim e o recomeço.

Lis sentiu o corpo estremecer, como se uma onda de frio a perturbasse.

– Se trabalharmos sua purificação – a mulher prosseguiu –, você estará livre para liberar o magnetismo que vai sustentá-la. Se durante o processo o seu corpo mental não estiver purificado, ele fará o possível para que a personalidade egoísta a chame. Se seu corpo emocional não estiver límpido, as formas-pensamento tomarão conta de você a todo instante. E isso pode ser perturbador, porque você viveu durante muito tempo em esferas muito baixas, com uma vibração negativa muito forte.

O corpo de Lis começou a sacudir.

– Estou com frio – foi o que conseguiu dizer.

A mulher perguntou se ela precisava de proteção.

– Quero parar de sentir frio – Lis pediu. – Só isso.

Lis não sabia, mas seu subconsciente tentava protegê-la da evolução. Ela queria se libertar, mas alguns fios ainda amarravam sua existência ao plano de Saddah, que usava suas forças mentais para buscá-la em todos os reinos.

– O sofrimento vem da identificação com tudo aquilo que é negativo e sombrio – revelou a mulher. – Se você escolher se apegar ao que passou, continuará sendo perseguida pelo medo e pela maldade. Os corpos inferiores, enquanto estiverem impuros, podem tornar a qualidade da energia ruim, o que resultará em dor e limitação para você. O nosso trabalho é tirar as teias sombrias das suas vestes.

Lis começou a enxergar de outra maneira. Viu seu corpo revestido de cores de uma tonalidade mais escura, como se estivesse trajando algo que a cobria.

– Por que estou enxergando isso agora?

– Eu quis fazer você enxergar a sombra das vibrações impuras que ainda percorrem seu corpo. Conforme se despe delas, passa a acreditar que está desprotegida e esse medo te faz recuar. Só a verdade te libertará, Lis.

Conforme as lágrimas percorriam seu rosto, ela ia ouvindo o som das palavras daquela mulher, que se revelava cada vez mais encantadora. Lis despertava um brilho potente e sua chama interna crescia, à medida que tirava o véu da ilusão que cobria seus olhos. Ela começava a reconhecer as energias do lugar. Visualizava as cores com outra intensidade.

– De onde vêm as trevas, vêm as depressões e todos os males dos mundos inferiores. As pessoas que se deixam invadir pelas energias dos Reinos Inferiores são desmagnetizadas. A Terra vai precisar de você, Lis. É necessário estar preparada, porque sua missão é muito maior do que simplesmente viver num reino de luz como Yevé. Sua missão é resgatar seu filho na Terra, e sobretudo resgatar os Filhos da Terra. Mas lembre-se: quanto maior a missão, maior a responsabilidade.

Lis continuou a chorar, sem perceber que as lágrimas limpavam seus corpos emocional, espiritual, mental e físico, eliminando as impurezas.

– Quero lhe transmitir a esperança e o entusiasmo para que você irradie uma potência de luz na Terra. Quero que seja alegre e inspiradora como sua essência sempre foi. Você transmitirá energia pura para todos os seres da Terra através da magnetização, Lis – explicou a mulher, que começou a emitir ondas de calor que equilibravam o seu corpo espiritual. – Da mesma forma que esse calor irradiado proporcionará limpeza, as vibrações de pensamento, sentimento e atitude influirão na sua atmosfera pessoal. Esse é um fato científico e universal. A proximidade com um Ser de Luz eleva a consciência e você será auxiliada com bênçãos, virtudes e dons. Tenho o privilégio e a honra de abrir seu coração para que ele se transforme, seja curado e restabelecido.

Conforme a mulher proferia aquelas palavras, raios saíam de suas mãos, sendo direcionados para todos os pontos energéticos de Lis, que não conseguia dizer nada. Era como se seu corpo estivesse ganhando uma nova vida.

– Chegou a hora de sair desta bolha. Sua alma fará parte do Reino de Yevé e experimentará a preciosa e sublime Presença. Você terá o compromisso de carregar seus campos com luz. Ordeno que seja invertida a corrente de energia do corpo que lhe aprisiona.

O corpo de Lis começou a tremer e ela fechou os olhos, deixando que as ondas de luz a invadissem por completo. Ela se entregou. Despiu-se do medo, do sofrimento e do aprisionamento mental que segurava sua energia em campos mais baixos. Sentindo uma paz profunda, parecia que enfim se reconectava com sua essência verdadeira.

– Concentre-se, Lis. Aqui em Yevé os processos são mais rápidos que em qualquer outro reino, porém exigem do aprendiz um poder de concentração. É a energia do foco que fará os meus raios de harmonia e proteção se instalarem em você.

Lis parecia compreender, pois tinha uma consciência da qual não se recordava anteriormente. Tratava-se de uma lucidez profunda.

– Sou eu quem zela pelo som cósmico, para que a sinfonia planetária jamais se perca e que seja harmoniosa com o Universo. Para isso, precisamos ajustar seus ritmos naturais. É minha tarefa colocar ao redor de você um cinturão magnético que impedirá que os seres sem luz a perturbem enquanto estiver em Yevé. A música do seu coração é feita do que você pensa, vibra e sente. E eu posso escutar essa música mesmo se você não disser uma só palavra. A música do pensamento puro soa na atmosfera. É um cântico para a alma. Que daqui em diante sua alma cante.

Lis deixava o coração harmonizar-se com a melodia suave daquela floresta. Seus pensamentos se revelavam. Sabia que eles emitiam uma frequência para o Universo que retornaria para a origem, que era ela mesma.

– Aproveite esse momento para esclarecer suas dúvidas – encorajou a mulher.

Ela não conseguia dizer uma só palavra, mas seu coração emitia batidas que conseguiam ser traduzidas através do entendimento daquela nobre alma.

– Entendi, Lis. Em todos os reinos não há força mais poderosa que o amor. E o que você tem dentro do seu coração é amor. Por amor, você foi traída e entregou-se. Por amor, tentou libertar um reino das trevas. Porque sua real intenção ao doar sua energia pura para o líder deles era transformar aquele lugar. Sua energia ficou densa, mas seu amor nunca escapou de seu coração vibrante. Ele começou a crescer depois que uma vida foi gerada dentro de você. E agora as batidas do seu coração me disseram uma única coisa: que o amor vai vencer. O amor constrói e ele vai movê-la para a Terra em busca de seu filho. O amor por seu filho será o fio condutor que a salvará. Por meio desse amor, que pulsa em cada célula do seu corpo, você poderá realizar qualquer coisa. Ele te moverá. Você não precisará de nenhum outro poder. A linguagem do amor é a mais cristalina e bela de todas. E será ela que te guiará através dos séculos até que você construa seu próprio reino de amor. – Após uma pausa, Gaia prosseguiu: – Yevé é o reino da pureza. Aqui, todos os seres são puros. Sua alma recém-chegada se purifica a cada instante. E você, apesar de ter uma longa travessia pela frente, já pode circular sem uma bolha que a proteja.

Dito isso, Gaia puxou um fio que fez evaporar a película que a protegia.

– Esse será seu lar temporário. Você já dissolveu muitas energias negativas, porque sua essência é de amor. E o amor traz a purificação. Agora, precisa do alimento e descanso necessários. Um mensageiro lhe trará novas instruções.

Lis ajoelhou-se aos pés da mulher e os beijou. Não conseguia expressar nada além de gratidão.

– Você restaurará sua esfera de luz, Lis. Será forte e corajosa, como sempre foi em essência. Embora não conheça a própria força, ela está no amor, Lis. Essa neblina vai passar. Eu agradeço por ter estado em sua presença. Estarei sempre em seu pensamento quando você se conectar com a sintonia da vida, com seu coração e com a pureza de sua essência. Onde estiver. Mesmo na Terra, quando fraquejar, é reconectando-se com essa presença que você se reconectará comigo. Eu a inspirarei nas decisões que precisará tomar. Jamais te darei o caminho, mas lembrarei quem você é.

Embora o diálogo entre yevens e a natureza fosse realizado por telepatia, quando seres de outros reinos chegavam, a comunicação era feita com o uso de sons e palavras.

– Quem sou eu? Sinto que aqui sou quem eu sou, porém parece que durante muito tempo fui quem outro ser queria que eu fosse. E meu coração pede que eu volte a ser eu mesma. Estou confusa, mas feliz, grata e com a certeza de que finalmente meu ser responde às emoções. Eu sinto a felicidade ao mesmo tempo que tenho resgatado lembranças de sensações ruins que ficaram na minha alma. No entanto, ainda não tenho todo o entendimento da situação. Me explique, não me deixe sem respostas.

A mulher segurou a mão de Lis e a ajudou a se levantar.

– Você é Lis. E um dos meios mais rápidos de libertar as forças do coração é um profundo e genuíno sentimento de gratidão. Você está inundada com uma corrente magnética que atrai muitas bênçãos. Por isso, muitas criaturas irão até você. Elas terão a intenção de serem libertas e sua missão é dar-lhes essa liberdade. Soltá-las da desarmonia e da falta de gratidão. É com a tomada de consciência que você estará pronta para ajudar outros seres a se desenvolver. Cada um tem seu papel nessa jornada. Uma trilha, uma história, um caminhar. Mas não se apegue à história, e sim à missão. Se estiver empenhada em fazer o que seus dons lhe permitem, viverá uma boa história.

Lis sorriu.

– Sustentar virtudes é parte do seu aprendizado. Observe as crianças de Yevé e aprenderá a manter a irradiação. Qualquer que seja sua dúvida, sempre haverá, em qualquer reino, alguém que poderá lhe trazer respostas. É só se conectar e pedir, que elas virão. Apenas aprenda a controlar sua energia através do pensamento.

Silenciosamente, as duas saíram caminhando, juntas, no mesmo ritmo, como se fossem uma só. Lis fechou os olhos; quando os abriu, Gaia não estava mais lá.

Como já não havia uma película que a separava de Yevé, Lis sentou-se no tronco de uma árvore grandiosa e esperou. Queria refletir sobre as palavras que tinha ouvido, mas estas já faziam parte de seu coração. Contemplava a beleza daquele local, sentindo uma corrente de energia que a fortalecia. Começou a entender que as palavras vinham em sua mente, como se as criasse. Formou, então, uma frase:

– Minha primeira promessa é transmutar e dissolver toda a maldade dos corações.

Uma lufada de vento quente percorreu sua cabeça e Lis ouviu uma sonora gargalhada infantil. Correndo, vinha um menino de aparência angelical, com a pele bem escura e os dentes bem brancos. Seus cabelos eram enrolados e sua expressão, magicamente entusiasmada.

– Você é a nova enviada? – perguntou a criança.

Lis sorriu. Antes que pudesse responder, o menino tirou uma espada de luz das costas e a levantou aos céus, dizendo:

– Minha função é controlar as energias dos apelos. Sua decisão agora foi de crescer. Sua promessa irradia luz. Apelo que seus corpos saibam perdoar. E que tenha sentimentos de gratidão, alegria e predisposição de abrir as portas para a bondade divina, a fim de que os transforme num ímã que atrai o que deseja para si.

O garoto, então, guardou a espada e saiu correndo atrás de um animal curioso que passava por ali.

Lis esfregou os olhos para se certificar de que tinha visto aquele acontecimento, e não apenas o imaginado, mas por fim entendeu que em Yevé as interações eram feitas em outro ritmo. Os seres estavam uns com os outros enquanto fossem necessários. Ali, tempo não era desperdiçado. Todos tinham suas funções de ajudar, naquele e em outros reinos, fosse inspirando atitudes, fosse coordenando os novatos.

Precisava estar disposta a evoluir, mas, acima de tudo, a colaborar com aqueles que se comprometiam com sua evolução. Só assim ela conseguiria se libertar da prisão à qual tinha se submetido durante tanto tempo.

O amor que sentia por seu filho Erosent a faria transpor qualquer obstáculo, mas precisava ficar atenta para não ser ceifada pelas trevas, que a seduziriam assim que pisasse na Terra.

Lis sabia que ali o tempo parecia diferente de tudo que já tinha visto. Caminhou durante alguns minutos, viu dezenas de figuras que pareciam conhecê-la a fundo e deixou que cada uma seguisse seu caminho. Queria aprender a linguagem do coração, mas não sonhava que era a única linguagem que já falava. Lis tinha dentro de si tudo de que precisava para viver no Reino de Yevé, porém sua missão era longe dali, no planeta Terra, onde encontraria desafios que colocariam sua evolução em risco, mas que faziam parte da grande batalha planetária em busca de equilíbrio.

Muitas vidas estavam ficando sem energia na Terra, porque Saddah não conseguia mais puxar as energias de Lis. Então, tinha se conectado com um campo em que as pessoas facilmente eram manipuladas.

Lis, que nunca passara pela Terra, nem sequer imaginava que a energia daquele lugar era quase tão densa quanto a de Dragon. No entanto, ali ela poderia vibrar amor. Aumentando essa frequência energética, ela ensinaria aos terráqueos que eles também eram capazes de influenciar toda a Rede de Criação ao escolherem pensamentos e sentimentos elevados. Quando isso acontecia, eles eram capazes de transformar não só o próprio DNA, mas também o ambiente em que vivem. A Terra era um dos poucos planetas onde a chama do amor era uma potência que purificava tudo que fosse tocado por ela.

Lis sentiu um chamado. Fizera uma promessa que fora gravada como fogo em Yevé. Ela queria expressar amor e gratidão, assim como todos daquele reino de luz. Sentiu, então, uma chama vital crescendo em seu peito e começou a perceber sua aura expandir. Algumas crianças que passeavam por ali viram aquele fenômeno e se aproximaram, criando uma roda em torno dela, como se soubessem que o crescimento de Lis precisava ser sustentado. Na sequência, todos deram as mãos ao redor da jovem e entoaram uma canção.

Lis derramou mais algumas lágrimas, emocionada com o poder daquela união. Era como se sua alma estivesse limpa e purificada. Afastara o temor e só manifestava um amor profundo. Entendeu a força motriz que armazenava virtudes em seu corpo causal. Era um átomo permanente em que eram registrados tendências, hábitos e inclinações. Reservava as próprias forças e as acumulava para curar e ensinar. Sentiu que o amor não poderia se manifestar enquanto não houvesse gratidão. Queria expandir cada célula de seu corpo.

Ela se conectava com a forma como as crianças controlavam a própria energia. Entendia que ali havia algo puro, de paz profunda, em harmonia com a liberdade de ser. Era como se em Yevé todos os atos da criação a fizessem entender que, conforme ela amava, tornava-se parte do Universo. Em Yevé tudo vibrava e fluía alegria, era onde o estado mais profundo também se tornava o mais elevado. E os sentimentos estavam sempre ligados à ressonância do amor que coordenava todas as vibrações da vida. Lis se fartava naquele banquete de amor e usava a própria presença para agradecer.

O reencontro consigo mesma a libertava. Estava enfim purificada das forças de Saddah, cuja mente não conseguia mais conectar-se com a sua. Seu magnetismo voltava e ela entendia que estava sendo afetada por um processo que fazia suas emoções ganharem vida e sua consciência ficar mais sensível. Ela, agora, sabia o que fazer e como se desenvolver naquele lugar. Começava a transpor as barreiras que a separavam do despertar pleno e acompanhava um novo padrão complexo e profundamente simples: a Vida Plena.

As crianças diminuíram o ritmo e Lis passou a escutar o mundo. Os sons transportavam-se das fontes até seus ouvidos. Escutava os grilos, os pássaros, o suspiro das crianças e as batidas do coração. Fechou os olhos e entendeu que seus sentidos estavam apurados.

Aos poucos, ela começou a recordar seu passado, que antes estava além de sua capacidade de entendimento. As crianças sentiam que ela ganhava recordações com consciência, sem se deixar invadir por sentimentos ruins. O grupo continuou blindando sua alma.

Lis viu a figura de Saddah, seduzindo-a com o brilho de juventude em seu olhar. Apreciava o coração daquele homem, que não tinha qualquer maldade na sua fonte, mas que fora corrompido ao longo do tempo. Lembrou-se de como Saddah se metamorfoseara. Sem rancor, viu a vida daquele homem passar diante de seus olhos. Conseguiu traduzir, em segundos, como ele se embrutecera pela sede de poder quando entendera o mecanismo do roubo de energia entre reinos e seres. Viu toda a disputa entre as trevas e a luz. Viu os buracos negros e os ralos do Universo sugando todas as mazelas. Conforme as lembranças iam sendo enviadas, para que ela pudesse analisá-las, enxergou sua trajetória como quem assiste a um filme, mas sem se deixar afetar pelo conteúdo. Não sentia raiva, medo ou qualquer sentimento que pudesse tirá-la daquele estado de Graça mantido pelas crianças de Yevé.

Percebeu como seu comportamento, suas atitudes e seus sentimentos tinham sido banhados pelas trevas de Saddah e o quanto sua estrela se apagara. No entanto, não poderia culpá-lo por isso, porque estaria se isentando da responsabilidade sobre si mesma. Ela fora conivente com a atitude dele, traída pelo próprio amor.

Observou as oliveiras sendo acariciadas pelo vento. Os animais fazendo parte daquele reino, respeitando cada partícula de átomo de energia. E conseguiu compreender que as forças das Trevas haviam sugado tamanha beleza da natureza que poderia existir em Dragon. Lis recordou-se das folhas secas daquele reino que já não tinha vida. Dos seres cabisbaixos, tristes, em estado de sofrimento permanente, ludibriados por Saddah. Das brigas e dos desentendimentos, da qualidade das palavras e da sensação provocada pelo medo. Da dependência que tinha daquele homem, a quem servia por medo porque achava que ele a protegeria.

Conforme as lembranças foram ficando nítidas, Lis deixou-se levar pelo perdão. Como se arrancasse pétalas de uma flor, foi tirando uma por uma as cascas de medo que tinham sido implantadas como um chip sob sua pele. Então, deu-se início a um novo ritual naquele reino. Lis encontrara a felicidade dentro de si e percebera que, quando isso acontecia, nada precisava ser buscado fora. O amor incondicional a preenchia e ela podia espalhar luz por onde estivesse.

Uma força inexplicável a percorreu quando se lembrou de Erosent. Era como se ele fosse o amor mais intenso e puro que já tivesse experimentado. Sentiu a força das batidas de seu coração e teve a recordação exata de sua feição física e seu olhar. Agradeceu pelo filho estar vivo, embora não fizesse ideia de como iria reencontrá-lo. Teve um desejo profundo de descansar. As crianças foram se dispersando, uma a uma, e criou-se, ao redor dela, uma bruma que a sustentava e conduzia seu corpo a levitar.

Lis dormiu e deixou o corpo descansar. Precisava absorver tudo que aprendera. Tinha de dar tempo a si mesma. Entendia que o tempo em Yevé era outro e decidira acelerar seu processo, porque sabia que cada dia em Yevé poderia representar anos na Terra. Não queria deixar seu filho durante tanto tempo. Caso não estivesse absolutamente em paz, conectada com o amor, corria o risco de entrar na frequência dos seres humanos.

Seu sonho naquela noite foi de paz. Via o amor até mesmo em Saddah.

Acordou com a sensação de que o dia em que seria enviada à Terra estava próximo. Antes, porém, precisava encontrar o portal certo e o alinhamento planetário perfeito que pudesse fazer sua transição ser magicamente absorvida pelos seres da Terra.

Lis olhou para o céu, com um entendimento em constelação que por telepatia pedira ao Universo, e visualizou as coordenadas. Faltavam dois dias. Em dois dias, tinha que reunir as forças de que precisava para aquela viagem interplanetária que a levaria para a Terra. Necessitaria sobretudo de coragem para o grande salto no escuro, uma nova experiência em um local que ela jamais tinha pisado antes.

Sua principal mola propulsora era o amor por seu filho. No entanto, estava convicta de que sua missão era grande demais para ser ignorada e não poderia colocar seus interesses individuais acima dos interesses coletivos. Sabia que atravessaria qualquer reino pelo filho, mas sabia também que seu senso de justiça era forte e sua vontade em ajudar a movia. Como Geradora de Energia, sempre aprendera a gerar a energia necessária para que aqueles que estivessem necessitados dela pudessem se abastecer.

Sabia também que as dificuldades e os desafios seriam inúmeros, mas, na fração de segundos que estivera com seu filho, experimentara o verdadeiro amor e tinha plena certeza de que esse amor era capaz de mover montanhas. Por ele, construiria um novo reino de amor.

Por ele. E por ela também.

O ALINHAMENTO

– Está pronta? – Kawaige perguntou, despertando-a do sono profundo que a anestesiava enquanto fazia o transplante de memórias significativas.

Recordando-se de tudo aquilo que sua essência estava pronta para realizar no planeta Terra, Lis sentia-se energizada, forte e preparada para aquela missão que não podia esperar. O alinhamento seria naquela noite. Caso não atravessasse o portal naquele instante, só haveria outra oportunidade em cem anos. Portanto, queria experimentar a vida na Terra, mesmo sabendo que em Yevé podia usufruir de graça e plenitude.

– Lis, saiba que você terá todas as ferramentas de que precisar quando estiver em campo. A Terra é um planeta onde as pessoas são materialistas, sacudidas pelas emoções inferiores e que se deixam deprimir com facilidade. A energia é tão densa que nos primeiros dias você sentirá um desconforto físico para ajustar a sintonia com a frequência em que os habitantes de lá vibram. Conseguimos detectar uma região na qual existe uma Kundalini que promove uma proteção ao local. Por isso, você irá para lá, onde, a princípio, será beneficiada.

Lis escutava as instruções com atenção, mas ainda não sabia o que esperar.

– Explique melhor minha missão – pediu humildemente. – Sinto que eu não posso fraquejar. Quais serão meus maiores desafios?

A mentora segurou as mãos de Lis e respondeu em tom amoroso:

– Você vibra amor e consegue transmutar energias com facilidade sem modificar sua essência. É essa habilidade que você ensinará aos humanos. De que forma você vai fazer isso... nós não sabemos, mas esperamos que seja guiada pelo próprio coração. Você vai intuir as respostas conforme os acontecimentos se desenrolarem. Não existe desafio na Terra que não possa ser resolvido pela lei do amor. Eles experimentam fome, violências, doenças, mas tudo isso poderia ser evitado se soubessem abrir os corações e amar. Por isso, você sentirá um impulso artístico muito forte, que a fará ter uma profissão que a coloque em evidência, a fim de levar sua mensagem. Pensamos em fazê-la desenvolver a habilidade do canto. Se aceitar esse desígnio, teremos um instrutor que a presenteará com esse dom na cerimônia desta tarde, antes de sua partida.

– Eu estou entregue e confiante. Acredito que, se a inteligência superior identificou que essa é a melhor maneira de fazer a missão ser cumprida, então que seja feita essa vontade.

– Você vai experimentar uma mudança de ritmo, foco e vibração provocada pelos humanos. Será normal reagir a isso. O importante é firmar o pensamento no positivo para criar formas-pensamento que não a afastem de nós. Se deixar que formas-pensamento poluídas de preocupações mundanas a perturbem, dificilmente chegaremos até você para inspirá-la. O campo de energia da Terra é pesado e só nos conectamos quando as pessoas estão numa frequência mais elevada. Essa é a razão de o talento artístico ser importante nesse processo, já que você estará trabalhando continuamente num nível superior. Aqui você já se preparou para essa jornada e quero tranquilizá-la, pois sua sensibilidade será um grande trunfo para viver naquele mundo. Ajude a dissipar os medos de quem estiver ao seu redor. Na Terra, as pessoas são prisioneiras dos medos. Como você conheceu esse sentimento quando esteve em Dragon, esta é sua grande arma. Você tem a informação energética do medo e dos sentimentos inferiores, o que a equipa para descobrir padrões complexos que nenhum de nós saberia neutralizar. É como se você soubesse desarmar uma bomba nuclear porque aprendeu como a construir. Para desmontá-la, você precisa saber construí-la. E você teve uma vivência íntima com quem criou a bomba. Consegue compreender?

Lis estava pensativa e animada com as palavras daquela mulher fantástica, que parecia tecer cada letra com tanta sabedoria que ela não ousava discordar de nada.

– Em breve, todo o planeta Terra será libertado se deixar que a alta frequência flua e que o corpo se ajuste ao novo padrão. Serão novas ondas de acontecimentos, pensamentos e palavras positivas que desencadearão uma generosa roda de amor. Assim, as antigas estruturas virão abaixo. Quando as velhas formas começarem a dissolver-se, eles entrarão em pânico. Muitos sofrerão porque experimentarão o desconhecido. O corpo físico deles ficará suscetível e eles serão dirigidos por algo íntimo, passando a viver conforme princípios universais através de uma sabedoria mais refinada. Alguns terão a experiência de vazio, porque desconhecem a plenitude; outros se recusarão a acreditar e reforçarão o materialismo. Mas todos, absolutamente todos que vivem ali, têm acesso a energia e imaginação infinitas. Com a sua sensibilidade, será fácil identificar as ondas de acontecimentos e as intenções humanas por detrás das palavras. Lembre-se, Lis: muitas vezes, as palavras são traiçoeiras na boca de humanos. Confie na sua intuição. No entanto, lembre-se de algo muito importante. – Ela parou por alguns segundos e fitou-a fundo nos olhos. – Você conhece as Regras e Leis de Yevé, sabe que não podemos interferir no livre-arbítrio humano, portanto, mesmo que sinta que algo deve ser feito, se isso for capaz de manipular alguém ou mudar o rumo dos acontecimentos sem o consentimento explícito de quem está sendo afetado, não o faça. Entenda que essa regra é Universal. Você não pode interferir na evolução individual de cada um.

Lis se lembrava da vibração da pureza da qual tinha ouvido falar e sentiu uma onda de calor invadindo seu corpo.

– Chegou a hora de receber os dons.

Caminharam harmoniosamente até um riacho, onde um ser pequeno, de olhos puxados, barba branca e nariz comprido se aproximou. Era o Grande Mago de Yevé. O homem virou-se para ela e tocou sua mão esquerda.

– A sua ou a minha presença são capazes de projetar milhões de raios de luz em qualquer condição, lugar ou pessoa. Estamos comandando uma Nova Era. Quero estar sempre a ajudando a intuir o que necessita. Percorremos nosso caminho de evolução. Quero agradecer por sua lealdade a este Plano. Abriremos um portal e você se lembrará de recordações pessoais e laços que a ligam à Terra. Você tem um compromisso com aquele planeta. Não foi uma simples coincidência que levou seu filho Erosent àquele lugar e é maravilhoso que tenhamos a oportunidade de libertação dos campos de trevas da Terra. Se usar com o coração puro o fogo com o qual vou lhe presentear, resultará numa energia maravilhosa. Caso não ocorra, deverá acontecer a chamada morte. Que seu corpo de luz límpida seja ativado e que você receba esse dom da vibração harmoniosa. Saberá escutar artisticamente e atrair quem está predisposto a ouvir uma sintonia fina, através de qualquer arte.

Das mãos do Grande Mago foi possível ver um jato de luz violeta que se direcionava ao coração de Lis, que sentiu o peito explodir em energia. Aquele excesso, com cores amarelas que se transformaram em bolhas de ar, atraiu a atenção das crianças que passavam por ali e correram em sua direção para tentar capturá-las. Eram cintilantes, finas e pequenas, e escapavam pelo ar enquanto todos observavam. Era uma energia pura.

– O coração é, com toda certeza, o que temos de mais forte. Sinto que você, em algum momento, além de se revelar nas artes, poderá desenvolver algum tipo de aptidão com a cura. Mas não será a cura que eles conhecem. Você levará uma medicina vibracional para a Terra e os fará entender aquilo que eles ignoram.

Através do peito do Grande Mago, uma luz azul-cobalto jorrava e ele a transmitiu a Lis aos poucos. Kawaige estava surpresa com a revelação. O Mestre jamais dera um pouco do próprio dom para qualquer enviado. Desta forma, ele doara a própria energia e dom para que Lis os distribuísse na Terra da melhor maneira. Fazia tempo que Kawaige não se emocionava com a pureza, a bondade e a generosidade. Começou a chorar, em silêncio, emocionada com aquele presente.

– Por que faz isso, Grande Mago? – sussurrou em seus ouvidos enquanto o via transferindo seus poderes pessoais a Lis.

Ele não precisou responder. Olhou nos olhos de Kawaige e telepaticamente transmitiu sua mensagem. Via nela a cura para um planeta e sabia que, por algum motivo, Lis tinha o dom de transformar a batalha entre luz e trevas numa odisseia de amor. Era um momento colossal para transformar um planeta, e essa transformação partiria de uma figura que emanava tanta luz que não se corrompera mesmo quando estivera prisioneira do reino das trevas de Dragon. Nem mesmo sendo possuída por Saddah, que exalava maldade pelos poros.

– Só Lis é capaz de deter tantas experiências num só ser. Se combinarmos com as frequências certas, ela poderá alavancar uma cadeia de acontecimentos que libertará o planeta das forças do mal. Curar pessoas por meio do amor, mostrar a força de um sentimento potente que só os humanos podem sentir com tamanha intensidade, mas se privam de senti-lo.

Eles também explicaram a Lis que a passagem do tempo entre os reinos era diferente. Na Terra, assim como em Dragon, onde as energias eram densas, o ar era pesado e a toxicidade grande, os corpos se deterioravam com facilidade e os efeitos do tempo agiam de maneira implacável. Lis não tinha a menor ideia de quanto tempo se passara desde que chegara em Yevé, muito menos de quanto tempo de vida teria seu filho, Erosent, a quem não via desde bebezinho. A grande verdade era que seria surpreendida pelos efeitos do tempo na Terra. Se chegara em Yevé com aparência de vinte anos, na Terra haviam se passado catorze anos desde o seu resgate para o reino de luz. Em catorze anos muita coisa poderia ter acontecido com seu filho e ela nem imaginava o quê.

Lis estava sentindo seu corpo encharcado de amor, energia e luz, mas nem sequer poderia imaginar que aquela sensação não duraria muito tempo. Atravessar o portal exigiria grande esforço e ela só poderia fazê-lo sozinha. Não sabia, mas o campo da Terra era pesado e poderia chocá-la, de maneira que não conseguiria viver um dia nele.

Diziam que por isso as borboletas, seres enviados pelo Reino de Yevé à Terra para levar pureza e beleza, sobreviviam tão pouco tempo. Eram incapazes de absorver tantas energias densas e negativas daquele local.

Para Lis, o desafio ainda nem começara, mas ela tinha amor de sobra para fazer aquela jornada ser épica. Enquanto os yevens se reuniam ao seu redor, entoando um cântico para elevar sua alma e fortalecê-la, ela fechou os olhos.

– É agora! – Kawaige a convidou a entrar no portal.

Lis não olhou para trás. Agradeceu todas as forças que reunira naquele reino e saltou rumo ao desconhecido. Seu amor a movia e ela sentia que estava preparada. Tinha fé, esperança, entusiasmo e uma dose inenarrável de energia para doar.

Quando sentiu um vazio intenso, respirou profundamente. Precisava deixar-se morrer para nascer naquele novo planeta. Necessitava confiar. A ligação com Yevé de repente desapareceu e ela foi sugada através de uma maca onde seu corpo ficava envolto numa túnica branca em um compartimento que era capaz de passar através do portal. De tempos em tempos, quando esses raros eventos astrológicos ocorriam, diferentes portais se abriam. Não eram como o do eclipse, mas tinham a força de carregá-la para a Terra, já que faziam os seres equalizarem as melhores energias de todos os planetas. O portal se abriu como um retângulo azul no meio do céu, e o compartimento foi direcionado pelos yevens para que ela entrasse naturalmente. Tinham pouco tempo até que ele se fechasse.

Quando atravessou o portal, Lis viu seu corpo passando por espirais de luz enquanto os planetas se alinhavam. Sentiu o corpo se arrepiar de frio, teve náuseas, mas deixou que a fragmentação fosse possível para que retomasse um novo corpo na Terra.

AS MEMÓRIAS ORIGINAIS

Suspensa no tempo e no espaço, na origem da vida, Lis acessou seu conhecimento essencial. Revisitou memórias esquecidas e teve, em fração de segundos, a visualização de toda sua existência.

Foi nesse momento, enquanto atravessava o portal para ingressar no planeta Terra, que enxergou a si mesma, ainda criança, vibrante no Reino de Yevé. Sua felicidade era um bálsamo para aquele reino que só experimentava o amor verdadeiro.

Lis acessou seu DNA intacto. Cresceu aprendendo a gerar energia e foi nomeada Geradora de Energia, levando sentimentos de amor a todos os seres de Yevé. Sua lucidez era acompanhada de uma ausência absoluta de sensações. A velocidade das informações fazia com que elas fossem apenas computadas em seu núcleo original, e não revividas.

Assim, avistou a figura de um homem que manipulava energias. Ele brilhava e criava tudo que era possível ser criado em Yevé.

Sua habilidade manipuladora fazia dele alguém que detinha um poder superior, de outra ordem.

Lis viu o tempo acelerar e enxergou mais uma vez aquela figura familiar. Ele era jovem e suas intenções começavam a gerar desarmonia em Yevé. Com seu espírito perturbador, iniciou uma revolução secreta na qual se imaginava dominando todos os povos. Desafiando o poder superior, passou a manipular as energias do povo de Yevé, mas logo foi advertido. Aquela figura era persuasiva e estava determinada a conseguir manipular o máximo de energia possível. Por isso, bolou um plano.

Lis, que acreditava na bondade dos corações, tentou dissuadi-lo da ideia, mas a pessoa a ser manipulada foi ela. Sedutor, pela primeira vez, ele usou seu poder para roubar a energia dela e começar a realizar os seus planos. A missão ardilosa daquele homem transformava a cada dia a energia do Reino de Yevé. Quando se encontravam, ele dizia que queria comandar um lugar com as próprias regras e a manipulava, criando ideais fantasiosas de um reino que não existia, para que Lis acreditasse que ele tinha boas intenções.

Enquanto atravessava o portal, Lis assistia à sua consciência trazer à tona aquela conversa que se desenrolara havia muito tempo. Recordava-se da essência boa daquele homem que, pouco a pouco, ficava fascinado pelo próprio poder. Como um grande manipulador, ele via o quanto podia se destacar naquele reino. E sua sede por poder começou a aumentar em descompasso com o ritmo de Yevé. Alguma coisa ali estava fora da ordem, mas Lis ainda o via como alguém de coração puro.

Durante o último recado do Comando, que estava vigilante com a movimentação dele, Saddah disparou sobre Yevé uma lança de fogo. Era a primeira experiência de energia que podia queimar. Assustados, os yevens fugiram e ele se envaideceu por ter criado pânico ali.

O Comando, então, resolveu intervir, mas poucos sabiam que sua energia estava brevemente conectada com a Geradora de Energia mais poderosa do reino. Enquanto ele nutria uma paixão que se assemelhava a obsessão, Lis o amava e acreditava que poderia mudar suas características sombrias, pois não imaginava que estava sendo manipulada.

Lis ficou dividida. Sua essência dizia que Saddah podia ser perdoado e regenerado. Por acreditar que todos os corações poderiam gerar amor, alimentava o desejo secreto de regenerá-lo. Por isso, encontrou-se com o Comando e pediu que dessem uma segunda chance a ele.

Convicta de que poderia gerar energia de amor suficiente para os dois, cantava belas canções que o faziam se sentir nutrido de atenção e amor. Através da música, ela o alimentava com ternura e tentava cantar melodias que criassem harmonia no campo interior de Saddah.

Certo dia, ele entoou uma música para ela. Lis jamais escutara nada parecido. Era sobre um homem que se apaixona perdidamente por uma mulher que o ama. Tocou duas vezes e ficou esperando a reação dela. Lis sentia-se dividida. Não imaginava como poderia reagir ao apelo de Saddah, que pedia que fugisse com ele para longe do Reino de Yevé. E isso a deixava desconfortável. Ela parecia inspirá-lo a cada dia, mas Saddah pedia que ela não circulasse pelo Reino de Yevé. Sentia que a energia dela deveria ser destinada apenas a ele.

Enquanto conversava com as pessoas, Saddah dava leves demonstrações de que voltaria a manipular energia para ganhar mais poder. Lis começava a sentir algo diferente quando ele estava por perto. Percebia-o obcecado, embora não conhecesse aquele comportamento. Ele parecia meditar constantemente sob as frondosas árvores e se isolava de todos, com um humor que o deixava em constante depressão. Quando parecia triste, Lis fazia todo o possível para reanimá-lo. Nem sempre conseguia.

Um círculo vicioso, então, começou a ser criado, alimentando-o quando ele se fingia triste. Quando ele estava de fato com os ânimos alterados, Lis o ajudava a sentir-se melhor, mas, por estar viciado naquela sensação, era constante que fingisse certa melancolia para que ela tivesse piedade e transferisse sua melhor energia para ele. Lis sentia-se uma Geradora de Energia eficiente, por poder transformar uma pessoa em recuperação.

Saddah passou a dar sinais de comportamento alterado. Certa tarde, depois de um episódio que dividiu Yevé, numa manipulação de energia que destoava das originais, Lis afastou-se de Saddah. Num impulso incontrolável, ele a perturbava e reagia, procurando-a em todos os lugares. Numa folha, escreveu com tinta que os dias eram intoleráveis sem a presença dela. E finalizava com: "Vamos comigo?".

Lis recuou. Não queria sair de Yevé. Ele, porém, insistente e alucinado, não conseguia fazer qualquer movimento sem ela. E dizia:

– Eu sacrificaria tudo por você. Estou no meu limite. Ouvi o vento, observei o escuro das nuvens e senti o silêncio porque você não estava ao meu lado. Vamos fazer um acordo, pois estou enjaulado de amor por você. Vamos domar esse amor juntos.

Lis falou não pela segunda vez. Saddah disse que ela tinha medo.

Sentindo-se culpada quando o via implorar sua presença, ela começou a vê-lo fazendo pequenas chantagens para dominar as emoções. Lis não sabia como viver aquele amor e acreditava que o amar seria suficiente para mudá-lo. Sua dedicação e bondade em ajudá-lo eram tantas que ela acreditava que aquele comportamento poderia ser corrigido posteriormente, quando ele evoluísse. No entanto, Saddah estava a cada dia mais forte e poderoso, esperando o momento certo para atacar Yevé. Seus planos eram claros: dominar o reino com sua força.

Sem fazer ideia do que estava prestes a acontecer, Lis ficou desnorteada.

– Amanhã vou partir – avisou sem esperar que Lis tomasse uma decisão.

Ela sentiu um aperto no peito. Enquanto isso, ele segurava as mãos dela e lhe pedia que o fizesse feliz.

Os flashes de memória a faziam deslizar pelo tempo e espaço, resgatando aquelas lembranças que compunham seu passado. Então, viu o descontrole e entendeu que a Grande Batalha se iniciara. Raios e luzes foram projetados. Ela não conseguia entender o que estava acontecendo no meio de tanta fumaça, mas experimentava o medo pela primeira vez.

Sentiu-se fraca. Viu as mãos de Saddah tocando sua cabeça e experimentou a sensação de torpor, como se gerar energia não fosse mais possível.

Num movimento brusco, ele lançou um olhar a Lis, que reagiu.

– Vamos comigo.

Lis via que, com as pontas dos dedos da outra mão, Saddah criava outro reino. Era com a energia dela que o Reino de Dragon seria construído, embora Lis nem sequer desconfiasse disso.

Ela continuou recebendo todos os códigos de lembranças enquanto caía no vazio daquela viagem interplanetária, ingressando no campo mágico da galáxia que a abrigaria. Seus corpos iam mudando de características e as lembranças simplesmente se dissipavam, como poeiras cósmicas. A memória da origem de sua relação com Saddah estava clara, embora não tivesse sido permitido que as recordações de toda a destruição que ele provocou lhe fossem reveladas.

Como Lis acreditava na inocência de Saddah, era impossível enxergar a maldade nele. E, mesmo quando as lembranças vinham à tona, existia um bloqueio que a impedia de ver qualquer crueldade que ele tivesse dirigido ao reino de onde tinham sido gerados.

Sua consciência se misturava à sensação de ter sido capturada por um buraco negro, mas sabia que estava fora do Tempo e Espaço. Pela primeira vez, percebeu que estava envolta numa espécie de borrão de metal que refletia luzes conforme atravessava aquele portal. Sabia que, antes de ingressar no planeta Terra, teria de passar pela regência de todos os planetas do Sistema Solar, a fim de conquistar as forças do Universo e entrar em sintonia com os humanos.

A viagem interestelar estava apenas começando.

CAPÍTULO II

O VILAREJO DE AIGAM

Era o ano de 1980 na Terra. Quarenta anos antes da chegada de Lis à Terra, um evento em particular modificaria o curso dos acontecimentos, criando possibilidades para que uma figura que impactaria profundamente sua vida surgisse.

O verão se aproximava no vilarejo do Campo Sudeste de Aigam e as chuvas frequentes naquela região estavam perturbando a paz das colheitas e plantios. Naquele ano, as tempestades pareciam mais fortes do que as do ano anterior e todos temiam pela segurança do vilarejo, que não tinha qualquer proteção.

Celeste e Altino eram um casal de agricultores locais que prestavam serviço a Yalom, o prefeito da cidade, que os explorava, fazendo-os trabalhar mais do que podiam. Em troca, dava-lhes o direito de viver em um casebre na região. Aquela servidão não era entendida pelo casal, que fazia o possível e o impossível para satisfazer Yalom, um homem cruel que buscava sempre mais.

Celeste era uma mulher forte, bonita, que não tinha medo de se embrenhar pela mata e constantemente ficava sozinha cuidando das hortas, enquanto Yalom ordenava que Altino fosse até a cidade vizinha buscar ouro, uma espécie de imposto que aquele prefeito extorquia de todos da região. Embora tivesse seus capangas, não confiava em todos eles e sabia que Altino seria incapaz de roubá-lo.

Naquela tarde, anunciava-se uma tempestade. Yalom sabia que Celeste estaria sozinha na horta e se dirigiu até ela, dizendo que escureceria e seria perigoso continuar ali. Sedutor, convidou-a para ir com ele ao estábulo. A chuva começava a cair e sua roupa ficou ensopada. Enquanto o marido estava fora, Celeste sentia-se desprotegida, mas confiava que com Yalom estaria segura.

Quando chegaram ao estábulo, ele a olhou de um jeito diferente. Celeste teve medo, mas encurvou-se num canto enquanto os trovões começavam a fazer a terra do chão tremer. Sabia que a noite seria longa, no entanto não tinha como se proteger, nem como ir até sua casa debaixo daquela tempestade.

Yalom, pelo contrário, não tinha qualquer resquício de medo em sua feição. Parecia feliz, inclusive.

– Que pena que Altino está na estrada – ele disse. – Os raios estão vindo com força.

Ela se encolheu mais.

– Está com medo? – o prefeito perguntou.

Celeste não sabia se o medo era do perigo que vinha de fora ou do que vinha de dentro do estábulo, de modo que respondeu que não tinha medo de nada.

Yalom aproximou-se dela, que estava com a roupa encharcada, e sugeriu que se despisse para enrolar-se num cobertor.

– Não precisa, senhor.

– Celeste, eu estou ordenando que você faça isso.

Com os olhos marejados, a mulher sentiu vontade de fugir dali, mas não sabia como fazê-lo.

– Não posso, senhor.

– Celeste, você parece não ter entendido as coisas. Quem manda neste vilarejo sou eu. E se eu digo algo, você precisa obedecer. Ou quer ser expulsa daqui? Esqueceu que vocês não têm para onde ir?

Celeste segurou o choro e fez uma expressão de dignidade.

– Prefiro ficar sem teto a me despir diante do senhor.

Um trovão ameaçou a cidade de Aigam. Yalom se aproximou dela como um animal faminto e arrancou suas roupas.

– Agora ficará nua sem o cobertor. Era isso que queria? Que eu arrancasse suas roupas? Ora, estou querendo o seu bem! Não vai se resfriar, senão não consegue trabalhar amanhã.

Como num milagre, a chuva abrandou. Ouviram-se gritos.

– O que está acontecendo? – Yalom se questionou.

Os capangas pareciam correr na direção do estábulo e chamar por Yalom.

Celeste enrolou-se no cobertor e escondeu-se enquanto Yalom foi para fora para ver o que tinha acontecido. Temia uma invasão.

– Senhor!

– O que aconteceu, criatura?

– Altino, senhor! – começou um dos capangas.

O prefeito queria mais explicações.

– O que aconteceu com ele? Fala logo! Ele fugiu com meu ouro?

Os capangas se entreolharam.

– Senhor, ele foi atingido por um raio... Está morto na estrada.

Yalom preocupou-se imediatamente com o ouro que estaria em posse de Altino.

– E onde está o ouro, seus imbecis?

Os capangas revelaram que o ouro provavelmente fora roubado por algum viajante que vira seu corpo estirado na estrada de terra.

A ira de Yalom fez com que ele soltasse um grito de horror. Dispensou os capangas para que recolhessem o corpo de Altino e voltou ao estábulo.

– Altino morreu, mulher! Esse animal não foi capaz de trazer meu ouro. Você vai pagar por isso!

Puxou os cabelos dela com força e a possuiu violentamente, enquanto a mulher chorava a morte do marido e a violência que sofria.

Quando se deu por satisfeito, Yalom disse que ela poderia viver em sua casa.

– Não vai ficar sozinha no vilarejo, é perigoso morar ali sem um homem. Serei seu homem e a protegerei.

Celeste chorou toda a raiva, medo, angústia e tristeza naquela noite. O pranto era tanto que seus dutos lacrimais ficaram incapazes de produzir mais lágrimas. Na manhã seguinte, já no quarto de Yalom, prometeu a si mesma que nunca mais derramaria uma lágrima sequer. Era como se todo o ódio por Yalom penetrasse sua pele. Não sentia qualquer emoção boa e era incapaz de sorrir. Dizia que aquela força a protegeria. Enojava-se de Yalom, que passou a tratá-la como sua esposa.

Com o passar dos meses, sua barriga começou a crescer. Yalom, que era obcecado por poder, viu a possibilidade de ter um filho e ampliar os seus negócios naquela região. Ao lado de Celeste, sentia-se forte e conquistava cada vez mais territórios por onde passava. Seu ouro se multiplicava a cada mês. O valor dos impostos que cobrava dos moradores era alto e ele não se importava se passassem fome, contanto que lhe pagassem o que acreditava ser justo por morarem em suas terras.

Equipava seus capangas cada vez mais para que protegessem a cidade e dizia que aquilo tinha seu preço. Só que, dia após dia, temia que alguém roubasse o ouro que guardava num armazém dentro de sua casa.

Certa manhã, acordou determinado a buscar uma caverna onde pudesse esconder todo o ouro. Como Celeste conhecia toda a região, usou a mulher para guiá-lo através da floresta. Encontraram um lugar perfeito, que parecia ter sido preparado para proteger seu tesouro.

A gestação de Celeste estava avançada e ela, embora tivesse certa dificuldade de andar com a barriga de quase nove meses completos, acompanhava Yalom quando ele pedia sua presença.

* * *

Era o ano de 1982.

Durante a viagem, Celeste sentiu dores agudas na parte de baixo do ventre. Yalom olhou para a barriga da mulher e, pelos seus cálculos, a hora de seu filho nascer estava próxima. Fazia alguns meses que viviam juntos.

Pela primeira vez, em meses, ela se emocionou. No entanto, não sabia se queria parir aquela criança, vítima de uma situação doentia. Sentiu um ardente desejo de poupar a vida do filho e deixá-lo morrer na floresta, assim que a criança nascesse.

– Preciso de uma faca – pediu a Yalom.

– O que quer fazer com uma faca?

– Precisamos cortar o cordão assim que a criança nascer.

Sem pensar duas vezes, ele voltou à carruagem para buscar a faca e afiá-la.

Celeste não sabia mais se queria matar o próprio filho, mas sentiu que poderia acabar com o domínio de Yalom sobre aquele povo.

As dores ficaram intensas e os gritos da mulher deixavam Yalom perturbado e com medo. Sabia que os bichos da floresta poderiam aparecer e já anoitecia.

Sem entender a força das contrações, ele começou a suar frio vendo Celeste urrar daquela maneira. A bolsa dela tinha estourado e as contrações vinham com toda a intensidade. Nenhum dos dois poderia prever que aquele acontecimento seria daquela maneira, em um local inóspito como as redondezas da caverna.

Celeste sentia espasmos pelo corpo e o tempo foi passando de forma que Yalom se apavorava cada vez mais. No entanto, não conseguia tirá-la de lá. Por isso, deixou que o trabalho de parto acontecesse ali. Não tinham mais controle das horas que se passavam. Celeste mal podia falar, estava em transe.

Até que, em determinado momento, agachou-se e disse que era a hora.

Apavorado, Yalom aproximou-se e viu a cabeça de seu filho descer devagar. Quando todo o corpo saiu, Yalom chorou pela primeira vez, ao contrário do filho, que não esboçava qualquer reação típica de um recém-nascido. O bebê não chorava nem abria os olhos. Sua coloração fazia parecer que estava sem vida.

Ambos permaneceram em silêncio, esperando o momento de ouvir aquele choro que não vinha, até que Celeste finalmente derramou uma lágrima. Implorou aos céus que pudessem ter misericórdia pela vida de seu filho. Sabia que tinha desejado sua morte, mas perceber que aquela morte poderia ser real fazia o próprio coração ser tomado pela dor. Clamou piedade e pediu compaixão. Olhou para o alto e implorou para a Inteligência Divina que ele vivesse.

– Levem minha vida, mas deixem ele viver – sussurrou enquanto via o menino quase desfalecido, sem qualquer sinal vital.

Bastaram alguns segundos para que ele começasse a chorar com vigor. O menino milagrosamente parecia estar cheio de vida, como se acabasse de nascer. Ou renascer.

Yalom curvou-se diante do filho e levantou seu corpo.

– Filho, este império será seu – ele clamou.

Fazendo uso de uma faca, Yalom cortou o cordão umbilical num só golpe, levantando o bebê para o alto num impulso de mostrá-lo ao mundo.

– Meu filho. É homem! Meu filho. Você será o Rei da Terra que dominará a todos.

Enquanto isso, Celeste sangrava. Não conseguia expelir a placenta e a hemorragia, até então desconhecida por ela, a fazia perder as forças.

– Chame alguém – pediu em voz baixa para Yalom.

O homem era incapaz de tomar qualquer decisão.

Celeste revivia suas memórias e se lembrava de tudo que vivera. Lembrava-se da morte de Altino, de como era feliz ao lado dele e de como Yalom modificara para sempre sua história. E arrependia-se de ter desejado a morte do bebê. Quando o via nos braços do pai, sentia seu coração nutrir uma faísca de amor por aquele ser a quem acabara de parir.

Yalom olhou para o bebê, envolveu-o num pano sujo e cantou:

– O ouro está na caverna... O seu ouro está na caverna... A caverna é no Bico do Corvo... O ouro está na caverna... O seu ouro está na caverna... A caverna é no Bico do Corvo.

O bebê pareceu se acalmar, ao passo que Celeste perdia suas forças. Ela não sabia se queria ficar ou partir. Não sabia se queria amar ou odiar. Não sabia se queria viver ou morrer. Na dúvida, adormeceu.

Já escurecia quando Yalom ordenou a Celeste:

– Mulher, levante-se! – E, virando-se para a criança, disse: – Amanhã volto para buscar sua mãe.

Yalom colocou o bebê na carroça e partiu, como se deixasse um pedaço de carne para trás.

Na manhã seguinte, quando retornou, o corpo de Celeste não estava mais ali. Apavorou-se ao ver as roupas dela cheias de sangue, supondo que fora devorada por algum animal. Cuspiu no chão e saiu apressado, com medo de deixar o bebê sozinho.

Ao retornar, segurou o menino com força e pediu que alguém procurasse uma ama de leite. Foi assim que Sinhá, uma senhora gorda, de sorriso farto, surgiu na vida de Lázaro, o filho de Yalom.

Quando colocou os olhos no menino, prometeu que cuidaria dele como se fosse o próprio filho.

A HERANÇA DE LÁZARO

Era o ano de 1989 na Terra.

Lázaro tinha sete anos quando Aigam se viu diante de sua primeira grande névoa. Para os sábios da região, aquele era um sinal de que a cidade seria devastada por uma tempestade. Sinhá, que tinha uma intuição forte, pedia ao menino que se protegesse dentro de casa junto dela. A residência de Yalom era a única com um refúgio subterrâneo que servia de proteção contra tempestades violentas.

Durante todo aquele tempo, Yalom concentrara esforços nas viagens entre as cidades. Depois da morte de Celeste, ele ficara confuso e perturbado e viajava para recolher os impostos e fazer negócios com as cidades vizinhas. Não sentia culpa pela morte da mãe de seu filho, mas sabia que poderia tê-la evitado. Por isso, fugia do contato com Lázaro.

Quando a tempestade começou, ninguém sabia ao certo o que aconteceria com Aigam. As chuvas vieram fortes e a tormenta parecia trazer raios incontroláveis. Foram sete dias e sete noites de chuva intensa. Ninguém tinha qualquer notícia de Yalom. Lázaro estava com medo, mas não sabia como lidar com aquele pavor diante do sumiço do pai. No oitavo dia, a chuva parou.

Ao abrirem a porta do refúgio subterrâneo, viram a casa depenada. A força da natureza fora implacável. Saíram às ruas e Lázaro deu um grito de horror. Toda a cidade de Aigam havia sido devastada. Os corpos ainda boiavam pelas águas e nenhuma casa ficara de pé.

Horrorizada com aquela imagem, Sinhá pegou na mão do menino e pediu:

– Encontre o poder escondido na sua verdade.

Ela pegou um punhado de terra do chão, colocou nas mãos dele e disse:

– Essa terra é sua, menino. Você vai construir um novo reino.

Lázaro jogou-se no colo de Sinhá, como uma criança que pede proteção. Era uma cena chocante demais para um menino de sete anos. No entanto, aquele episódio congelaria o coração dele, cuja origem ele não sabia ao certo. Lázaro não fazia ideia do que tinha acontecido desde sua concepção. Não sabia nada sobre Altino, não conhecera sua mãe, nem recebera afeto verdadeiro de Yalom. Mesmo assim, contentava-se com as migalhas que recebia do pai. Sinhá, que cuidava dele todos os dias e todas as noites, desde seu nascimento, assistia à reação daquela criança que tentava entender toda a situação ao seu redor. De fato, ele se afeiçoava mais a Sinhá a cada dia que passava, já que ela era sua única companhia e quem lhe dava, incondicionalmente, todo o apoio emocional.

– Onde está meu pai, Sinhá?

O sofrimento veio em forma de soluço, que se transformou em um grito misturado a um choro que não acabava. Sinhá o abraçou com força. Queria evitar que o menino padecesse, mas não sabia como estancar as lágrimas que corriam pelo rosto dele.

– Meu pai morreu? Ele vai voltar?

Sinhá o abraçou com mais força. Foi um abraço reconfortante com todo o seu corpo, energia e presença. O olhar e a fala dela acompanhavam o gesto de amor. Sua força era o que manteria aquele vilarejo de pé dali em diante. Não saberia responder se Yalom estava vivo, mas tinha consciência de que a probabilidade de ele ter sobrevivido ao que parecia ter sido um furacão era pequena demais.

E como contar para ele? Sentiu a barra da saia molhada pelas lágrimas de Lázaro.

– Menino... seu pai pode estar vivo. Mas pode também não estar. Chora e lava essa alma até sentir o coração aliviado. Pode chorar com a força dessa chuva.

Os dois permaneceram abraçados até o anoitecer. Lázaro tinha medo do que aconteceria dali em diante. Era uma criança que ouvira, dia após dia, que aquele lugar seria dele. Sabia que seu pai era poderoso e crescera presenciando os abusos que ele cometia com os moradores da região, como se fosse algo normal e aceitável. Esse era o jeito de governar que ele conhecia e sabia que existia. Jamais questionara as atitudes do pai.

– Sinhá – disse, depois de longas horas de silêncio –, eu vou crescer e cuidar disso tudo. Quero reconstruir esta cidade para as pessoas.

Ela deu um sorriso de compaixão, tentando fazer a esperança sobreviver àquela tempestade. Era um sorriso que ela guardava para fazer de conta que o que ele dissera poderia acontecer. No entanto, fora o bastante para convencer Lázaro de que era possível.

– Menino, você precisa crescer e cuidar de você. Isso já é o bastante.

Naquela noite, ele ficou acordado. Ainda achava que o pai chegaria de repente. Levantava-se em direção à janela a cada barulho que ouvia, na esperança de ver o pai. Na noite seguinte, quando fechou os olhos, escutou Yalom cantando para ele. Aquela melodia parecia não ter nenhuma letra definida, mas era ela que fazia Lázaro dormir.

Daquele dia em diante, a mesma cena se repetia todas as noites. Antes de fechar os olhos, Lázaro sentia um medo fora do comum. Às vezes, Sinhá conseguia acalmá-lo com um chá de ervas, que preparava com carinho; outras, ela lhe contava histórias sobre coisas que ele não sabia. Sem a presença do pai, ele se sentia inseguro; por isso, criava uma armadura em torno de si, para que pudesse se defender das pessoas. Era apenas uma criança, mas sua alma envelhecia. Seu ar era de um senhor de idade e a maturidade, de um adulto. Sua frieza e a forma como lidava com tudo chegavam a assustar Sinhá, que presenciava as mudanças que o sofrimento talhara naquele menino.

Alguns capangas que viajaram a outros vilarejos a fim de coletar impostos a mando de Yalom conseguiram, por fim, retornar. Lázaro, então, entendeu que eles, se soubessem que seu pai estava desaparecido, imaginariam que o prefeito morrera. Como consequência, Lázaro poderia perder o poder que exercia ali. Então, chamou Sinhá e avisou-lhe que inventaria uma mentira.

– Sinhá, vou dizer que meu pai está doente e acamado. Faça de conta que é verdade.

Quando os homens chegaram e viram o vilarejo destruído, o menino lhes disse que o pai voltara muito debilitado; por isso, ficaria descansando. Ele, então, transmitiria as ordens a todos. Os capangas do pai, que tinham medo do que Yalom poderia fazer caso o desobedecessem, acreditaram na conversa descabida do menino e fizeram o que ele lhes pediu.

Lázaro queria reconstruir a cidade e ninguém ousava questioná-lo, nem mesmo Sinhá. Ela sabia que as atitudes movidas pelo medo eram perigosas, mas se tratava das únicas estratégias que Lázaro conhecia. O garoto tivera pouco contato com o amor, até mesmo enquanto estava sendo gerado por sua mãe. Isso fazia dele uma criança com sentimentos controversos.

Por vezes, quando se olhava no espelho, Lázaro ousava dizer que tinha a força do pai. Acreditava que impor vontades era sinônimo de ser forte e ter poder. Desse jeito, ia governando aquela cidade, que foi sendo reconstruída conforme os habitantes dos vilarejos vizinhos, desabrigados, foram pedindo abrigo.

As estações do ano foram passando. As pessoas, que chegaram de outras regiões, tiveram oportunidades de emprego e se tornaram gratas a Lázaro, que prometia trabalho a quem ajudasse a reerguer Aigam.

Lázaro, às vezes, sonhava com a palavra castigo e perguntava a Sinhá se seria possível todo aquele vilarejo ter sido castigado por alguma maldade que alguém tivesse cometido. Sinhá se calava quando ele fazia perguntas às quais ela não gostaria de responder, mas dizia com carinho que ele poderia construir seu destino do jeito dele.

– A justiça sempre impera, Lázaro – ela falava.

Ele levava isso ao pé da letra. Rigoroso, não admitia desordem na cidade e fazia sua justiça do jeito que o pai lhe ensinara. Por vezes, sentia um ar celestial quando ia a um recanto perto da floresta, local em que se permitia ser criança. Conversava com pássaros, brincava com os animais e fazia de conta que não tinha toda aquela responsabilidade de uma cidade inteira sob seus ombros. Quando estava sozinho, chorava sem motivo. Gostaria de ter conhecido a mãe, mas também sentia falta da figura do pai, que era quem lhe transmitia a sensação de segurança.

Foi assim que Lázaro cresceu. E ninguém jamais desconfiou de sua mentira acerca do pai. A população era grata a ele por tê-los deixado permanecer em Aigam, e alguns capangas se mudaram para as cidades vizinhas. Logo, todos que viviam ali nem sabiam que Yalom exercera poder algum dia. Viam Lázaro como seu grande líder. Era ele quem decidia tudo: dava ordens para que as estradas fossem construídas, recolhia impostos, criava leis que faziam sentido a quem morava naquele local tão afastado da cidade grande.

Quando completou dezoito anos, Lázaro exercia poder sem qualquer dificuldade. Era como se tivesse criado a cidade de

Aigam. Sinhá, a única testemunha dos fatos vividos pelo menino, parecia não sentir os efeitos do tempo, de forma que ainda conservava a mesma feição saudável e o olhar carinhoso. Ela era a única pessoa em quem Lázaro confiava, por isso era para ela que ele contava sobre seus sonhos estranhos, os quais o perturbavam durante as noites.

Quando conseguia dormir, Lázaro via figuras de sombras e luz lutando entre si. E só de falar sobre o assunto, sua alma se arrepiava.

– Sonhei com um lugar que parecia uma caverna.

A mulher, que pouco falava, respirou fundo e comentou:

– A caverna é um local escuro na alma da gente que esconde nossos segredos.

Lázaro ficou pensativo e a palavra caverna surgia sempre que ele ia dormir. Não conseguia se lembrar da música que o pai lhe cantava, mas a entonação era soprada em seus ouvidos de modo constante. Ele sabia que aquilo tinha alguma ligação com uma caverna, mas não conseguia entender o porquê.

Sua expressão era sempre de frieza e distanciamento. Sabia o custo emocional de se afeiçoar a alguém. Não queria chorar a ausência de mais ninguém, então, inconscientemente, afastava as pessoas.

Às vezes, Sinhá observava as atitudes do menino, que já era homem feito, e perguntava a si mesma em que momento ele se tornara aquela pessoa tão dura. Sabia das dificuldades pelas quais ele passara, mas ficava perplexa com tanta mudança. No entanto, ainda assim, conseguia enxergar dentro dele a pureza de uma criança.

* * *

Era o ano de 2003 na Terra.

O tempo havia se passado, mas Lázaro continuava reproduzindo o comportamento que aprendera, criando uma distância cada vez maior entre ele e as pessoas que o cercavam, até que chegou o dia de seu aniversário. Lázaro faria vinte e um anos. A cada dia que passava, sua beleza ficava mais evidente. Tinha os traços do pai, o corpo forte, cabelos claros, pele levemente queimada pelo sol e uma boca carnuda, que apertava com os dentes quando se preocupava. Seus olhos claros, de um azul-esverdeado que parecia cor de esmeralda, eram a paixão de Sinhá, que elogiava todos os dias e os observava antes que o jovem dormisse. Nessas ocasiões, Lázaro mostrava seu sorriso, formando duas covinhas ao lado da boca.

Como em todos os anos, ele dizia que a cidade deveria estar em festa. Então, criara um festival com comes, bebes, música, evento em que todos se divertiam noite adentro. Exceto ele, que nunca se misturava com os moradores. Dizia que preferia observá-los da janela. E era o que fazia, passando longas horas apenas olhando a movimentação.

Gostava de apreciar, sobretudo, a alegria das pessoas. Observava as expressões de alegria e, atrás da cortina do quarto, vibrava secretamente quando via as pessoas felizes, embora não admitisse. Seu discurso era de que aquele evento também trazia dinheiro para a prefeitura, já que habitantes de cidades vizinhas participavam do festival, hospedando-se nas estalagens e pousadas locais.

Lázaro se satisfazia vendo as pessoas sentindo a alegria que não se permitia sentir. Chegava a ficar horas ali, com os olhos fixos nas danças, nos beijos apaixonados dos casais e nas demonstrações de afeto entre pais e filhos. Nessas noites, sonhava com outros festivais de música e imaginava novas formas de trazer felicidade àquele povoado. Geralmente, seu humor mudava na manhã seguinte, quando não estava mais impactado pela leveza da noite anterior. Só que naquele aniversário, quando completaria vinte e um anos, Lázaro teria uma surpresa. Enquanto observava a festa, ouviu-se um estrondo. Da janela, viu um raio atingir a floresta. Ficou assustado e imaginou que poderia ser um mau presságio ou o início de uma grande tempestade.

– Sinhá! – chamou e correu pela casa, porém não a encontrou em nenhum canto. – Sinhá! Sinhá!

Lázaro teve medo. Com a respiração entrecortada, ele mal conseguia falar. A lembrança da tempestade para a qual perdera seu pai era forte demais para ser esquecida e aquele raio poderia ser o início de algo ruim. Seu coração acelerado dizia que deveria procurá-la.

– Sinháááá! – gritou mais uma vez, mas não obteve resposta.

Como um animal assustado, ele se direcionou à estrebaria, onde montou a cavalo e saiu em disparada na direção da floresta, sem dar satisfação a ninguém. Temia que algo tivesse acontecido com Sinhá, que era a única pessoa por quem tinha qualquer afeição. Entrou na trilha pela floresta sem ouvir qualquer ruído, até que decidiu parar perto de uma clareira.

– Sinhááá!

Seu grito parecia ecoar. Enquanto ouvia o próprio eco, escutou o choro de uma criança ali perto. Ouviu seu nome e, então, começou a andar descontrolado, mas não encontrou ninguém. O choro de criança parecia ainda vivo em sua lembrança.

– Lázaro!

Ele se virou assustado e deu de cara com Sinhá. Ela segurava um bebê.

– Criatura, quase me mata do coração! O que está fazendo aqui? O que é isso?

Ela estendeu a criança nos braços. Caminhava lentamente e tinha um sorriso largo no rosto que ele não via fazia muito tempo. Parecia a Sinhá que conhecera quando criança.

– Veja – ela sussurrou.

Lázaro ficou petrificado. Não esboçava nenhuma reação, nem sorria, nem conseguia se comover. Estático, olhava para aquele bebê embrulhado na manta de Sinhá, que sorria, como se tivesse encontrado um grande tesouro.

– O que você está fazendo com essa criança no colo? – Lázaro conseguiu perguntar quando as palavras saíram de sua boca.

– Essa criança estava aqui... Deve ter sido abandonada.

Lázaro achou a história mal contada. Como Sinhá tinha se metido no meio da floresta e encontrado um bebê?

– Eu tive um sonho esta noite e sabia que esse bebê estaria aqui em algum lugar. Então, vim até a floresta para procurá-lo. O sonho dizia que a criança chegaria num dia de festa. Eu imaginei que seria no dia de seu aniversário.

Lázaro continuava sem acreditar na história.

– Você veio para o meio da mata por causa de um sonho? Quer que eu acredite nisso, Sinhá? De onde vem essa criança? Cadê a mãe dela?

Sinhá percebeu que o coração de Lázaro não se abriria com tanta facilidade.

– Menino, eu estou te dizendo que essa criança estava aqui sozinha.

Por uma fração de segundos, Lázaro se lembrou do raio que vira através de sua janela. Notou que o céu estava estrelado, ao contrário do que previa. Nenhuma tempestade estava a caminho.

– O que você vai fazer com essa criança agora? – perguntou. – Quem ia deixar uma criança aqui sozinha?

– Eu não sei te responder isso, mas neste momento eu estou apertada... Vou ali na moita rapidinho. Segura ele para mim, por favor, que eu já volto.

Sinhá nem bem terminou de falar e entregou o bebê nas mãos de Lázaro, que mal teve tempo de recusar o embrulho. Ela saiu sem se virar para trás.

Imóvel, Lázaro parou de respirar. Olhou para a pele do rosto do bebê, lisa, o sono calmo. Sentiu vontade de chorar.

– O mundo é cruel – disse baixinho. – Veja você... nós dois fomos abandonados sozinhos. Este mundo é cruel. A vida é tão injusta. Deixa a gente desamparado.

Ele abriu a manta para identificar o sexo da criança e se alegrou quando constatou que era um menino. Soltou o peso do corpo e deixou uma lágrima escorrer pelo rosto. O que ia fazer com ele? Como abandonar aquela criança no meio da floresta? Como alguém tinha tido coragem de fazer aquilo?

Começou a pensar na hipótese de qualquer pessoa ter aproveitado a festa para levá-lo até lá sem ser descoberta. Como prefeito, impusera a lei da punição para qualquer tipo de abandono.

– Como alguém pôde fazer isso com você? – repetiu. – Eu não vou deixar que lhe falte nada. Você vai ser um menino criado em berço de ouro. Vai receber tudo aquilo que lhe foi negado.

Lázaro ouviu o barulho de Sinhá se aproximando e pediu que ela se apressasse.

– Vamos logo, Sinhá. Está frio aqui para a criança.

Ela esboçou um sorriso.

– E o menino? – perguntou.

Lázaro devolveu a criança para Sinhá.

– Você o leva no colo. Vamos no meu cavalo. Vou devagar... Quando chegarmos ao vilarejo, pensamos no que fazer.

Saíram dali num ritmo lento, mas com pressa de chegar ao destino, o que os fez esquecer que existia uma celebração acontecendo no vilarejo. Por um instante, não se lembravam mais dos anos que tinham enfrentado juntos, desde o dia em que acordaram com todo o vilarejo devastado. A pressa também os fez esquecer que ele tinha uma carapaça que o protegia para que não sentisse nada, desde que seu pai desaparecera.

Então, como se um raio de luz invadisse o vilarejo, o coração de Lázaro começou a bater mais forte. Sentiu um intenso desejo de dizer a Sinhá que aquele menino seria criado como se fosse seu filho.

– Mulher, ele pode ficar em casa. Cuide dele como cuidou de mim. É uma injustiça que uma criança cresça sem pai nem mãe.

Ela jurava ter visto uma lágrima escorrendo dos olhos dele.

– Acho que esse menino é portador de milagres – Sinhá falou, emocionada.

Lázaro permaneceu quieto. E só voltou a falar no meio da noite, quando se viu diante do cesto onde Sinhá guardara o menino. Ele, então, começou a cantar:

– O ouro está na caverna... O seu ouro está na caverna... A caverna é no Bico do Corvo... O ouro está na caverna... O seu ouro está na caverna... A caverna é no Bico do Corvo.

O DESPERTAR DE LÁZARO

Lázaro decidiu batizar o menino com o nome de Benjamin. Foi assim que aquela criança, que ninguém sabia de onde vinha, cresceu naquela casa, fazendo os olhos de Lázaro voltarem a brilhar. Para alegria de Sinhá, os dois eram unha e carne, e Lázaro se preocupava com o menino como quem se preocupa com um filho. Do dia para a noite, era como se o sol voltasse a brilhar ali. Todos de Aigam percebiam a mudança drástica de comportamento daquele homem. Outrora considerado frio, agora parecia ter o semblante alegre e despreocupado. Benjamin despertara nele o amor. Era um amor diferente do recebido de Sinhá. Sentia-se responsável pelo bebê e pelo bem-estar dele. Fazia tudo pensando nas consequências de seus atos para aquela criança.

Certa noite, depois de alguns anos, Benjamin despertou assustado. Gritava tão alto que todos da casa acordaram e foram correndo ver o que acontecia. O menino se debatia no berço e recusava-se a ir no colo de Sinhá, rejeitando também a presença de Lázaro. Seus gritos eram estridentes, mas não pareciam ter qualquer motivo. Lázaro pegou o menino, que se debatia em seu colo, pedindo socorro. Nenhum dos dois sabia o que estava acontecendo. Os gritos continuaram por alguns minutos.

Sinhá começou a rezar. Conforme rezava, a criança gritava mais alto, nervosa. As veias do pescoço estavam saltadas; o rosto, vermelho. A reza de Sinhá continuou. Ela, então, correu para seu quarto a fim de buscar água que trouxera da cachoeira e a jogou na cabeça do menino. Ele foi se acalmando e abraçou Lázaro com força.

– O que foi, Benjamin? O que aconteceu?

Benjamin limitou-se a dizer uma das poucas palavras que tinha aprendido:

– O escuro...

Depois daquele ocorrido, passaram a notar que toda vez que a lua minguante aparecia, o episódio se repetia. No entanto, nem Sinhá nem Lázaro ousavam dizer o que poderia estar acontecendo com o menino.

Lázaro pensou em procurar um médico, mas Sinhá disse que aquilo era coisa de criança e que quando crescesse ia ficar melhor.

– Se acalma, Lázaro, e fica com o coração em paz. Seu medo só vai piorar as coisas – dizia quando via o homem assustado com as noites em que Benjamin gritava com os olhos cheios de raiva.

Com o passar dos anos, o vínculo entre Benjamin e Lázaro ia ficando cada vez mais estreito. Ele fazia brincadeiras para o menino e cuidava dele como se cuida de um filho. Lázaro, que não era de excessos, não economizava na demonstração de afeto por Benjamin.

Certa noite, quando sentiu o coração agitado, foi até o quarto do menino. Pela fresta da porta do quarto, viu Sinhá lhe contar uma história. Pensava que ele poderia gostar mais dela do que dele. Sentiu crescer um ciúme que nunca tinha alimentado.

– A lagosta vive no fundo do mar e se protege com uma carapaça dura e resistente. Dentro da carapaça, porém, a lagosta continua a crescer – Sinhá contava. – Ao final de um ano, sua casa fica pequena e ela precisa enfrentar um grande dilema: ou permanece dentro da carapaça e morre sufocada ou arrisca sair de lá, abandonando-a, até que seu organismo crie uma nova carapaça de proteção, de tamanho maior, que lhe servirá de couraça por mais um ano. Vagando pelo mar – ela continuou –, sem a carapaça, a lagosta fica vulnerável aos muitos predadores que se alimentam dela. Mesmo assim, ela sempre prefere sair. Dentro da carapaça, que se transformou em prisão, ela não tem nenhuma chance. Fora, sim.

O menino escutava com atenção. Já estava com sete anos e parecia mais sabido que as demais crianças da mesma idade.

– A gente também tem carapaça? – perguntou à Sinhá.

Lázaro continuou em silêncio. Queria ouvir a resposta que ela daria ao menino.

– Muitas... E, às vezes, somos que nem lagosta, precisamos sair de um lugar que não tem mais nada para oferecer, para que a gente possa crescer e construir uma nova carapaça.

Benjamin não disse nada. Deu um beijo em Sinhá e fechou os olhos. Certamente, pensava nas lagostas.

Lázaro sentiu um desconforto. Foi até seu quarto, acendeu o abajur e ficou pensativo. O amor que sentia por Benjamin e Sinhá era forte, mas perguntava a si mesmo por que tinha a impressão de que Sinhá lhe escondia algo.

Sempre que ela contava metáforas ao menino, ele ficava intrigado. Lembrava-se de algumas histórias que ela tinha lhe contado quando ele ainda era criança. O desconforto foi crescendo, até que seu coração ficasse contaminado pela raiva. Sentiu raiva de Sinhá.

Quem ela pensa que é? Acha que pode fazer o que quer com Benjamin? Ela é só uma criada!, Lázaro pensou.

Sua expressão havia mudado. Parecia possuído enquanto tramava contra a mulher que o educara desde pequeno com tanto amor. Começou a se lembrar de todos os episódios, desde sua chegada. Ela era a única que conhecia seus segredos mais íntimos, suas mentiras. Desconfiava que ela trouxera aquela criança para pegar seu lugar.

– Será que vai me trair? E se, quando ele crescer, ela me matar e colocá-lo no poder? E se ela estiver tramando contra mim? Se ela pensa que vai ficar com esta casa, está muito enganada. Vou mandar essa mulher para fora daqui amanhã – disse a si mesmo.

Seus pensamentos começaram a ficar descontrolados. Sentiu uma carga intensa de emoções e sua visão ficou turva.

– Ela ainda quer cuidar do Benjamin como se fosse filho dela. Não sabe nada. Uma ignorante! Conta histórias que assustam o menino e ainda diz que são coisas de criança. Ele está gritando apavorado. Ela está fazendo mal a ele. Aquelas rezas... aquela benzedura... Ela é uma bruxa. Tenho que mandá-la embora daqui. – As palavras saíam de sua boca como se ele não pudesse controlar sua força.

Lázaro levantou-se da cama e foi até a cozinha buscar um copo de água. Sentia o rosto queimar. Cruzou com Sinhá saindo do quarto de Benjamin.

– Boa noite – ela disse.

Ele a empurrou.

– Saia da minha frente!

Sem entender e muito assustada, Sinhá o seguiu até a cozinha. Nunca tinha visto Lázaro daquele jeito. Nem mesmo antes da vinda de Benjamin, quando ele demonstrava frieza. Parecia ter o rosto desfigurado.

– Lázaro?

Ele olhou para ela com uma expressão de ódio.

– Vá embora! Vá embora daqui. Você é uma invasora que guarda segredos. Você quer fazer tudo do seu jeito.

– Eu só quero te ajudar.

– Mentira! – disse, batendo na mesa com força. – Você está querendo lutar contra alguém de poder?

– Nunca, senhor. Eu só estou aqui para servi-lo.

– Você está desafiando a minha autoridade! Está querendo dominar esta família!

Ela começou a perceber que o olhar dele estava diferente.

– Quero que esta família cresça com amor. Só isso.

– Não existe amor! Aqui só há duas crianças abandonadas! Sem pai nem mãe! Duas crianças que vão dominar o mundo com força. Você não pode interferir nisso!

Ela respirou fundo e disse:

– O mundo só pode ser governado pela Lei do Amor.

Lázaro começou a rir descontroladamente. Logo depois, seu rosto ficou vermelho e ele berrou com força:

– Você não é ninguém para ordenar nada! Fora daqui! Saia daqui!

Sinhá tremeu, mas sabia que não podia se curvar.

– Nenhum mal entra nesta casa. Nenhuma treva ousa invadir este espaço. Só o amor constrói. O amor é a força mais poderosa do mundo. O amor traz luz. Que o mal vá embora desta casa agora!

Lázaro sentiu uma pontada no peito. Colocou a mão sobre o coração e se apoiou na mesa, parecendo sufocar. Ele caiu no chão, com o corpo desfalecido. Sua expressão estava pálida.

Sinhá respirava aliviada. Pegou um pouco de azeite debaixo da pia, colocou nos dedos e massageou a testa dele.

– Lázaro, acorde. Lázaro, acorde.

Demorou alguns minutos para que ele abrisse os olhos. Deitado no chão da cozinha, no colo de Sinhá, ficou assustado.

– Meu menino. Você está bem?

Lázaro parecia não entender o que tinha se passado. Lembrava vagamente que entrara no quarto, mas, depois disso, não conseguia se recordar de mais nada.

– O que aconteceu?

Sinhá fez-se de desentendida. Disse que deve ter sido uma queda de pressão, mas que ele já estava bem.

Ele estava com vontade de chorar, como se houvesse algo engasgado na garganta.

– Solta, meu filho. Solta isso que está aí dentro – ela pediu.

Lázaro chorou. No começo, as lágrimas assemelhavam-se àquelas que tinham vindo no dia da tempestade. Depois, se tornaram mais calmas, até se transformarem em lágrimas de alegria. Estava, finalmente, liberto.

– Lázaro, escute. A partir de agora, você precisa ter domínio dos seus pensamentos, entendeu? Não pode deixar sua cabeça vagar por aí. Pense coisas boas. Não deixe o mal entrar.

– O que você está falando, Sinhá?

– As forças das trevas não querem que você desperte para o amor.

Ele continuava sem entender.

– Sinhá, eu não entendo nada do que está dizendo, mas uma coisa é certa. Se o que eu sinto por esse menino você chama de amor, eu sei o que é amor. Eu faria qualquer coisa para vê-lo feliz.

Moveria montanhas para conseguir tudo aquilo que ele quisesse. Esse menino trouxe para mim um sentimento que eu nunca tinha experimentado. Se isso é amor, se o nome disso é amor, então que mal pode haver nisso?

Os anos se passaram e a afinidade entre os dois só aumentava. Lázaro não sabia como concretizar uma ideia que tinha em seus sonhos, que era levar Benjamin à caverna. O menino crescia e Lázaro sentia que ele era diferente das crianças de sua idade.

* * *

Era o ano de 2010 na Terra.

Certa noite, Lázaro tomou a decisão: iria levá-lo consigo à caverna. Chegou para Sinhá entusiasmado e disse:

– Amanhã prepare Benjamin. Vamos bem cedo dar um passeio.

– Aonde vocês vão? – ela perguntou.

– Para a caverna do Bico do Corvo.

Sinhá ficou arrepiada. Sabia que aquele lugar dava medo e a lenda era de que ninguém retornava vivo de lá.

– Mas, seu Lázaro... aquele lugar é perigoso. Dizem que quem vai pra lá não volta com vida. E ninguém nunca encontrou essa caverna.

Ele pegou um pedaço de papel dobrado dentro do bolso da calça e viu nele o desenho de um labirinto. Era como se tivesse tido uma visão panorâmica da floresta e do caminho que levava até a caverna.

– Eu sonhei com esse lugar. A caverna é bem aqui. Por isso ninguém consegue ver. Ela está escondida. Mas tem ouro ali dentro, Sinhá! – E começou a cantar: – O ouro está na caverna... O seu ouro está na caverna... A caverna é no Bico do Corvo... O ouro está na caverna... O seu ouro está na caverna... A caverna é no Bico do Corvo.

– Para com isso!

– Eu vou achar meu ouro. – Lázaro riu. – Estou sonhando dia após dia com o trajeto até a caverna. Sonho com um labirinto e, depois, eu o encontrando, como se meu caminho estivesse ali. Como se meu destino fosse encontrá-lo. O sonho é vivo! O labirinto tem um cheiro que eu consigo reconhecer; fui olhando cada curva e sei como chegar lá. Cada dia desenho um trecho diferente. Eu vi claramente, agora que despertei dessa queda ou desse desmaio, como você chama, que preciso ir até a caverna. E essa música... Sinhá! Essa música não me sai da cabeça! Meu pai a cantava! Esse ouro é meu, Sinhá! Acho que meu pai pode estar lá, guardando ele pra mim.

Conforme as palavras saíam da boca de Lázaro, Sinhá ia ficando cada vez mais preocupada.

– Você escuta uma coisa, por favor. A porta é estreita, Lázaro.

Ele mal conseguia ouvi-la.

– Prepare o menino. Amanhã eu o levarei à caverna e vou recuperar todo o ouro que meu pai guardou. Acredite em mim, Sinhá! Esse menino me trouxe amor, mas trouxe sorte também. Ele vai me ajudar a encontrar o meu tesouro.

– Você já não acha que conseguiu seu tesouro? Seu maior tesouro na Terra não é conseguir amar, depois de tanto sofrer? Não é abrir o coração, depois de tantas carcaças?

Ele ouviu em silêncio e respondeu:

– Quem sabe eu posso ter todos os tesouros que quero?

Na manhã seguinte, Lázaro levantou-se da cama decidido. Iria procurar o Bico do Corvo. Benjamin ainda estava tomando café da manhã quando Lázaro o apressou:

– Vamos! Não temos tempo a perder.

Sinhá sentiu uma sensação estranha, mas decidiu se calar. Pediu para os acompanhar, mas Lázaro tinha sonhado com uma ordem clara: levar somente Benjamin.

– Menino, leve isso com você – pediu, dando um beijo em sua bochecha rosada e arrancando-lhe um sorriso.

Sinhá tirou um colar de âmbar de seu pescoço e colocou no dele.

– O que é isso? – ele quis saber.

– Vai protegê-lo. Lembre-se, o medo atrai as forças do mal, mas o amor atrai as forças do bem. Se sentir medo, pense numa coisa muito boa para afastar o mal. Peça que seu coração chame pelos anjos do céu. Pense no amor, menino.

– Vou pensar em você – disse, dando-lhe um abraço gostoso.

Lázaro, que ouvia a conversa sem intervir, pegou o garoto. Ele já havia planejado aquela viagem com riqueza de detalhes. Na cidade, mandara abastecer seu caminhão que transportava os cavalos. Sabia que a carroceria era grande o bastante para transportar o ouro que encontraria.

– Aonde nós vamos? – perguntou Benjamin, curioso.

– Nós vamos buscar algo que meu pai me deixou.

Durante o trajeto, conversavam, brincavam e Benjamin parecia em harmonia com os acontecimentos. Quando finalmente chegaram ao Bico do Corvo, desceram do carro. Uma nuvem escura se aproximava, o que o fez se preocupar, mas sabia que não demoraria.

– É por ali.

Lázaro confiava que o mapa o levaria à caverna. Foi uma descida íngreme até chegar ao destino. Quando finalmente estava onde seu sonho apontava, esfregou os olhos. Mal podia acreditar no que via. A luz que vinha de dentro da caverna era tão forte que ofuscava seus olhos.

– Benjamin! Benjamin! Eu estava certo! Ouro! O ouro está na caverna... O seu ouro está na caverna... A caverna é no Bico do Corvo... O ouro está na caverna... O seu ouro está na caverna... A caverna é no Bico do Corvo.

Lázaro entrou correndo, como uma criança. Benjamin, que descera em seu colo, sentou-se no chão e começou a brincar.

– Você vai colocando nos sacos e eu vou levando para o caminhão! – pediu ao menino.

Lázaro não queria perder tempo. Sabia que alguém o guiara até ali, e imaginava que aquele ouro era um presente de seu pai.

Começou a encher os sacos e foi levando, um a um, até o caminhão. Enquanto isso, Benjamin brincava de gritar e ouvir o próprio eco dentro da caverna. Divertia-se com as pedrinhas e com os barulhos que conseguia fazer ali dentro.

Uma forte chuva começou, fazendo a descida formar um barranco. Lázaro caiu.

– Papai!

Ele ouviu a voz de Benjamin ecoar. O menino nunca o chamara de papai.

– Papai!

Lázaro ficou preocupado. Desceu correndo, rasgando metade da calça nos troncos das árvores.

– Papai, tá caindo pedras aqui dentro. Eu tô com medo, vamos embora? Tá escuro! Tá frio aqui dentro...

Quando percebeu, as pedras de cima da caverna estavam desabando. O ouro parecia ter sustentado as paredes até aquele dia.

– Acho que conseguimos levar mais um saco. Benjamin, eu vou pegar mais um saco e volto para te buscar. Teremos ouro o suficiente para vivermos durante toda a sua vida e a de seus filhos. É muito ouro!

Mesmo sabendo que o menino corria perigo, estar diante daquele ouro todo não o dava condições de pensar. Sentia-se fascinado e vidrado com a possibilidade de levar para casa aquele tesouro escondido e não avaliava os riscos da situação.

A entrada parecia mais estreita. Com mais um saco nas mãos, colocou o pé para fora da caverna, porém ouviu um estrondo. Era como se o barranco desmoronasse, obstruindo a passagem. O menino estava em pânico com a possibilidade de ficar sozinho sem Lázaro. Desesperado, começou a gritar, mas, quanto mais alto gritava, mais distante parecia estar. Benjamin parecia sufocado, implorando ajuda e dizendo que estava com medo de ficar ali sozinho.

– Me tire daqui! – ele implorava enquanto chorava, apavorado e com tanto medo que tremia da cabeça aos pés.

Lázaro entrou em pânico quando percebeu o que estava acontecendo. Era como se um choque de realidade o assaltasse. Olhou para os sacos de ouro, perturbado com a própria imprudência em ter deixado o menino ali dentro sozinho, enquanto a caverna começava a desmoronar. Seu raciocínio estava nublado e era como se a força e a velocidade dos acontecimentos o deixassem fora de si. Sabia que sozinho não conseguiria tirar Benjamin dali. Ele o chamou para garantir que o garoto o escutava e prometeu que buscaria ajuda. Mesmo assim, sabia que poucos teriam coragem de entrar naquele labirinto para socorrê-lo, mas estava disposto a pagar alto por aquela ajuda. No entanto, ainda não tinha ideia de que nem todo o ouro do mundo poderia pagar por uma vida. No fundo, já estava profundamente arrependido de ter ouvido a voz do sonho.

Lázaro correu até o caminhão sem pensar em nada. Acelerou até o vilarejo vizinho, onde alguns capangas sempre estavam equipados e dispostos a ajudá-lo. O percurso, que durou alguns minutos, parecia uma eternidade. Lázaro suava e sentia o corpo todo tremer. Não conseguia ver nenhum sentido em ter deixado Benjamin dentro da caverna para pegar mais um saco de ouro.

Assim que encontrou uma equipe de socorro, narrou-lhes o ocorrido e implorou por ajuda. Disse que o menino estava preso na caverna.

A chuva começava a apertar. Assim que saíram do carro, seguiram as instruções de Lázaro, que gritava apavorado.

– Benjamiiiiinnnn!!!

Quando chegaram lá, viram uma entrada estreita. Lázaro esfregou os olhos. Não se lembrava de ter visto aquele espaço entre as pedras quando saíra dali. Conseguiram tirar algumas delas depois de muito esforço, mas Benjamin não estava mais lá.

Lázaro gritou o nome dele por todo o Bico do Corvo, porém não obteve nenhum sinal. Seu coração parecia sufocado de dor. Era como se estivesse dentro de um grande pesadelo, pois sabia que, mesmo que Benjamin conseguisse sair da caverna, seria um desafio vencer o labirinto sozinho. Eram curvas com árvores fechadas de mata e animais perigosos. O musgo nas paredes de pedra que contornavam o espaço dava um aspecto assustador ao local.

Ao anoitecer, os homens decidiram interromper as buscas e aconselharam Lázaro a voltar para casa. Como se recusava a ir embora dali sem Benjamin, Lázaro dormiu dentro do caminhão até que amanhecesse. E, logo pela manhã, procurou por todo o Bico do Corvo. Mais uma vez, em vão. Assim, foi até o vilarejo vizinho e pediu ajuda a outro grupo. As buscas duraram mais um dia. Sem qualquer sinal de Benjamin. Depois do sétimo dia de buscas, Lázaro decidiu voltar para Aigam. Logo que entrou na cidade, percebeu o olhar de piedade das pessoas. A notícia já havia se espalhado pela região. Embora ninguém soubesse o motivo, era de conhecimento de todos que o menino desaparecera no Bico do Corvo.

Na carroceria do caminhão, Lázaro carregava todo o ouro que encontrara, mas perdera seu maior tesouro. Lembrou-se, então, das palavras de Sinhá, que o precavera. Não sabia como dar a notícia a ela.

Quando a mulher o viu entrando em casa sozinho, jogou-se no chão e gritou, derrotada:

– Nããããããoo!!!!!

Lázaro viu terror nos olhos de Sinhá.

– Eu falhei! Eu falhei na minha missão! – ela chorava, desconsolada.

Lázaro abaixou-se para tentar consolá-la.

– Eu que falhei, Sinhá – disse. – Eu não te ouvi. A porta era estreita. Achei que o tesouro estava ali, mas o tesouro estava comigo fazia muito tempo.

Abraçados, os dois choraram. Sabiam que aquela dor era infinitamente maior do que a de ver todo o vilarejo destruído, vinte e um anos antes.

– Sinhá, você sabia! Me diga... quem fez com que eu fosse até lá? Quem colocou essa ideia na minha cabeça? Quem tramou isso tudo para que eu fosse seduzido pelo ouro de meu pai?

Ela limpou as lágrimas e começou, pausadamente:

– Lázaro, meu filho, a gente não pode ver, mas a guerra entre o bem e o mal já começou.

– O que eu posso fazer? O que eu posso fazer agora? Como posso aliviar essa culpa? Como viver sabendo que perdi quem eu mais amava? Eu quero morrer, Sinhá.

Ela se calou. Entrou na casa e, a partir daquele dia, decidiu que não diria uma só palavra. Faria um voto de silêncio. Por saber que poderia ter impedido aquela desgraça. Por achar que sua voz não era ouvida. Por querer fazer-se ouvida e não conseguir.

Nos dias que se passaram, Lázaro experimentou uma profunda amargura, como se caísse num abismo. E acordava todas as noites apavorado com a sensação. Então, chorava. Via aquelas pilhas de ouro dentro de seu quarto e tinha vontade de se livrar dele. Era como se o brilho do ouro esfregasse a culpa em sua cara. Era como se o ouro o acusasse de um assassinato. Ele pensou que poderia ter vivido bem sem aquilo. Poderia ter tido uma vida feliz com o menino. No entanto, estava em estado de tristeza.

Ao mesmo tempo, as buscas pela região continuavam, e ninguém encontrava o corpo de Benjamin ou qualquer resquício de sua presença por ali.

Depois de um ano de isolamento total e sofrimento intenso, sem ouvir uma só palavra de Sinhá, Lázaro resolveu que usaria o dinheiro para ajudar as pessoas.

– Vou ajudar aqueles que sofrem. É o único jeito de aliviar a minha dor e a minha culpa.

Naquele ano, mandou construírem um hospital no galpão. No estábulo, um conservatório de música. E em cada canto da cidade um espaço de trocas onde as pessoas podiam aprender algum ofício.

Nos anos seguintes, Lázaro saía todos os dias para conversar com os doentes que experimentavam fisicamente as dores que ele sentia na alma. Ouvia as crianças cantando no conservatório e tentava encontrar beleza na vida. Via gente se desenvolvendo. Seu coração ia aos poucos encontrando a paz, mas ainda envolto em sofrimento. Era como se, à medida que abrisse seu coração, sentisse as dores do mundo.

Assim, passaram-se sete anos. A dor tornou-se suportável e ele se resignava do fato de ter perdido o menino que era seu grande amor.

CAPÍTULO III
AS ARMAS DE DRAGON

Enquanto isso, em Dragon, observava-se um antes e depois na vida de Saddah.

Desde o dia em que Lis fora resgatada pelo povo de Yevé, durante um eclipse que o cegara de ódio, ele não conseguia dormir em paz, mesmo que não conhecesse o significado dessa palavra.

Tinha crescido em Yevé, onde aprendera a manipular a energia, mas havia sido naquele reino, no qual imperavam a paz e o amor, que ele aprendera que podia ser maior e mais poderoso que os outros. Manipulador, ele sabia de onde tirar mais energia e, principalmente, quais pessoas poderiam ajudá-lo a ficar cada vez mais forte.

Da primeira vez que encontrou Lis, ainda em Yevé, não sabia o que fazia uma Geradora de Energia, mas bastou ficar alguns minutos ao lado dela para sentir aquele poder do qual todos falavam. Lis gerava todo tipo de energia – qualquer uma que fosse necessária para quem estava perto dela.

Logo que percebeu que o povo daquele Reino de Yevé era facilmente manipulável, Saddah passou a fazer promessas de que havia um reino distante, desprovido de regras, em que todos poderiam ser mais. Um a um, ele os arrebatou para que o seguissem. Tinha facilidade em manipular a energia e as palavras. E todos que acreditavam nele não enxergavam outro tipo de realidade. Era como se a verdade só pudesse sair da boca de Saddah.

Lis estava nos bastidores dessa construção de um novo reino. Como ela gerava energia sem qualquer fio de maldade, Saddah usava toda aquela abundância para criar mentalmente um novo reino. Antes mesmo de ser expulso de Yevé, já plasmara o Reino de Dragon, usando as energias criadoras da própria Lis para que chegassem ao seu destino. Quando foi banido, até mesmo a queda no abismo fora premeditada. Sabia que seria a única saída para puxar, de maneira energética, todos os yevens manipulados por ele. Incluindo Lis. Estes, uma vez em Dragon, começaram a seguir as leis de Saddah, que sabia aonde queria chegar. Os novos habitantes dali passaram a vibrar numa baixa frequência e a usar os seus dons para ajudar aquele reino a se tornar ainda mais escuro e frio.

Lis, porém, era a única que continuava gerando energia pura, na tentativa de abrir o coração de Saddah e encontrar a essência daquele que ela acreditava ser um Ser de Luz. Saddah era um dos poucos que sabiam que tudo no plano material era criado e influenciado pelas energias. Dragon era a prova disso. Sendo ele o maior manipulador de energias que o Cosmos já tinha tido, tinha a consciência de que sem as energias magnéticas não seria possível criar vidas como as conhecemos, pois a matéria era alimentada por energia – e que era infinita. Assim, se deu conta de que a união das energias poderosas fazia com que nascesse alguém com poderes infinitos. Desejou, então, ter um filho com Lis. Não sabia as consequências que uma gestação poderia ter no corpo e na vibração dela, mas imaginava que um novo ser traria o que os dois tinham de melhor – e de uma maneira refinada.

Desde o dia em que Lis fora resgatada, ele imaginava que ela não ficaria no Reino de Yevé, que seria mandada para outra galáxia ou em qualquer missão interestelar onde pudesse gerar energias para a construção de reinos de luz; por isso, aproximou-se ainda mais do planeta Terra. Era daquele planeta, coberto de água, que Saddah conseguia puxar toda a energia para que se fortalecesse e conseguisse encontrar Lis mais uma vez, sua fonte de energia pura. Como conhecia o funcionamento da Terra, sugava a energia dos seres humanos usando os poderes da mente. Sabia que a sua conquista seria um passo a ser dado e grandes avanços começariam a acontecer quando conectasse sua tecnologia às frequências daquele Planeta Intermediário. Era assim que manipulava os humanos, cujo ponto fraco eram as emoções, por meio das quais correria o risco de perdê-los para o plano de luz.

Só que, como a mente tornava tudo mais mecânico, Saddah apostou nas tecnologias de ponta para fazer de Dragon o lugar tecnologicamente mais preparado para qualquer batalha intergaláctica, sendo possível conquistar áreas do Universo além da imaginação. Assim, elencou sete pontos em locais estratégicos, de onde extraía energia, nos quais usava artifícios para manipular grandes líderes religiosos e políticos. Através de ondas magnéticas, portanto, manipulava as energias da Terra, trazendo-as para Dragon.

Era por meio da inteligência artificial, de robôs e aparatos tecnológicos que conseguia ter a mente de todos os dragonianos sob controle. Foi então que os dominou por completo, deixando que se tornassem verdadeiras máquinas dotadas de um enorme poder cerebral.

Embora Saddah soubesse que enquanto Lis estivesse em Yevé seria impossível conectar-se a ela, tentava mentalizá-la, a fim de enfraquecê-la. Sabia da sua vulnerabilidade e usava isso a seu favor. Quando entendeu que era hora de procurar o menino perdido entre os mundos, fez uso de todas as suas forças, inclusive as tecnológicas, para encontrá-lo. Dentro do seu coração, sabia que Lis mais cedo ou mais tarde iria em busca do filho.

Certa manhã, recebera uma mensagem do Centro de Comunicação Avançada de Dragon. Seu principal emissário, Gohan, tinha uma notificação importante a fazer: haviam localizado seu filho na Terra. Precisavam de um plano para resgatá-lo. Decidiram hipnotizar seu tutor e levá-lo a uma caverna, onde um portal tridimensional daria acesso a Dragon. Desse modo, poderiam resgatar a criança. Como as energias de Dragon e da Terra eram semelhantes, a transição seria fácil e a dominação da mente do tutor do filho de Saddah poderia ser feita através dos sonhos. O menino já estava crescido e completara sete anos de vida.

Em questão de dias, a missão estava cumprida. O tutor dele, Lázaro, fora atraído para a caverna, que ficava fora do círculo de proteção de Aigam, que detinha a força da Kundalini. O próprio Saddah tivera facilidade para se deslocar até lá através do portal interdimensional. Naquele momento, mentalmente perturbado, Lázaro não sabia ouvir o chamado do coração.

O encontro entre pai e filho fora de grande emoção para Saddah.

– Vai se chamar Karrazah. Nem Erosent, como queria sua mãe, nem Benjamin, como queriam os homens. Será meu filho.

Foi assim que Saddah resgatou sua maior arma. E era através dela que pensava em destruir os povos de luz e atrair Lis de volta para a sua vida.

Saddah deteve o menino em Dragon pelos anos seguintes.

Era o ano de 2010 na Terra.

A BATALHA ENTRE MENTE E CORAÇÃO

Enquanto Gohan fazia a leitura das emoções e dos poderes do filho de Lis e Saddah na sala de controle de Dragon, Saddah estava perturbado com a ideia de que Lis poderia voltar para a Terra em busca do garoto. Imaginava que na Terra seus habitantes eram manipulados pela mente, mas também tinham facilidade de ser tocados pelo coração. Por isso, temia que ela conseguisse estragar seu trabalho e fazer as pessoas voltarem a ter sentimentos nobres. Se os humanos voltassem a sentir a voz do coração, as emoções os impulsionariam para uma vibração energética que dificilmente seria acessada por Dragon. A presença de Lis na Terra poderia desequilibrar as forças entre trevas e luz. Sabia que ela sobrevivera até mesmo em Dragon e que sua potente capacidade de gerar energia luminosa jamais seria contida.

Sua pretensão era fazer mutações genéticas entre dragonianos e humanos dotados de capacidades diferenciadas. Queria realizar experimentos e seus laboratórios eram eficientes naquilo.

– Acabamos – decretou Gohan.

– Venha, Karrazah – pediu Saddah ao garoto.

Observaram atentamente o mapa que Gohan desenhava.

– Ele tem o dom de manipular os desejos mais profundos – explicou Gohan, coçando a barba ruiva.

– O que isso quer dizer? – perguntou Saddah, inclinando o corpo em sua direção.

– Que ele pode materializar desejos do inconsciente. Como a mãe dele é Geradora de Energia e você, um Manipulador, ele consegue não apenas gerar, mas manipular e até materializar pensamentos.

Saddah não conseguiu controlar o instinto. Abraçou o menino e deu um enorme sorriso.

– Com esse poder, podemos fazer os desejos inconscientes das pessoas na Terra virem à tona! – exclamou e soltou uma sonora gargalhada, imaginando todo o planeta Terra enlouquecendo, numa histeria coletiva.

– Gohan, qual o maior medo deles?

– Da morte! – Gohan tinha aquela resposta na ponta da língua. – E de perder pessoas amadas para a morte.

– Pois, então, essa batalha está ganha. Faremos muita coisa vir à tona, materializada em forma de gente.

Gohan ainda não havia entendido o plano de Saddah, mas sabia que seria ousado, como tudo que ele fazia. Ele o vira criar um reino a partir do próprio desejo, usando as forças de Lis, e não duvidava da capacidade de seu líder.

Saddah só não contava com o fato de que o menino ainda era incapaz de materializar qualquer energia negativa. Conectado com o próprio coração, ele trazia a pureza da mãe em sua essência. E o maior desafio de Saddah seria manipular o filho.

Saiu dali em busca de Yunet, sua aliada, cuja força feminina poderia ajudá-lo a instalar no menino as ideias que queria que ele levasse adiante.

Quando a mulher, a única que tinha presenciado Lis dar à luz, bateu os olhos no menino, recuperou as emoções que tinham sido sugadas por Dragon. Espantada, abriu um sorriso.

– Este... Este é o filho de Lis? – falou baixo para que o menino não a ouvisse.

Perturbado com a reação de Yunet, ele emitiu um comando para modificar sua energia. Não queria que ela estivesse vulnerável ou emocionalmente ligada ao menino.

– Este é meu filho. Meu garoto.

– Eu não sou seu filho. – Karrazah olhou para Saddah sem entender nada. – Quero voltar para a minha casa.

Saddah pensou em fazer o garoto se esquecer de sua casa, mas deixou aquele detalhe para depois.

– Yunet, você será encarregada desta criança. As ordens são para que não crie emoções. Só deixe que ele desenvolva a mente.

Ensine matemática, lógica e jogos eletrônicos. Dê conhecimento a ele. Instrua-o para ser uma potência.

– Sim, senhor.

– Leve quanto tempo for preciso. Vá me dando notícias.

Enquanto Saddah virava as costas, imaginando que seu plano seria eficaz contra o planeta Terra, que seria derrotado pelos poderes de seu sucessor, Yunet tocava a mão do menino e sentia aflorar na pele seu desejo de ser mãe.

Não foi preciso nem um dia para que ela o amasse como um filho. A energia em Dragon já estava se modificando.

CAPÍTULO IV
O RENASCER DA LUZ NA TERRA

Era o ano de 2017 na Terra.

Na Terra, fazia catorze anos desde que Lis saíra de Dragon. Mesmo que em Yevé ela não tivesse noção do quanto se passara, era através da contagem do tempo na Terra que saberia a idade que o filho dela teria.

Ela nem sonhava que na Terra seu filho fora bem cuidado por Sinhá e Lázaro, muito menos que Saddah arquitetara um plano para tomá-lo de volta. Sabia apenas que lá a percepção do tempo era diferente, por isso ficava imaginando como estaria o menino. Para Lis, mais cedo ou mais tarde os dois estariam frente a frente e, embora não soubesse a fisionomia dele, o seu coração de mãe lhe diria quando esse momento chegasse.

Todos os mentores de Yevé vibravam amor para acumular energias douradas durante a trajetória de Lis rumo à Terra. O portal que se abria naquele alinhamento criava um grande campo energético para facilitar a sua entrada, mas eles sabiam que ela enfrentaria dificuldades.

No planeta Terra havia um grande campo energético com sete chacras, que são campos de energia, e os yevens tinham programado tudo para que Lis aterrasse justamente no ponto de luz mais forte, que era onde estava a Kundalini da Terra. Assim como nós somos um campo energético formado por sete corpos e sete chacras principais, nossa mãe Terra é um grande campo energético, e também possui os seus chacras. A Kundalini da Terra é o seu chacra correspondente ao nosso chacra da base. Trata-se de um grande fluxo energético de duas pontas, uma no centro e outra em uma região da superfície.

O local onde a Kundalini se instalava se beneficiava de grande quantidade de energia, que correspondia à energia do amor. E, por mudar de lugar a cada treze mil anos, sempre trazia algo novo a cada região. Ela já beneficiara a região de onde haviam saído todos os avatares da história da Terra, como Jesus, Buda e Gandhi, e então se deslocara. Isso fazia parte de um Plano Cósmico do qual poucos humanos tinham conhecimento. Quando a Kundalini cercava um local, portanto, inspirava que novos Seres de Luz nascessem e despertassem ali.

Lis não suspeitava, mas a Terra vivia uma grande transição planetária naquele momento. Apesar de a Kundalini presentear certas regiões com uma generosa energia positiva, de alta frequência e amor, grande parcela da população vivia nas trevas, numa vibração baixa. Eram aqueles envoltos pelo medo ou por doenças físicas e psíquicas. Os governantes de lá dominavam através da sede de poder, e a desonestidade deles fazia o povo ficar descrente.

Os yevens vibravam para que a chegada de Lis ao solo terrestre fosse um evento de luz, mas não imaginavam o poder da força da corrente energética que haviam gerado. Enquanto descia através de uma espiral de luz provocada pelo portal, os corpos de Lis não tinham consciência do que estava acontecendo. Ela se tornara um portal de sensações e sentia que carregava consigo a luz emanada por Yevé. Sua velocidade diminuía à medida que se aproximava do grande campo que protegia a Terra.

Era ali, em Aigam, que a garota seria acolhida nos braços de uma das maiores tempestades que Aigam já presenciara. Anunciada por trovões, a tormenta lavaria a atmosfera para sua chegada, já que a energia de Lis era incompatível com a da Terra. Conhecendo bem a força da Natureza, as casas da região haviam sido preparadas para temporais daquele porte. Em alguns lugares, sentiram terremotos; em outros, furacões. E o toque de recolher era respeitado por todos que conheciam o passado do vilarejo.

Em determinados pontos da Terra, ouviu-se um estrondo. Furar o desbloqueio energético fora uma tarefa árdua, mesmo com o portal aberto entre os mundos. E Lis atravessava esse portal. Os códigos da Natureza eram claros. Qualquer mudança energética que parecesse imperceptível era sentida em todo o Cosmos.

Chovia torrencialmente em Aigam e o corpo de Lis era carregado por violentas ondas. Pela manhã, quando abriu os olhos, o sol forte penetrou suas pupilas e ela gritou. Sentia náuseas. Seu corpo parecia pesado. Tinha a impressão de que a cabeça sustentava o peso do mundo. Olhou ao redor e não conseguiu se mover. Continuou deitada, sem forças para levantar.

Um barulho parecia avançar, porém Lis não foi capaz de manter os olhos abertos.

– Acorde!

Ouviu alguém gritar que ela estava viva, mas as informações pareciam desencontradas, como se seu corpo não estivesse encaixado.

– Você está viva!

– Vejam, está respirando!

Quando sentiu o toque humano pela primeira vez, ela vomitou.

– Deve ter quase se afogado – alguém disse.

Ouvia as vozes e vomitava mais. Sentia um grande desconforto e era incapaz de se manter firme. Um zumbido no ouvido parecia incomodá-la. Estava difícil respirar. A luz do sol era forte demais e a cegava.

– Vamos levá-la.

Enquanto era carregada, sentia o corpo pesar.

Os homens de Aigam estavam procurando sobreviventes do navio que naufragara naquela noite por causa da tempestade. Lis fora a única encontrada com vida, por isso a levaram para o hospital da cidade.

Assim que entraram no vilarejo carregando a moça, houve um grande alvoroço. Todos perceberam que algo acontecera, inclusive Lázaro, que estava em casa. Sinhá o acompanhara com o olhar. Ambos sentiram um desejo forte, somado à curiosidade, de ver quem era a sobrevivente, então se apressaram e correram para o hospital. Quando Lázaro pousou o olhar em Lis, sentiu o coração palpitar. Sinhá derramou uma lágrima, sem conseguir conter a emoção.

Aproximaram-se da sobrevivente, que estava em observação, e observaram a feição dela. Parecia familiar. Tinha um rosto angelical. Sinhá notou que ela carregava um amuleto no pescoço.

– Lis... – Sinhá sussurrou.

Lázaro abriu um sorriso.

– Você falou! Sinhá, você falou! – ele exclamou.

– Uma flor-de-lis... – Sinhá sorriu e apontou para o amuleto. – Ela carrega uma flor-de-lis no amuleto. Vamos chamá-la de Lis.

Naquela tarde, a chegada de Lis à Terra seria noticiada nos jornais de maneira curiosa. A manchete dizia:

“Sobrevivente de naufrágio atrai a curiosidade de moradores de Aigam. Habitantes da cidade acreditam em milagre. A jovem, sem identificação, carrega um amuleto com uma flor-de-lis.”

Enquanto se recuperava da viagem, Lis permanecia em sono profundo, amparada pelos protetores de Yevé. A única presença constante ao seu lado na maca, curiosamente, era Sinhá, que orava dia e noite aguardando o despertar da jovem que ninguém sabia quem era ou de onde vinha, mas que acreditavam ser portadora de milagres.

Tudo isso tinha acontecido por dois motivos. O primeiro deles era que Lis sobrevivera a um desastre sem precedentes naquela região. Embora uma grande tempestade já tivesse devastado Aigam, nunca uma embarcação naufragara daquela maneira nas águas que percorriam aqueles mares. Além de chamar atenção ao redor do mundo por ter escapado com vida de uma das mais terríveis catástrofes, os moradores de Aigam haviam lhe atribuído um milagre que poderia até parecer coincidência, mas, como se tratava de Lis, poderia não ser.

No momento em que fora resgatada com vida, o homem que a carregara nos braços dizia ter sentido algo que nunca sentira na vida. Segundo ele, certa eletricidade parecia passar pelo corpo de Lis. Na entrevista aos jornais, o homem dizia que era como se tivesse tomado um choque que eletrizara seu corpo, o que fez autoridades e cientistas serem consultados. A maioria deles acreditava que aquilo poderia ter acontecido porque a água era um grande condutor de energia, e Lis havia sobrevivido a uma tempestade. Alguns diziam até que a garota fora atingida por um raio, o que ninguém poderia comprovar.

A verdade é que todos aguardavam ansiosamente pelo despertar da bela moça. A cada dia, mais jornalistas acampavam ao lado de fora do hospital, aguardando a alta da paciente para que pudessem enviar um relatório às emissoras de TV.

Em Aigam, uma cidade distante de tudo, ninguém nunca tinha visto sequer uma câmera, que filmava todos os movimentos. Espantados, os habitantes dali, acostumados à simplicidade de um local afastado dos centros comerciais, sem nem asfalto em suas vias, sentiam-se diante do futuro. Todos agiam de forma diferente. Era como se Lis tivesse trazido uma nova vida à região. Era como se tivesse trazido o futuro.

A base móvel de uma emissora se instalou com uma van equipada e as crianças se reuniram ao redor do veículo, curiosas com aquele satélite no topo do carro. Todos em Aigam esforçavam-se para receber bem as equipes dos jornais. Até que uma mulher chamada Josephine, de dezenove anos, deu entrada no hospital, em pleno trabalho de parto. Os gritos dela eram altos. Ela estava cansada, porque as contrações tinham ido e vindo durante todo o dia anterior, então seu corpo parecia não ter mais energia.

Curiosamente, Josephine foi levada para uma maca ao lado de Lis, que ainda não acordara. Naquele momento, por uma força maior ou por puro capricho dos deuses, não havia uma enfermeira sequer para atender a parturiente. E como acreditavam que o corpo da garota agiria sozinho, simplesmente a fizeram esperar até a hora de a criança nascer. Sinhá, que não se ausentava por nada do hospital, saíra para trocar de roupa, de modo que, naquele pequeno quarto, só restaram Lis e Josephine.

Sem saber de quem se tratava, Josephine olhou para Lis e não conseguiu desviar os olhos dela. Era como se um magnetismo a atraísse para perto da jovem. Quando Lis abriu os olhos, Josephine, mesmo sem forças, levantou-se da sua maca e colocou-se de pé ao lado dela, encarando-a. Ambas ficaram surpresas uma com a reação da outra. Josephine gritou assustada. E Lis se assustou com o grito de Josephine.

Para Lis, tudo era novidade, como se tivesse nascido naquele momento. Não se lembrava de seu nome ou de sua origem, e demoraria para receber as informações de sua missão, que estava tão determinada a cumprir. Seus códigos genéticos haviam sido alterados para que pudesse entrar na atmosfera da Terra, de forma que seu corpo precisava se habituar àquele ambiente com energias tão diferentes das quais estava acostumada.

Diante da mulher grávida, Lis começou a chorar. A energia emanada por Josephine era tão pura, que Lis se sentiu conectada às esferas superiores. Sem dizer uma só palavra, levou a mão à barriga de Josephine, para quem aquele toque pareceu um presente divino. Sentiu-se inundada com ocitocina, o hormônio do amor, e, mesmo com as contrações ritmadas, não sentia qualquer resquício de dor.

– A dor está atrelada ao medo – disse Lis, como se estivesse hipnotizada pela força da mulher parindo.

Lis levantou-se da maca sem tirar a mão do ventre de Josephine, enquanto esta se curvava com as mãos nas costas. Ambas ficaram de cócoras, num movimento conectado e irracional.

– Deixa ele vir... – disse Lis, emocionada com aquele momento que presenciava.

Josephine respirou profundamente e percebeu o bebê descer pelo canal vaginal. Lis sentiu a chegada da criança e pegou um travesseiro para apoiá-la. As duas mulheres pareciam estar em transe. Enquanto Josephine soltava a respiração com calma, as mãos de Lis formigavam, gerando energia para imantar o nascimento daquela criança.

Em segundos, houve uma queda de energia na cidade. Todos do hospital começaram a correr, e ninguém se deu conta das duas mulheres, conectadas naquele quarto, enquanto Josephine dava à luz. Fora do hospital, o blecaute fez os jornalistas se dispersarem. Em questão de minutos, envolto na bolsa amniótica, nasceu um menino.

Josephine era incapaz de pronunciar qualquer palavra. Com cuidado, Lis tirou o menino empelicado de dentro da bolsa e o entregou a Josephine.

– Os reis nascem empelicados – disse, antes de voltar ao estado original que a fazia sentir o desconforto físico que a levara ao hospital.

Mesmo perto do bebê, teve náuseas e um zumbido no ouvido. Era como se fosse desmaiar.

– Preciso descansar.

Josephine não conseguia agradecer, nem chamar por ajuda.

No meio do caos, no escuro, ela acabara de dar à luz uma criança carinhosamente recebida por Lis. Quando olhou para o menino, começou a chorar.

– É um milagre... É um milagre! O menino se chamará Martin.

No começo da gestação, a mulher contraíra toxoplasmose e os médicos afirmaram que seu filho nasceria com sérios problemas. No entanto, o menino, além de vigoroso e cheio de energia, não tinha qualquer sequela.

Quando a luz voltou, as enfermeiras escutaram o choro do bebê e correram para a sala onde estava Josephine. Lis deitara e parecia não ter acordado. Josephine, porém, afirmava que aquela moça a havia ajudado a dar à luz. Incrédulas, as enfermeiras disseram que era impossível que Lis tivesse se levantado e logo trataram de rearranjar os lugares dentro do hospital, deixando Lis em uma sala mais reservada enquanto faziam os primeiros cuidados no bebê e na mãe recém-parida.

Sinhá retornou ao hospital, e o burburinho era que ali dentro acabara de acontecer um milagre. Josephine, que naquele instante descobrira que Lis era a sobrevivente do naufrágio, contava em versão detalhada que a moça dera fim à sua dor de parto e lhe ajudara a parir. E ainda reforçava que o menino nascera sem qualquer sequela da doença que ela contraíra na gravidez.

Com o ouvido atento, Sinhá correu até a casa de Lázaro e fez a ele um pedido que mudaria a vida de ambos:

– Senhor, eu preciso trazer Lis para a sua casa.

Sem esboçar qualquer resistência, Lázaro concordou. Fora modificado pelo tempo, sobretudo depois da perda de Benjamin de uma maneira tão trágica. Era um homem mudado e voltado para a compaixão. Impactado em todas as instâncias, seu coração jamais seria o mesmo.

Em questão de horas, convenceram o doutor Rubens, um dos responsáveis pelo hospital, a fazer a mulher ser transportada pela porta dos fundos, a fim de não ser surpreendida pelos fotógrafos e jornalistas, que começavam a ter novas notícias sobre "a sobrevivente que curara um bebê com deficiência e tirara a dor de uma parturiente".

Conforme as histórias iam se espalhando, lendas eram criadas em torno da sobrevivente do naufrágio. Lis continuava descansando em sono profundo, na casa de Lázaro, sob o olhar vigilante de Sinhá, que dizia:

– Menina, o que você aprontou com a cidade? Não veio mesmo a passeio, hein?

Do lado de fora do quarto, Lázaro observava a nova habitante de Aigam que, curiosamente, tinha ido parar dentro de sua casa. E nem suspeitava que ela era a mãe de Benjamin, a criança que recebera ainda bebê em sua residência e de quem cuidara como filho até os sete anos de vida.

AS SOMBRAS DO INCONSCIENTE

Nada parecia fazer sentido dentro da mente de Lis. Em mais um de seus sonhos, olhava para aquele homem, que parecia urrar de ódio, e via o povo de Yevé seguindo-o enquanto a voz dos conselheiros ecoava em sua mente: "Saddah será banido de Yevé!". Ele arremessava bolas de fogo pela boca e prometia vingança, levando consigo milhões de anjos, além de Lis, a maior Geradora de Energia que aquele reino já conhecera.

Saddah desceu por um túnel escuro, aonde todos chegaram quase sem luz e qualquer resquício de emoção. Naquele lugar, que ele chamava de Reino de Dragon, não havia força vital, nem cor, ou qualquer energia magnética positiva.

Enquanto isso, o declínio energético de Yevé assustava os Conselheiros da Luz. As árvores tinham perdido flores e beleza. Os animais haviam adquirido doenças e contaminações. Fracos, todos respondiam à natureza, oscilante. O clima se comparava a uma força minguante, que ficava cada vez menor.

A grande Geradora de Energia, Lis, fora manipulada e carregada por Saddah, que a cada dia parecia estar mais forte. Perplexa, ela o observava, mas não entendia o que o motivara a revelar uma versão tão negativa de si mesmo. Lis não conseguiu reconhecer amor nos olhos de Saddah. Aquele homem parecia distante da figura com quem ela convivera em Yevé e para quem fazia juras de amor eterno.

O desequilíbrio entre os reinos parecia ter exterminado as forças mais potentes de Yevé, o que tornava Saddah ainda mais forte. Por isso, ele vivia atrás de alternativas para buscar mais energia. Até que, depois de algum tempo, convivendo com Lis intimamente, decidiu que teriam um filho juntos. Sabia que trariam um ser com uma energia poderosa para conviver ao lado deles. Saddah afirmava que o único a seguir seus passos seria um filho dos dois, nascido em Dragon.

Repetidas vezes ele tentou, até que ela, por fim, engravidou. Quando percebeu os primeiros sinais, urrou de alegria dizendo que aquela criança teria a força necessária para conquistarem todos os reinos.

Ao mesmo tempo que ela sentia seu corpo mudar, ele a via de forma diferente. Enojado, não conseguia aproximar-se de Lis enquanto a barriga dela crescia. A energia incompatível eliminava qualquer possibilidade de contato físico e ambos não entendiam o que estava acontecendo.

Apesar de todo o medo, Lis tinha pena de Saddah. Sentia que podia mudar o coração dele e enxergava nele a essência de um Ser de Luz. Como era uma das poucas que podiam enxergar a essência, mesmo diante dos fatos, acreditava que o bem sempre prevalecia. A luz emanada por ela fazia Dragon mudar de energia.

Lis ainda estava em meio às sombras do inconsciente quando se viu em queda livre. Ao mesmo tempo, via Saddah caindo num abismo e retirando energias do planeta Terra. Conforme a cena se repetia, sua respiração ia ficando ofegante. Sua energia parecia ser sugada por um buraco enquanto ele caía, levando-a consigo. Soltou um grito de horror e abriu os olhos.

Assustada, percebeu-se numa cama desconhecida, num quarto que parecia ter sido de uma criança. Um homem entrou pela porta, apressado.

– Você está bem? – ele quis saber.

Não entendia onde estava e quem era aquele homem, apenas se lembrava do sonho que acabara de ter, apesar de não saber bem o que era realidade, nem o que estava fazendo naquele lugar.

Ele se aproximou.

– Meu nome é Lázaro.

Apavorada com a possibilidade de ser tocada, ela se afastou. Tinha acabado de reviver uma angústia intensa do período que passara ao lado de Saddah.

– Onde eu estou? O que estou fazendo aqui? – Começou a chorar, confusa.

– Você sobreviveu ao naufrágio. Não deve lembrar porque certamente teve um grande trauma. Não sabemos o que aconteceu, nem como foi capaz de sobreviver a esse acidente.

– Onde eu estou?

– Você está em Aigam. Há alguns dias, ocorreu uma tempestade por aqui e um navio de grande porte afundou. Você foi a única pessoa encontrada com vida e, portanto, levada ao hospital da cidade. No entanto, como muita gente acreditava que você era uma espécie de santa milagrosa, nós a tiramos de lá e a trouxemos para a minha casa.

– Quem é você? Onde é Aigam? – perguntou e começou a tossir, como se estivesse engasgada.

Ele se aproximou mais uma vez enquanto ela se contraía. A expressão de Lis era de desconfiança.

– Eu imagino que o trauma deva ter sido grande. Os médicos disseram que depois de um trauma você volta a se lembrar aos poucos...

– Onde eu estou?

Lázaro repetiu mais uma vez que ela estava em Aigam.

– De onde você veio? – ele quis saber.

Lis não se lembrava do próprio nome, mas insistia em saber quem era aquela figura.

– O que você está fazendo no meu quarto?

Ele percebeu que a moça não parecia estar em sã consciência.

– Esta é minha casa. Meu nome é Lázaro.

Ficaram em silêncio. Sentia uma paz incalculável naquele quarto, ao lado dela.

– Eu e Sinhá vamos cuidar de você. Você parece estar debilitada, precisa descansar.

– O que está acontecendo? O que é isso? – perguntou a si mesma. – Eu não sei quem eu sou. Eu não sei mais quem eu sou.

Voltou a chorar e Lázaro não conseguiu controlar o impulso de se aproximar. Ajoelhou-se na beira da cama e segurou sua mão.

O coração de Lis disparou. Sentiu nele a energia do filho impregnada. Sentiu nele a culpa. Sentiu nele todas as memórias, energias e sensações que ele já tinha vivido. Pediu-lhe, então, que se afastasse e vomitou, no chão mesmo, sem conseguir controlar. Estava com a habilidade sensorial de Yevé, na Terra, e a parte ruim era que conseguia, através da pele, sentir a energia de todo ser que tocasse.

Lázaro sentiu-se constrangido e, ao mesmo tempo, teve vontade de abraçá-la. Era quase um senso de proteção por acreditar que Lis estava fragilizada. Tinha vontade de lhe dedicar toda a bondade que nunca dedicara a ninguém, exceto a Benjamin.

Sentindo as intenções de Lázaro, ela se desculpou.

– Eu... eu peço desculpas... Ainda não sei o que está acontecendo comigo. Eu não sei o que está havendo aqui...

Sem conseguir explicar o que sentia, começou a ver nele uma vítima de uma gestação triste. Era como se revivesse as próprias sensações de medo e revolta em Dragon. Era como se conseguisse entender sua mãe.

Sinhá entrou no quarto de repente, atraindo as atenções para si.

– Menina, você acordou!

Quando a viu, Lis sorriu.

– Sinhá, ela não está falando coisa com coisa – sussurrou Lázaro. – Acho que devemos levá-la de volta ao hospital.

Sinhá percebeu como Lis estava mais corada que no hospital.

– No hospital, ela vai perder a energia de que precisa para se recuperar. Deixa ela aqui – comentou baixinho.

Lis parecia alheia a tudo, observando a cama de Benjamin.

– Nos dê licença, por favor – pediu a ele.

Lázaro não se movia. Alguma força estranha os conectava e ele não conseguia entender o que era. No entanto, sentia algo novo.

– Lázaro, por favor... – pediu pela segunda vez.

Ele se levantou e saiu, envergonhado. Quando fechou a porta, Sinhá se aproximou da cama.

– Em algum momento, você vai conectar os pontos. Você não vai conectar os pontos olhando para a frente. Para isso, precisará olhar para trás. De alguma forma, você ter esquecido tudo pode ser a única salvação para esta tragédia. Se começar a se lembrar de tudo agora, vai se enfraquecer.

Lis, que se lembrava da menção de Lázaro ao acidente, entendeu que a mulher queria poupá-la das memórias.

– Você veio num dia em que tudo se encontrava alinhado lá em cima. E apareceu do nada. Sua missão é muito grande. A mãe Terra te pariu. Por isso, você veio nessa chuva. Mas a gente vai descobrir quem é você.

Lis parecia entender o que Sinhá dizia, mas ainda não se recordava de nada.

– Eu estou fraca. E não me lembro de nada.

– Esquecer tudo é a única forma de se salvar dessa tragédia. Esquecimento pode provocar leveza e suavidade. Você está fraca. Se continuar a se preocupar, pode morrer.

Lis olhou para a janela.

– O peso da responsabilidade pode pesar demais... – disse, sem prestar atenção nas próprias palavras. – Eu preciso recuperar a energia que é meu combustível.

Sinhá abriu um sorriso largo.

– Menina, você está viva. Viva sua vida.

– Eu queria entender o que está acontecendo.

Sinhá mostrou a ela o amuleto.

– Olhe para isso. É uma flor-de-lis. Te chamo de Lis. Você lembra seu nome?

– Lis! Meu nome é esse! Lis! Eu me chamo Lis!

Lázaro, que ouvia toda a conversa atrás da porta, saiu em disparada para a rua. Queria descobrir de onde vinha aquela mulher e saber mais sobre seu passado.

A CHAVE MESTRA

Conforme os dias se passavam, a frequência dos jornalistas, inquietos com a sobrevivente que não tinha alta, diminuía. No hospital ninguém era autorizado a falar sobre a moça e todos iam, aos poucos, perdendo a curiosidade em descobrir sua identidade.

– Sinhá, temos que esconder essa moça.

– Mas não é exatamente o que a gente está fazendo? – A mulher arregalou os olhos.

Sinhá viu uma sombra no rosto de Lázaro. Ele parecia esconder alguma coisa.

– Estou trocando as fechaduras da casa. Uma única chave mestra vai abrir as portas e eu vou controlar quem entra e quem sai.

– Mas pra que isso, Lázaro?

– Porque... porque a gente precisa proteger essa moça do mal...

Sinhá sentiu um arrepio na espinha.

– Tá bom. Eu acho que o mal não entra pela porta, mas entendo a preocupação do senhor.

Ele ficou quieto.

– Posso conversar com ela?

Sinhá acenou com a cabeça e Lázaro entrou no quarto, envergonhado.

Lis estava sentada na cadeira de balanço onde Sinhá costumava fazer Benjamin dormir. O coração dele ficou apertado.

– Desculpe a maneira como abordei você aquele dia. Imagino que, às vezes, é melhor esquecer certas coisas.

Ela ficou calada, apenas observando a maneira como ele caminhava. Viu algumas luzes ao redor do seu peito.

Lázaro olhou no fundo dos seus olhos e disse:

– Entendo, de certa forma, que você prefira ficar reservada. E eu queria dizer que também sofri muito, por isso entendo o que é sofrer. Sei o que é vontade de morrer e não saber se a gente quer morrer ou estar vivo para sentir uma dor que a gente não sabe como estancar.

Ela levantou da cadeira e caminhou com suavidade em sua direção.

– Eu posso não lembrar quem sou ou de onde vim, mas a única coisa que me persegue, além de pesadelos noturnos, é a certeza de que vim para trazer alguma coisa a este lugar.

– Conte comigo.

Ela sorriu. Seu sorriso parecia trazer esperança ao coração de Lázaro, que não sentia aquela sensação desde que perdera Benjamin na caverna.

– Podemos deixar o passado para trás – ele suspirou.

– Sinhá disse que vou me lembrar de tudo aos poucos. Mas, toda vez que você chega perto de mim, sinto algo em você que fala com meu passado.

Enquanto as palavras saíam de sua boca, as imagens de Yevé lhe vinham à mente, uma a uma, trazendo uma sensação de bem-estar e paz da qual ela já tinha se esquecido. Lembrou-se da música, dos sons dos pássaros, da sinfonia que as almas tocavam quando estavam felizes.

– Eu quero música. Sinhá disse que há um lugar com música nesta cidade. Me leve até lá.

Lázaro tentou resistir, mas respondeu monossilábico:

– Sim.

Os dois ficaram se olhando durante alguns minutos, sem dizer uma só palavra. Ela contemplava a beleza do coração dele se abrindo. Ele silenciava diante de uma mulher que julgava ter sofrido tantos abusos.

A única coisa evidente entre eles era que a chave mestra que abriria o coração de ambos estava prestes a destrancar as portas que fariam o amor penetrar em suas vidas.

Até que aquilo acontecesse, porém, Aigam ainda teria algumas surpresas. E Lis recuperaria algumas memórias.

CAPÍTULO V

O RESGATE DAS SENSAÇÕES

Viver na Terra era, para Lis, um grande desafio. Estava sensível, mesmo na casa de Lázaro, pois sentia as turbulentas emoções e energias de Aigam. Ainda não recuperara a memória, mas sua essência continuava vibrando amor, ainda que com certa dificuldade de entender o que acontecia ao seu redor ou de ser compreendida. Sabia que, desde a sua saída do hospital, jornalistas a procuravam para ouvir sua versão do naufrágio, mas Lis não conseguia se lembrar da sua missão.

Desde sua chegada, era comum acontecerem blecautes na cidade, como aquele ocorrido no hospital. Sua energia era sempre multiplicada e, sem perceber, criava correntes que sobrecarregavam o sistema elétrico da cidade.

Se houvesse ali qualquer ser humano capaz de enxergar as energias, visualizaria que a vibração de Aigam estava diferente. Só que Lis nem percebia que, gerando energia constantemente, se cansava. Não tinha sequer consciência de que estava gerando energia sem parar. Por isso, passava horas dormindo, porque seu corpo físico não era capaz de aguentar tanta doação energética sem se reabastecer. Ela não lembrava como fazia isso em Yevé e não sabia que estava criando um campo de energia diferente naquela cidade tão afastada dos grandes centros.

Em Aigam vibrava a Kundalini da Terra; por essa razão, Lis ainda resistia viva, fortalecendo todos os moradores dali. Como a viagem fora num tempo acelerado, para que pudesse aproveitar o portal que se formara com o alinhamento dos planetas, os corpos de Lis precisavam de tempo para se recompor. Fazia alguns dias que ela ficava na janela assobiando para os pássaros que criavam seu ninho na árvore próxima ao quarto. Era assim que começava a sutilizar a própria energia.

Lis saiu do quarto enquanto Sinhá a observava atentamente.

– Aonde vai? – perguntou, curiosa.

– Eu quero sair um pouco – disse, alegre.

Lázaro se viu entusiasmado.

– Vou levá-la ao conservatório. É lá que as crianças da cidade formaram o melhor coral que você já ouviu. Abra os ouvidos e deixe que esse som penetre sua alma.

Os dois trocaram um olhar que fez Lis se recordar de algo. Ainda não sabia o que era, mas a sensação era boa o bastante para fazê-la se emocionar. Deu um abraço demorado em Sinhá e deixou escorrer uma lágrima.

– Obrigada por tudo.

Sinhá, que sabia que a gratidão da menina era genuína, sentiu o coração apertar. Lembrou-se do abraço de Benjamin, tão suave como o de Lis, e tentou afastar o pensamento.

– Vá logo.

Lázaro a conduziu até a porta, pegou a chave mestra e a abriu, mostrando o caminho para a rua. Enquanto ela saía, observando cada movimento de Aigam, ele a acompanhava com os olhos.

Lis estava atenta ao caminhar das pessoas, ao jeito como os homens conversavam, à maneira como as mulheres seguravam as saias, ao ruído das conversas, tudo misturado à intensa energia que cada um colocava em cada atividade. Sentiu uma leve tontura e segurou o braço de Lázaro.

– O que foi? – ele indagou.

Ela não conseguia explicar. Sentia. Sentia as emoções da dona da mercearia, preocupada com as contas; sentia o medo do açougueiro, que não sabia do filho; sentia a angústia da costureira, que não tinha trabalho; e até mesmo a vontade do menino de correr pela rua, tolhida pela mãe. Sentia tudo que todos sentiam. E aquele sentir era insuportável.

Deixou o corpo cair nos braços de Lázaro.

– Me tire daqui.

Surpreso e assustado, ele a segurou. As mãos de Lis entrelaçaram seu pescoço. Era a primeira vez que Lázaro sentia um toque como aquele.

Enquanto encostava em Lázaro, sentia suas memórias através de suas células. Não conseguia ver os acontecimentos, mas sentia culpa, tristeza e um profundo arrependimento.

– O que aconteceu? – Olhou no fundo dos olhos dele.

– Eu é que te pergunto. – Ele a colocou de pé. – Você teve uma tontura?

– Não estou me referindo a isso. Eu quero saber o que aconteceu na sua vida.

Lázaro ficou arredio e se fechou, longe de ser aquele homem gentil que Lis conhecera.

Mesmo diante dessa atitude, ela viu o coração dele brilhar.

– Você é uma alma boa, Lázaro. Nem parece que é daqui da Terra. Você faz bem para as pessoas e pensa nelas mais do que em si mesmo. Gosta de ser bom e útil. Por que faz isso? Conte-me mais sobre Aigam.

Ele sentiu uma pontada no peito, lembrando-se de toda sua trajetória, e ficou à vontade com ela. Já era hora de dividir aquele peso todo. Antes que pudesse abrir a boca, porém, uma mulher gritou do outro lado da rua, apontando para Lis:

– É ela! A santa que curou o Martin! Foi ela quem tirou as minhas dores e me ajudou a fazer o menino nascer com vida e sem nenhuma doença! Preciso saber o que o futuro me reserva. Por favor, espere!

Mesmo aqueles que ainda não tinham notado a presença de Lis ali voltaram-se em sua direção.

Lázaro pegou sua mão e a puxou.

– Vamos!

Lis resistiu. Algo a atraía para Josephine, que carregava Martin nos braços. Atravessou a rua e foi até ela. Josephine fez menção de se ajoelhar e Lis pediu que não o fizesse.

– Precisamos falar a sós.

Josephine sentiu como se estivesse hipnotizada pela presença de Lis.

– A maioria das pessoas está ou no passado ou no futuro. Eu desejo que, a partir de agora, você se conecte mais com o seu coração. Viver o presente é desfrutar da caminhada. Não tenha medo do caminho, mas, sim, de não caminhar.

Josephine ouviu aquelas palavras que saíam da boca de Lis como se estivesse em transe, e então começou a chorar.

– Eu tenho muito medo. Só consigo pensar em tudo de ruim que pode acontecer. Perdi minha mãe e meu pai por causa de doenças que ninguém sabe curar. Engravidei de um homem que não quis assumir o filho. Sou sozinha neste mundo com essa criança. Como vou acreditar que o futuro vai ser bom?

Lis colocou a mão no peito de Josephine.

– Se o mundo não fosse bom, você não teria tido a oportunidade de trazer uma criança de luz como Martin. Ouça mais a voz do seu coração, pois ele tem mais respostas que a sua cabeça – disse e pediu licença.

Lis estava cansada. Caminhou de volta à casa de Lázaro, pois percebeu que ainda não estava pronta para ir até o conservatório. Não conseguia administrar o turbilhão de sentimentos que percebia nas pessoas. Precisava descansar e se recuperar.

Ao entrar em seu quarto, deitou-se na cama e, antes de fechar os olhos, aos poucos, sua memória foi sendo revisitada por lembranças do seu filho. Pôs-se a chorar.

O RESGATE DA DOR

Sinhá ficou por duas horas sentada ao lado da cama de Lis enquanto ela chorava todas as dores do mundo. Com a lembrança do filho, Lis revivera as dores que sentira antes de seu nascimento. Não as físicas, mas as psicológicas. Lembrou-se da tortura mental à qual fora submetida, sentiu o medo do que poderia acontecer aos dois quando o menino nasceu e depois da onda de luz que invadiu Dragon.

No entanto, ainda não conseguia se lembrar do Reino de Yevé. A energia daquele lugar era potente e a Terra se assemelhava mais a Dragon em termos de energia. Portanto, as primeiras lembranças dela vieram do reino de Saddah.

Enquanto chorava, Lis contava a Sinhá fragmentos de sua história. Sem dar muitos detalhes, disse que fora manipulada por um ser das trevas que sugara toda a sua energia, e que durante muito tempo pensara que ele era bom e que poderia mudar seu comportamento. Depois, contou do filho. E, quando pensava nele, seu coração parecia sangrar. Ainda não se lembrava de todas as informações passadas em Yevé, portanto não conseguia calibrar em si a fé ou a confiança na vida. Na Terra, à medida que Lis começasse a sentir, teria primeiro as sensações mais primitivas do ser humano. Por isso, tinha se aproximado intimamente do medo quando se debatia nas águas que a conduziram para lá. Começou a tentar entender como havia ido parar naquele local. Sinhá, como se ouvisse seus pensamentos, comentou:

– Imagina você quantos mundos deve haver nesse Universo capaz de criar vida neste lugar aqui! Quantas pessoas já devem ter sofrido coisas que a gente nem é capaz de descrever? Quantos sentimentos cada ser humano deve ter experimentado ao longo da vida? Imagina que um ser humano, desde a hora que nasce até o momento de sua morte, sente fome, sede, amor, medo, raiva, angústia, vontades de todos os tipos... Se a gente olha para isso tudo, entende como a evolução nos levou até certo ponto. Porque hoje, mesmo com toda essa natureza, o ser humano vive em crise.

Lis sentia o coração ainda angustiado.

– Eu preciso entender o que estou fazendo aqui, Sinhá.

As duas ouviram uma batida na porta. Era Lázaro.

– Queria saber como você está. Sobreviver a um acidente assim...

– Acidente?

– Sim, você sobreviveu a um acidente.

Lázaro pensou que aquilo tinha a ver com a perda de memória da moça.

– Que tipo de acidente?

Ele percebeu que Lis estava mesmo com dificuldades de se lembrar do acontecido, embora já tivesse lhe contado que ela fora a única sobrevivente da catástrofe. Pacientemente, relatou o que achava que ocorrera.

– Você embarcou em um navio, que naufragou na tempestade. Ninguém sobreviveu, apenas você.

Conforme ele falava, ela ia recolhendo memórias. Lembrava-se de ter sido resgatada perto da água, mas queria saber como tinha ido parar lá.

– Descanse, menina – decretou Sinhá. – Tem muita coisa para ser lembrada ainda. Vamos fazer um chá para você recuperar a fé e a força.

Saiu do quarto, deixando-os a sós, e Lázaro se aproximou, sentando-se na beira da cama.

– Você perguntou o que aconteceu na minha vida.

Assim, começou a contar sobre seu nascimento até a chegada de Sinhá e a grande tempestade que devastara a cidade.

– Eu entendo o que é ser um sobrevivente, porque nós fomos os únicos sobreviventes de Aigam. Eu e Sinhá.

– E seu pai? – ela perguntou.

– Meu pai nunca voltou – disse e então se calou.

– O que foi?

– É que... Nada. Eu preciso ir.

Pensara nas perdas de sua vida: sua mãe, seu pai, toda a população de Aigam e, depois, Benjamin, a quem amava como um filho. Tinha medo de perdas. Medo das que haviam acontecido e das que poderiam acontecer.

O RESGATE DA ESPERANÇA

Um mês tinha se passado desde que acontecera o naufrágio. O poder da gravidade, combinado com a energia densa do planeta Terra, fazia Lis perder as forças pouco a pouco.

Depois que relembrara a existência do filho, não conseguia sair do padrão vibratório que a prendia ao sofrimento e resistia para aperfeiçoar seu campo mental e se conectar com Yevé. Quanto mais ligada ao sofrimento, ao medo e aos sentimentos que a faziam manter uma baixa vibração, maior a dificuldade de entender o que estava fazendo na Terra. Por sorte, estar hospedada na casa de Lázaro, que se empenhava em tirá-la daquele estado, faria toda a diferença em sua jornada terrena.

Naquela tarde, ele bateu à sua porta, determinado a levá-la ao conservatório de música.

– Lis? – perguntou, encostando os ouvidos na porta para escutar a resposta.

Ela não respondeu.

– Lis? – ele insistiu, até que ouviu o caminhar dela até a porta.

– Oi, Lázaro. Entre.

Parecia mais disposta do que a última vez que a vira.

– Hoje haverá uma apresentação das crianças no conservatório de música. Gostaria de convidá-la a assistir.

Lis sentiu uma onda de calor invadindo o quarto e desviou o olhar do dele.

– Eu... adoraria.

Mesmo sem perceber a sensibilidade de Lis, notou sua expressão mudar.

– Faz muito tempo que existe o conservatório aqui na cidade? – ela perguntou, curiosa.

– Na verdade, não...

Lembrou-se do episódio que o fizera investir em música e saúde, como que para se livrar da culpa de carregar o ouro e deixar Benjamin na caverna, e então se calou. Até que decidiu concluir:

– As crianças gostam muito de cantar por aqui.

Lis pegou um lenço de seda que Sinhá dizia que combinava com o tom de sua pele e colocou sob os ombros.

– Estou pronta.

Lázaro iluminou-se. Ficava perplexo com a beleza de Lis e ainda mais encantado com sua simplicidade.

Saíram caminhando por uma ruela com poucas pessoas para que ela não fosse vista. Como era dia de feira, a maioria dos moradores estava na rua principal, comprando frutas, verduras e flores.

Lis sentia-se mais disposta do que de costume.

Enquanto andavam, conversavam como se se conhecessem havia muito tempo. Lázaro não comentou que o conservatório e o hospital tinham sido construídos com seu dinheiro, mas ela conseguia sentir bondade em seu olhar.

Entraram no conservatório lado a lado. As crianças estavam enfileiradas, prontas para o início do ensaio, e não notaram a presença de Lázaro e Lis, que buscaram cadeiras no fundo do salão para não as intimidar. Ela observava cada detalhe daquele lugar onde entrava luz por todos os cantos. O teto era feito de vitrais, que faziam uma profusão de cores invadir o salão. De repente, Lis sentiu um aroma de lavanda. Era como se aquele cheiro fosse familiar demais para passar despercebido. Havia nele uma área descoberta com um campo aberto, repleto de flores de todos os tipos. Ficou encantada com a riqueza de detalhes na pintura das paredes e com a simplicidade e leveza que aquele lugar trazia.

Lis levou o olhar até onde sua intuição mostrava. Era uma porta, da qual surgiu uma garota com seus catorze anos vestindo uma bata branca. Não conseguiu conter a emoção quando a menina começou a tocar um instrumento parecido com uma harpa. Estava sozinha.

– É um kântele – sussurrou Lázaro perto de seu ouvido.

Diante do som daquele instrumento capaz de elevar sua alma, mesmo sendo tão sutil, ela sentiu um aconchego. Não era simplesmente a música que a tocava. Parecia que o espaço estava transformado pela utilização daquele instrumento delicado. Era um som macio, que a fazia sentir-se envolvida, protegida. A sensação provocada era de amor.

Em uma fração de segundos, Lis foi transformando sua energia. Era como se ouvir a vibração da música a aproximasse do Reino de Yevé. Como se aquela melodia suave das crianças a fizesse sentir-se próxima do céu.

Enquanto a menina acariciava as cordas do instrumento, Lis sentia uma presença celestial, como se o lugar estivesse envolvido numa atmosfera delicada. A sonoridade do instrumento, aliada à voz das crianças, fazia a energia daquele lugar se modificar. Lis sentia seu coração em harmonia. Seu ritmo respiratório fluía.

– Dizem que o primeiro desses foi construído com espinhas de peixe por um dos três grandes heróis da história, que era um cantor mágico. O som que emitia era de tal beleza que as pessoas choravam quando ouviam, de tão sensibilizadas. Aqui nesta região, as crianças descobriram esse instrumento não faz muito tempo. Foi trazido por um viajante que contava histórias do povo celta.

Lis não conseguia pronunciar qualquer palavra. Estava emocionada. E, à medida que sua vibração subia, as lembranças de Yevé começavam a surgir em sua mente.

– Eu estou conseguindo... – disse, entre lágrimas.

– O quê? – perguntou Lázaro.

– Eu sei... eu sei de onde vim... Eu sei... Lembrei de tudo... Eu sei o que estou fazendo aqui.

Lázaro calou-se. Ficou observando Lis, magnetizado pela sua presença.

Aos poucos, como se um holofote os iluminasse, as crianças começaram a notar a presença dos dois ali na sala. Uma a uma, sorriam para Lis, que se levantou e caminhou até o coral, cantando a canção no mesmo ritmo e tom que eles.

De longe, Lázaro observava aquele fenômeno sem entender o que estava acontecendo. Sentia seu corpo como se estivesse flutuando. Esfregou os olhos e mal podia acreditar no que via. Enxergava pontos luminosos entre as crianças e Lis, como se fossem pequenos vagalumes circulando entre todos. Era a primeira vez que ele via pontos de energia, mas para Lis aquele dia representaria o resgate da esperança. Ela conseguia respirar, sentir e enxergar como se estivesse em Yevé. Entre as crianças, Lis voltava à sua essência mais pura.

Quando terminaram a canção, ela sentiu que a hora havia chegado. Era aquela a força de que precisava para cumprir sua missão.

CAPÍTULO VI

NASCENDO PARA A VIDA

Sentados na grama, num jardim florido atrás do conservatório de Aigam, Lis e Lázaro sentiam uma emoção difícil de explicar. Depois de assistir àquela apresentação, ela tinha recebido uma vibração positiva, que a fazia flutuar. Como se tirasse um véu, a enviada conseguia enxergar, com riqueza de detalhes, toda a sua trajetória. Da Terra, acessava não só as imagens mentais de Dragon, mas também as que criara em Yevé.

Para Lázaro, que a via como uma fugitiva da cidade vizinha, por causa do nome encontrado na lista de passageiros embarcados no navio, Lis tinha outra história. Por isso, quando ela pediu que ele a escutasse em silêncio, sem usar o filtro do julgamento, teve dificuldade de assimilar o que ouvia.

– Você quer dizer que não é da Terra? Que nasceu num lugar que é uma espécie de Paraíso, foi para um Inferno, carregada por um cara que te manipulava, ficou grávida dele e depois voltou para o Céu e agora está aqui na Terra procurando seu filho? É isso que eu entendi?

Ela riu, mostrando uma covinha que ele ainda não tinha percebido.

– Isso.

– Lis, eu posso ser sincero com você?

Ela acenou positivamente com a cabeça.

– Será que você não teve alguma sequela do trauma? Será que o dia do naufrágio não a fez apagar algumas memórias e você de repente está criando outras?

Lis suspirou.

– Sabe, Lázaro, algumas coisas são difíceis de provar. Mas não é por isso que deixam de ser verdade.

Sem saber se acreditava naquilo, ele continuou ouvindo o que ela tinha a dizer.

– Em Yevé todos conseguem enxergar com o coração. É como se a sensibilidade estivesse apurada a ponto de olharmos para o outro em sua essência mais profunda. Como transitei pelos dois mundos, que são extremos, pude perceber que aqui na Terra vocês têm conflitos emocionais muito grandes por não conseguirem equilibrar mente e coração.

Lis pegou um pedaço da grama e mostrou a ele.

– Além disso – ela continuou –, existe uma coisa em comum entre a Terra e Yevé. A natureza. Ela é a forma de energia mais pura que qualquer reino, galáxia ou planeta pode ter. A destruição dela pode gerar consequências desastrosas.

– Como você se lembrou de tudo isso? Só de ouvir a música?

Lis deitou sobre a grama e olhou para o céu.

– Existe um tipo de conhecimento que a gente não assimila pelo intelecto, mas através da frequência vibracional. Quando a gente se conecta, consegue acessar, já que ela está disponível. Isso pode ser feito por qualquer um que vive aqui na Terra. É como se tirasse um véu da consciência. Eu não sei se consigo te explicar, mas posso te fazer sentir.

Ele continuou observando os traços dela. Parecia mais bonita quando falava sobre aquele assunto.

– Feche os olhos – pediu com determinação.

Mesmo não estando acostumado a silenciar a mente, já que vivia correndo de um lado para o outro, fechou os olhos e os dois ficaram em silêncio.

– Respire fundo, Lázaro.

Enquanto ele respirava, ela colocava as palmas das mãos dele voltadas para a grama.

– Estar bem depende de você. Não precisa de nenhum intermediário entre você e a força divina que existe aí dentro. Pode permanecer em estado de luz. É só se manter conectado com o momento presente.

Lázaro permanecia com os olhos fechados.

– Em Yevé, as pessoas vivem em estado de graça. Na Terra, os homens vivem ocupados com seus compromissos. À medida que eles se esquecem de si, entram numa espiral de sofrimento e passam a dar valor a coisas que não são tão importantes. E isso faz a vibração, que na infância era alta, se tornar cada vez mais baixa. É perturbador ver energias circulando num ambiente. Você consegue enxergar a força das crianças, que brilham luz, e o quanto os adultos estão sem energia, deixando a mente e o medo controlar os sentimentos mais profundos e aprisionar o ser. Quando cheguei aqui, enxergava isso sem entender. Apenas sentia. Sentia a dor de todo mundo e não conseguia acessar o amor. Agora que me liguei ao amor, através da vibração da voz dessas crianças, é como se eu estivesse alguns degraus acima. E de lá consigo ver com nitidez a densidade da vibração que impede as pessoas de enxergarem a verdade.

Lázaro permanecia calado. Ele a ouvia, como se despertasse de um sono profundo.

– Eu sinto que o ser humano precisa tomar a vida pelas mãos, deixar o medo de lado e arriscar. Só há uma maneira de se encontrar: não delegar sua felicidade e seu estado de espírito ao outro.

Nesse breve aprendizado pela Terra, percebi que os dias que fiquei fraca, além de estar me recuperando, estava acessando as energias que vinham de fora ao invés de acessar o que tinha dentro de mim. Só que, quando você consegue acessar a própria luz, é como se um portal se abrisse na sua vida. Você não precisa de mais nada que vem de fora. Você simplesmente se conecta com sua essência, onde as respostas estão. E se sente livre, como um pássaro saindo da gaiola, dando seu voo rumo à liberdade.

Lázaro, que ficara quieto até aquele momento, disse que certa vez lera um poema que o marcara muito. Sinhá que apresentara para ele.

– O poema dizia: “Somos assim, sonhamos o voo, mas tememos a altura. Para voar, é preciso ter coragem para enfrentar o terror do vazio. Porque só no vazio o voo acontece. O vazio é um espaço de liberdade, a ausência de certezas. Mas é isso o que tememos: o não ter certezas. Por isso trocamos o voo por gaiolas. As gaiolas são o lugar onde as certezas moram”.

Lis estava emocionada. Sentia que o coração de Lázaro estava se abrindo.

– Cada um de nós tem a própria energia porque cada um passou por uma coisa aqui na Terra. Conforme vamos evoluindo, ou a gente pode aumentar o poder da mente, ou deixar ela conectada com os pensamentos negativos. E as emoções humanas vão acompanhando o astral das pessoas. A bondade e o amor sempre nos fazem iluminar. Já a culpa e os sentimentos ruins nos deixam presos em uma espiral negativa. E só podemos nos libertar através do amor.

Ela respirou profundamente, deixando que o ar penetrasse em seus pulmões.

– Tudo depende dos erros que cometemos e de como desperdiçamos nossa energia com prazeres, vaidade e acúmulos. Não podemos nos deixar fascinar pela ilusão, precisamos estar conectados a uma verdade maior. Precisamos ser impulsionados pela alma. É só desse jeito que a gente abre os portais de energia. Agora, o que aconteceu aqui no conservatório me fez conseguir acessar a minha energia original. E a gente só consegue isso quando cala a mente. É através do aumento da vibração dos corpos que a gente supera as dificuldades e abre o coração. Isso é libertação.

Lázaro baixou a cabeça e abriu os olhos. Parecia sentir falta de ar.

– O que foi? – Lis perguntou.

– Eu não sei...

À medida que ia tendo acesso às informações do coração, ele se perdia no tempo e no espaço, sentindo aquilo que estava registrado em suas memórias originais.

Lis estendeu a mão, pegou a mão esquerda dele e a tocou.

– Posso?

Ele não sabia o que ela faria, mas concordou. Conforme se conectaram, através da palma das mãos, Lis pôde sentir tudo aquilo que o coração dele estava tentando segurar.

– Você nasceu de uma junção de luz e trevas. Tem as duas forças dentro de si. Por isso, o conflito interno que te incomoda. Ora sente o impulso de fazer o que o seu mental exige, ora o que o coração pede.

Com os olhos fechados, tinha a conexão com a energia da qual ele fora formado. Para ela, era simples acessar aquela informação. Em Yevé, ela desenvolvera uma visão ultracelular, conseguia ver as mágoas e decepções gravadas no corpo em virtude de algum trauma ocorrido.

– Você teve uma ruptura muito forte com a sua mãe... Eu vejo uma caverna... Parece que nesse lugar aconteceu algo que prendeu a sua energia...

Lázaro tirou a mão, num movimento brusco. Imaginava que ela acessaria a origem de sua maior culpa, o momento em que deixara Benjamin pelo ouro, mas Lis estava sentindo a vibração do dia do seu nascimento, quando sua mãe desaparecera ao lado da caverna onde seu pai deixava o ouro escondido.

Subitamente, a energia entre os dois se destruiu. Era como se ele criasse em volta de si uma bolha que o protegia e blindava. Sentia-se vulnerável, como se estivesse nu, revelando seus segredos mais íntimos.

Lázaro levantou-se e pediu licença antes de sair.

Sem entender, Lis continuou ali sentada. Estava conectada com a energia de luz. Nada poderia abalar sua vibração. Sentiu o chão tremer levemente. Ela não sabia, mas estava sobre a Kundalini da Terra, que era capaz de restabelecer toda a sua energia. Seria ali o lugar onde Lis manifestaria seu poder. Seria ali que ela acessaria a chave do coração humano. Só não sabia como.

A MÚSICA DA ALMA

As crianças se reuniam ao redor de Lis, que, no intervalo dos ensaios, pegou um dos instrumentos para tentar tocar. Era uma flauta.

– Como você consegue tocar tão bem? – perguntou uma delas, que se encantava com cada nota musical tocada.

Fazia uma semana que estava indo todos os dias assistir às crianças cantarem. A cada minuto que estava com elas, sentia-se plena.

Lis parecia ter a alma leve como a dos pequenos. Em alguns momentos, Lázaro ia observar o que estava fazendo a moça que não saía do conservatório de música. Naquele dia, quando entrou e a viu tocando flauta como se tivesse feito aquilo a vida inteira, ficou parado observando.

Entre as crianças, Lis parecia ter outra força. Dizia coisas sobre o amor, contava como cada uma delas poderia lidar com a vida e falava de maneira tão simples que os corações se conectavam. Ela já era admirada pelo grupo do coral, e, conforme ia contando histórias no final das aulas, mais crianças vinham depois da escola para ouvi-la.

– Vocês conseguem encher uma xícara de chá que já está cheia?

As crianças respondiam que não.

– Então, para aprender uma coisa nova, basta esvaziar todos os dias a xícara da nossa cabeça. Entrem no dia como se fossem novos como ele. Deixem as novidades chegarem e aprendam com elas, sem medo. Nunca achem que sabem tudo. Tem sempre algo novo a ser aprendido, mesmo que seja outro jeito de olhar. E a gente precisa sempre olhar e ouvir, sem julgar.

Elas ficavam ali, ávidas por ouvir as palavras de Lis. No entanto, não eram só as palavras que as encantava. Eram o jeito, a voz e, principalmente, a energia. Mesmo que não vissem, sentiam o bem-estar natural quando estavam próximas a ela. Não havia uma criança que não gostasse de estar perto de Lis.

Como havia espaço para estar entre elas durante as aulas, aproveitava para criar. As letras de música pareciam surgir sozinhas.

Naquela tarde, depois de tocar flauta, Lis começou a cantar:

Somente imagine um lugar onde você possa flutuar
E os seus olhos brilhar
Arrisque tentar imaginar
Nada além do paraíso existe lá

Vejo crianças, homens e mulheres
Cantando em união em uma só mão
Não é preciso matar nem guerrear
Isso não é ilusão
Não há corrupção

Não há fome, esqueci de falar
Como é bonito esse lugar
Não há o inferno, muito menos dor
Restou o que é bonito
Restou o que é amor

Quando parou, todos permaneciam em silêncio, em êxtase com o jeito de Lis cantar, tocar os instrumentos e se movimentar. Lázaro, que notava isso não apenas nas crianças, mas nele também, entrava em conflito consigo mesmo. Sua mente dizia que era impossível acreditar na história que ela criara sobre outro planeta e reino distante, mas seu coração dizia que ela não parecia ser daquele mundo.

Lis abriu um sorriso ao notar que Lázaro estava na porta assistindo. Ela, então, despediu-se das crianças e caminhou até ele. O coração dele não conseguia ficar indiferente a ela.

– Não espero que acredite numa palavra sequer do que eu digo. É apenas a minha experiência.

Ele não queria brigar nem discordar dela. Pelo contrário.

– Onde você aprendeu a cantar? – ele perguntou curioso.

– A música é um talento natural da essência de quem se conecta com o coração.

Lázaro a convidou para se sentar no gramado com ele. Sentia-se bem. Em sua mente, era impossível que alguém nascesse sabendo algo, como se fosse um dom natural. Também achava improvável que Lis tivesse feito qualquer tipo de viagem intergaláctica. No entanto, entendia que ela era diferente de qualquer pessoa que conhecera antes. Não entendia por que ela contava tantas histórias que pareciam ter sido inventadas, mas sabia que, quando as repetia, pareciam fazer sentido, embora parecesse impossível, em sua mente humana, conceber algo que jamais fora imaginado.

Os dois permaneceram calados, até que Lázaro cortou o silêncio:

– Eu não sei nada sobre a minha mãe.

Lis ficou esperando que ele continuasse o desabafo.

– Tenho a impressão de que tem alguma coisa nessa história que não é verdade... Algo que meu pai contou a vida inteira e não bate, sabe?

Ela sorriu, feliz pela confiança que ele depositava nela ao lhe contar o que mais estremecia seu coração. Quando percebeu que ele ficou quieto, sem palavras que expressassem o que havia dentro dele, disse o que sua intuição permitia que visse:

– Ela te protegeu, Lázaro. Graças à sua mãe, você pôde nascer. Ela guardou você durante longos meses, mas sinto que ela gastava muita energia tentando não ter emoções de qualquer tipo. Ela não queria ferir você com a tristeza, mas isso a fazia uma pessoa sem qualquer traço de alegria. Sua mãe passou a gestação... como eu. – Fitou os olhos num ponto e disparou a falar novamente: – Sua mãe teve a alma machucada em algum momento. E, durante a gravidez, tentou protegê-lo das próprias emoções que sentia.

Lázaro mordeu os lábios. Era seu costume fazer isso quando se sentia em conflito.

– Vocês, humanos, são engraçados. Fogem o tempo todo das emoções. Por isso, ficam presos nelas durante tanto tempo... Sabe que a melhor maneira de sair de uma emoção é primeiro reconhecê-la e, depois, enfrentá-la?

Lázaro não enxergava qualquer relação entre sua mãe e o comentário de Lis.

– Você, por exemplo, foge do enfrentamento de emoções. Por essa razão, vive nesse conflito. Não existe maneira de resolver isso sem encarar o que precisa ser encarado. Uma sombra ou algo que você deixa ali o torturando por dentro, se não vem à tona, pode irromper em forma de um comportamento. Para fugir daquilo, você pode se tornar alguém que não quer ser.

Ele continuava sem entender.

– Sentir algo que você desaprova é uma oportunidade de rever o que precisa ser mudado internamente. O local a ser transformado tem que estar do lado de dentro. Ser feliz não é fácil. Haverá obstáculos, mas a forma como você lida com o obstáculo o diferencia. Se você usa uma emoção ruim para te impulsionar, reconhecendo-a e admitindo que te incomoda, ela para de te assombrar. Sinto que os seres humanos tentam resolver tudo através da mente, o que os impede de acessar a sabedoria do coração, que é muito mais poderosa. Sem acessar o coração, a mente fica no comando e você começa a fazer as coisas de modo mecânico, automático, só porque todo mundo faz. Imita comportamentos, achando que os outros sabem o que estão fazendo. No final das contas, vejo tanta gente perdida... Estão todos perdidos, sem rumo, porque fazem um esforço tremendo para não escutar o coração.

– Como você sabe de tudo isso se não vivia na Terra? – provocou.

– Eu sinto. Um dia, na Terra, vocês terão a mesma facilidade que o povo de Yevé tem de sentir a energia dos lugares e das pessoas. É assim que aprendem. Podem falar a língua que quiserem, porque assimilam conhecimento de outra forma. Podem, principalmente, falar a língua do amor. Um amor que transforma, que impulsiona as pessoas a realizarem suas ações sempre pensando umas nas outras. Quando vocês perceberem que somos todos um, saberão que cada ato afeta toda uma comunidade. O seu ato de criar o conservatório foi muito nobre. Soube também que foi você quem forneceu recursos para que o hospital fosse erguido. Só alguém muito conectado com o coração é capaz de agir com generosidade.

– Não sou tão bom quanto pareço – ele desconversou.

– Eu sei. Todos temos falhas. Mas você quis se tornar melhor.

– Talvez eu só tenha tentado aliviar a culpa – disse ele, constrangido.

– Lázaro, tanto em Dragon quanto em Yevé, eu aprendi que a mente é traiçoeira. Os terráqueos têm muito "coração". Só que a mente, querendo protegê-los, os faz terem medo de buscar seus sonhos e, muitas vezes, caminharem longe da felicidade plena.

Ele a observava falar. Parecia humana.

– Você se sente confortável se distorce o que eu falo, se acha que sou louca. Sua mente quer te provar o tempo todo que tudo que te contei é absurdo demais para ser verdade. Por isso, a cada palavra que digo, sua mente lhe diz que pareço ser humana. Parece certo e lógico. Assim, você fica tranquilo, porque a informação de que há vida em outros planetas e reinos distantes, muito mais evoluída que a de vocês, te desestabilizaria. Todos querem se manter no condicionamento. É mais fácil para todo mundo. O cérebro nem precisa fazer novas sinapses. No entanto, é importante saber: se quer mudança, tem que sair do ponto em que você está. Quero que você experiencie o mundo com os olhos do coração. Não precisa acreditar na cabeça se essa voz não te apoia. Se a mente diz algo querendo te proteger, agradeça por ela se preocupar. Fique atento quando sua mente quiser falar. Se ela disser que você sabe disso, agradeça.

Lis explicou a Lázaro que não querer tomar consciência de como seus pensamentos, sentimentos e emoções são importantes para sua felicidade impedia o ser humano de ser feliz.

– O primeiro passo é ter consciência do que te incomoda. Quem coloca aquilo como problema é você. O problema são as histórias que a gente conta todos os dias. Na verdade, as ações não são ditadas pelas forças visíveis, e sim pelas invisíveis. O medo, por exemplo, de dizer não, de as coisas darem errado. São forças invisíveis que regem as vidas.

Ele ainda estava duvidando daquele discurso, como se sua mente dissesse que era impossível ela saber tanto sobre o ser humano se vinha de outros lugares. Seu coração, porém, aceitava aquilo como verdade.

– Você tem medo da dor, Lázaro?

– Que tipo de dor? – indagou e arregalou os olhos.

– Algo na sua vida o fez sentir tanta dor, que agora você evita qualquer situação parecida para não a sentir?

Ele imediatamente se lembrou de Benjamin e do amor que sentia pelo menino. Recordou-se do medo de amar que surgira depois que o perdeu. Medo de se entregar e sofrer. Era esse seu medo. Por isso, interagia com as pessoas a uma distância segura, que não o faria se envolver.

– Sim – respondeu.

– Não precisa me dizer a situação. Mas as coisas não são do jeito que a gente acha que deveriam ser. Só quando a gente olha para trás, conecta os pontos.

Lázaro ficou em silêncio. Sabendo que aquela dor era forte demais para que ele a revelasse, Lis mudou de assunto:

– Sabe por que a música transforma as pessoas? Porque ela toca o coração. Uma música é capaz de fazer milagres.

TOCANDO CORAÇÕES

Os dias em Aigam não traziam muitas surpresas. Pelo fato de a região ser afastada dos grandes centros comerciais, as pessoas que sempre tinham vivido ali não se preocupavam em modificar o estilo de vida, que funcionava desde que se conheciam por gente.

Naquela semana, todos ansiavam pelo grande concerto que aconteceria na cidade, do qual as crianças do conservatório participavam todos os anos. Daquela vez, o evento seria diferente, pois a sobrevivente do naufrágio, Lis, faria uma apresentação a pedido das alunas.

Como Lis raramente circulava por Aigam, optando pela reclusão na casa de Lázaro desde que chegara, os boatos continuavam alimentados por quem já tivera contato direto com ela.

A cada dia, a jovem ensinava um pouco mais para as crianças daquele local. Estava encantada com a pureza delas e suspeitava de que eram mais evoluídas que as do restante do planeta. Por isso, já tinha um plano bem traçado. Como sabia que precisaria de ajuda na sua missão, formava seu exército do bem, compartilhando informações com as crianças, que tinham facilidade de assimilar aquilo que ela contava. Sabia que, se crescessem com o gene do amor, era forte a probabilidade de se tornarem pessoas que transformariam famílias.

Assim, sem alardes, Lis começou a fazer o que tinha que ser feito. Embora soubesse que aquilo teria um efeito potencializado pela alegria e pelo entusiasmo de cada um, entendia que, além daquele pequeno exército, podia contar com a música como fator preponderante de mudança da vibração do padrão na Terra. Ainda não sabia como sua voz podia ser ouvida, mas a intenção era que aquele processo começasse a se tornar maior no dia da apresentação.

Lázaro percebia que ela não compartilhava com ele suas intenções. A única que suspeitava de seus planos era Sinhá, que a apoiava em absolutamente tudo, sem duvidar ou fazê-la duvidar de si mesma. Sinhá sempre dizia a Lis que ela podia ir mais longe do que imaginava. Era assim que cuidara do coração de Lázaro, que se manteve bom, apesar de viver uma história cheia de tragédias. Era assim que imaginava que faria Lis sentir-se mais disposta a enfrentar os desafios quando começasse a brilhar mais do que as pessoas podiam suportar.

Foi numa quarta-feira que o grande dia se anunciou. A aurora trouxe a beleza do amanhecer, fazendo Lis se levantar da cama sem perturbar o sono de Lázaro e Sinhá. Ela dirigiu-se ao conservatório antes mesmo de as pessoas despertarem. Lá, afinou os instrumentos. Pegou um papel, um lápis, e começou a escrever. Escrevia sem parar, como se estivesse numa espécie de transe. Quando as crianças chegaram, ela estava pronta.

– Lis! Já está aqui! – exclamou uma das crianças, antes que todas pudessem correr para disputar o seu abraço.

Lis estava vibrando amor. Era tanta emoção, que mal cabia em seu coração. Compartilhando aquele estado de espírito, sentia seu corpo explodir em luz. As pessoas começavam a se reunir em torno da praça principal da cidade. Aquele dia atraía turistas de outras regiões. Aigam estava transformada.

A primeira apresentação foi aplaudida e fez até mesmo os comerciantes locais deixarem seus estabelecimentos para irem assistir ao espetáculo. Na segunda música, com os instrumentos, todos modificaram suas expressões. De longe, Lis os observava enquanto iam seguindo aquela batida. Até que, em determinado momento, envolvida com a música, subiu ao palco. Seu movimento foi percebido pelos que estavam ali presentes. Quando as crianças terminaram, os aplausos foram intensos, mas a curiosidade pela apresentação que viria a seguir parecia deixar os espectadores ansiosos.

Lis, que gerara energia o suficiente para que o ambiente se harmonizasse e os presentes se conectassem com seu discurso, parecia iluminada. Todos os olhos estavam fixos nela quando pegou o microfone e começou a cantar. Primeiro, sem qualquer instrumento. A melodia, acompanhada de sua voz angelical, provocava tanta emoção que alguns choraram, sem entender o que estava acontecendo. Lis provocava um aumento da frequência vibracional naquele lugar, com tal intensidade, que a energia era palpável. Lázaro, mais sensível que de costume, respirou fundo para evitar que a emoção viesse à tona.

A letra da música falava sobre amor. Sobre como as pessoas calam os corações e cavam sofrimentos na própria alma. Em cada estrofe, dizia como a pureza das crianças traz a salvação da raça humana.

Enquanto as palavras saíam da boca de Lis, as pessoas que a assistiam, admiradas, sentiam o coração explodir. Emocionadas, muitas choravam; outras se abraçavam. Lis gerara energia o suficiente para abastecê-los durante meses. Precisava que estivessem fortes, pois sabia que os dias que viriam não seriam fáceis. Por isso, naquela primeira apresentação, apressou-se para dar o seu melhor. Uma energia pura, refinada, que transformava o coração e elevava não só a energia, mas a consciência de todos.

Intuitiva, tinha a impressão de que o sistema imunológico dos moradores de Aigam precisaria ser fortalecido para o obstáculo que enfrentariam. Então, a música seguinte falava de alegria e de como uma vida feliz protegeria um corpo de doenças. Todos começaram a dançar, e ela aumentou o ritmo, com a ajuda de alguns instrumentos, tocados pelas crianças.

Ao pegar o violino, ninguém imaginava o que viria a seguir. E o espetáculo só terminou depois da sétima música, após quase dez minutos de aplausos. Todos pareciam potencializar a força que ela doara e lhe entregar de volta a energia que gerara, num fenômeno que Lis jamais havia presenciado. Pela primeira vez, não precisava repor a energia e gerar a própria energia. Recebera da plateia e sentia-se mais preenchida do que nunca.

Entendeu por que estava ali. Em Aigam existia uma energia coletiva superior, de forma que a frequência de seus corpos microcósmicos e campos energéticos parecia determinada a captar e fundir-se com vibrações específicas necessárias para o crescimento e a evolução de todos. O próprio campo eletromagnético de Aigam parecia ter mudado. Ela olhava um por um e via que as frequências estavam alinhadas, tornando as pessoas mais dispostas e felizes.

Como Aigam era um vórtice de energia que refletia o espectro de possibilidades para os seres humanos se expandirem, qualquer energia levada para lá seria ampliada. O lado positivo era que o alcance de sua missão seria potencializado com facilidade. O negativo era que qualquer ação contrária teria muito mais força. Estar em um vórtice da Terra era como estar dentro de um amplificador.

Finalmente, entendera o porquê de ter ido parar justo ali, onde havia portais dimensionais, capazes de transmitir aquela mesma energia, vibrando, naquele momento, para outros pontos do planeta. Entendeu como a inteligência de Yevé fora sábia para promover tal viagem entre os reinos. A partir dali, com todas as condições favoráveis, os resultados só dependiam dela. Nenhum yevens seria capaz de sentir o que sente um corpo humano, ao mesmo tempo complexo e simples em seu funcionamento natural, mas cuja conexão de corpo e mente o tornava imprevisível.

Aquele era um portal de conexão interdimensional que auxiliava no equilíbrio da rede de energia de todo o planeta. Se conseguissem atingir a vibração certa, o povo de Aigam comporia a primeira comunidade harmoniosa da Terra. Lis sentiu que precisava mapear a Terra e encontrar os outros pontos onde poderia sintonizar novas comunidades harmoniosas, conectando-as com Yevé. Aquilo só seria possível onde o vórtice estivesse como o de Aigam.

Acessou todo esse conhecimento enquanto era aplaudida, como se a geração de energia de fora para dentro criasse um novo fenômeno com o qual ela não estava familiarizada. Receber a energia de humanos, de modo espontâneo, sem tê-los manipulado, fazia com que recebesse a frequência das informações do inconsciente coletivo deles. E isso era poderoso. Conectando-se com aquela nova fonte de aprendizagem, acessava informações que os próprios habitantes de Aigam não sabiam, mas que estavam impressas em suas memórias, através dos antepassados.

Quando seus olhos cruzaram com os de Lázaro, teve uma grande visão. Viu o clima no planeta Terra mudando, então percebeu que precisavam urgentemente criar uma ala médica capaz de cuidar da energia vital do paciente, considerando a relação harmônica entre corpo, mente e alma.

Aproximava-se de Aigam um novo tipo de tuberculose virulenta transmitida através do ar, causando falhas no sistema de visão, timo e pâncreas, além de uma desordem entre os corpos etérico e astral. Os habitantes da Terra se tornariam suscetíveis a interferências psíquicas que criariam perturbações e loucuras.

Depois dessa visão, Lis sentiu o chão tremer. Era um tremor quase imperceptível para os humanos. Era Saddah, que sentira sua presença na Terra. Estava exposta. Precisava agir rápido.

CAPÍTULO VII

A VIDA NA TERRA

Aigam vivia um momento de paz. No entanto, aquele seria um período de leveza que antecedia a turbulência.

Na manhã seguinte ao show, quando doutor Rubens convidou Lázaro para que ele e Lis jantassem em sua casa, os dois não hesitaram em aceitar o convite. Assim que soube, Lis sentiu que era uma ótima oportunidade de se aproximar do casal que secretamente admirava. Já os tinha visto circularem juntos depois da saída do hospital, ao passarem pelo conservatório para observarem as crianças cantando. Eram pais de Lalinha, uma das meninas do coral de quem Lis tinha se aproximado.

Logo que caiu a noite, lá estavam Lis e Lázaro na porta do casal, aguardando o momento de apertar a campainha. Ele olhou para ela, como quem sente orgulho da companhia que tem ao lado, e deu um sorriso. Ela retribuiu. Naquela breve troca de olhares, ambos reafirmavam a cumplicidade que havia ali. Assim que bateram à porta, Luna surgiu, radiante, para recebê-los.

– Quanta honra ter vocês por aqui!

Lis sentiu uma energia forte e pura irradiada por Luna. Abriu os braços e a abraçou. E as duas permaneceram assim durante alguns segundos. Luna entregou seu corpo e sua alma naquele momento. Começou a chorar. Depois do choro, veio o soluço. Quando parou de soluçar, ainda agarrada a Lis, pediu desculpas.

– Por que pede desculpas? – perguntou a convidada.

– Por te receber assim. Eu não sei o que aconteceu...

Lis sabia. Habituada ao hospital, que a endurecia pouco a pouco, Luna ia acostumando-se com a frieza dos procedimentos cotidianos, sem notar que a cada dia tocava menos as pessoas. Como enfermeira, Luna sabia auferir pressão e temperatura e abrir fichas, mas poucas vezes se doava ou se envolvia com os pacientes a quem atendia. Desse modo, blindada da vida, seu coração sentia falta do toque humano, mas não permitia que ninguém se aproximasse. Ao sentir a amorosidade de Lis, desabou.

– Eu nunca fui abraçada dessa forma – disse enquanto fixava os olhos nos de Lis.

– Abraçar é se envolver com a alma do outro. – Lis sorriu. – É um dos gestos mais importantes pelos quais os humanos se comunicam. Essa troca de energia reabastece.

– Obrigada.

Luna estava comovida com a presença de Lis. Era mais delicada e amorosa do que poderia imaginar.

Da sala, Lalinha surgiu, abraçando Lis com carinho. Esta devolveu o abraço enquanto Lázaro a observava com atenção. Rubens precisou pigarrear para que ele o notasse com a mão estendida, aguardando um cumprimento.

– Olá, Rubens. Que prazer vir aqui! Muito obrigado pelo convite.

– Somos nós que ficamos honrados com essa visita – disse o médico.

Ambos sorriram e todos foram caminhando até a sala, onde Luna já tinha preparado uma mesa com um pão de ervas que acabara de sair do forno.

– Que linda apresentação, Lis. Todos da cidade ficaram encantados – começou Luna.

Lis serviu-se de um pedaço de pão oferecido pela dona da casa, enquanto Rubens perguntava:

– Você que compõe aquelas canções?

– É o amor que nos convida a sermos quem somos. O que eu fiz naquela apresentação foi espelhar meu verdadeiro eu.

Luna estava entusiasmada com o rumo da conversa.

– Lis, faz muito sentido isso. Parece que a gente brilha internamente quando faz algo que é nosso, que ama. Só que a gente julga tudo, né?

Ficaram ali, conversando sobre o amor ser como a água, que muda de forma, mas que poderia ser destrutiva tal qual uma tempestade ou calma como um lago.

– Tudo no Universo é a mais pura manifestação do amor – completou. – Onde não podemos encontrar o amor? Não existe lugar que não possamos encontrá-lo.

Enquanto cada um pegava seu pedaço de pão, Lis falava sobre medo e amor, sobre o ser humano ter perdido a capacidade de fluir na vida e sobre o fato de acharmos que tudo de ruim que nos acontece são causas externas.

– Não precisamos mudar o mundo, mas, sim, o mundo que existe dentro da gente – completou. – É isso que busco. Trazer essa consciência suprema do amor cósmico.

Todos ficaram em silêncio.

Pela primeira vez, Lis sentiu algo que nunca havia sentido nem em Yevé, nem em Dragon. Era algo que ela não sabia nomear, mas que os humanos saberiam bem. Tratava-se de constrangimento. Estava constrangida pelo que dissera. Não tinha muita habilidade em conversas informais e nunca estivera num jantar na casa de alguém, na Terra. Para ela, era difícil conversar de coisas triviais e sem sentido. Experimentava o tempo como uma grande oportunidade de troca de aprendizado. Era assim que fora instruída em Yevé.

Ao notar que ninguém sabia como continuar a conversa, entendeu que existia uma espécie de código entre humanos. Eram regras que os faziam representar e agir de acordo com o que se esperava na ocasião. Uma maneira de ser que ela desconhecia, mas que não queria seguir.

– Por que nos convidaram para vir aqui?

Luna enrubesceu. Rubens recebeu o impacto da pergunta e Lázaro parecia querer se enfiar debaixo da mesa.

– Lis... – balbuciou Lázaro.

Antes que dissesse mais alguma coisa, Luna sorriu. Percebeu que a moça era direta, sem rodeios, e que não perdia tempo com conversas infrutíferas. *Como todos deveriam ser*, pensou, antes de dizer:

– Eu achei sua apresentação mais que uma apresentação. Depois que você cantou, algo mágico aconteceu. Nem sei se posso usar essa palavra. Tenho estudado sobre energias, física quântica. Na cidade, é mais comum que tenham esse pensamento. Aqui em Aigam, estamos todos voltados para o funcionamento das coisas do dia a dia sem nos preocuparmos com os avanços de todas as ordens que acontecem na cidade. Mas o que me tocou, além das letras inspiradoras, é que você disse coisas que chegaram ao meu coração. – Fez uma pausa e continuou: – Eu não sei exatamente o que quero saber de você, mas senti necessidade de me aproximar e pensei em convidá-la para jantar aqui em casa. Logo que você entrou, senti que era diferente. Aquele abraço foi mais que um abraço. É como se o seu abraço curasse todas as feridas. Logo eu, enfermeira, técnica, falando de cura através de palavras ou de um abraço. Mas, como uma pessoa que trabalha num hospital, acho que posso ajudar mais os pacientes do que apenas tirando a pressão. Vejo que existe algo além daquilo que podemos ver, mas não consigo provar isso.

– Para quem você precisa provar? – rebateu Lis, com uma voz tão delicada que todos ficaram emocionados.

– Talvez para mim.

– Como vocês cuidam dos pacientes hoje?

– Vemos o sintoma – Rubens respondeu. – Passamos o diagnóstico e o medicamento adequado.

– Existe um jeito melhor de fazer isso. – Lis voltou-se para ele.

Os dois se entreolharam.

– Sintoma da doença é só um sintoma, e tratá-lo não é cuidar da doença. Tratar a causa da doença é o que os curadores deveriam fazer. Muitos médicos hoje fazem isso. Entender o porquê e então olhar para cada paciente, sem buscar respostas no nome de um sintoma ou num remédio que vocês fabricam aos montes e que, pelo que eu soube, trazem mais problemas do que a própria doença.

Rubens ia responder, mas se lembrou do remédio que recebera na semana anterior de uma indústria farmacêutica. Só os efeitos colaterais descritos na bula eram mais assustadores que o sintoma relatado pelo paciente.

– Vou explicar como funcionava em... – Lis deu um suspiro e olhou para Lázaro, antes de mencionar Yevé – ... em um lugar onde trabalhei com pessoas que curavam absolutamente tudo. Lá eles observavam a emoção do paciente, o que ele tinha passado nos últimos anos, como estava se relacionando com a vida, qual era sua alimentação e energia. Um organismo cheio de vitalidade e entusiasmo não adoece. Isso é um fato comprovado hoje pela ciência. Energia positiva aumenta a imunidade. Saúde é estar bem.

– Lis, você passaria uma semana no hospital para estar ao nosso lado em algumas questões, como uma conselheira? – Luna perguntou.

Rubens olhou para a esposa contrariado. Não podia colocar uma pessoa sem formação técnica no conselho do hospital.

– Rubens – disse Lis, entendendo a preocupação do homem antes mesmo de ele manifestá-la –, as pessoas se preocupam demais com títulos. Sabedoria não vem de um lugar fechado onde se ensinam coisas. A sabedoria é universal. Basta nos conectarmos que teremos acesso a ela.

– Lis, estamos falando de consequências sérias – Lázaro resolveu intervir. – Ele pode ter o registro dele cassado se algo acontecer no hospital.

Percebendo que havia uma zona de conflito, Luna resolveu servir o jantar, já que a comida estava pronta desde que os convidados tinham chegado.

Todos se sentaram em seus lugares à mesa e Lalinha quis ficar ao lado de Lis.

– Quando você vai fazer mais uma apresentação? – perguntou a garota, que conservava a pureza da infância apesar de seus catorze anos.

– Acho que podemos fazer todos os fins de semana.

Durante o resto da noite, enquanto comiam, conversaram sobre amenidades e Lis aprendeu como se portar num jantar diante de uma família de humanos.

Antes de sair, Luna a abraçou novamente.

– Vá amanhã ao hospital. Esperaremos você.

Mesmo sabendo das consequências, Rubens foi incapaz de dizer qualquer coisa. Consentiu com o convite feito pela mulher e sentia que a presença de Lis poderia lhe ser útil de alguma forma. E já imaginava como.

NUTRINDO O AMOR

– Mas o que você vai fazer no hospital? – perguntou Sinhá, vendo Lis se apressar para sair.

– Vou observar como trabalham – comentou, enquanto colocava o lenço nas costas.

– Lis, quando subir a colina, acerte o passo para não se cansar.

A jovem deu um abraço apertado em Sinhá.

– Cada passo é importante na subida. Alguns eu darei com firmeza, outros com mais calma. Mas não vou mudar de direção.

Lis saiu contente para o hospital, onde Luna a recebeu com alegria. As duas passaram o dia juntas, enquanto Lis a observava atender os pacientes. Nos intervalos, Lis tecia comentários sobre algumas informações que não constavam nos prontuários e fazia perguntas a Luna a respeito dos hábitos de cada paciente, da vida em geral, dando-lhes um diagnóstico preciso, de acordo com o que observava.

Luna se impressionara, pois tudo que Lis falava parecia fazer sentido: ora sobre um problema familiar que desencadeava uma sobrecarga e um cansaço que fazia o corpo adoecer, ora o hábito de dormir pouco que não deixava outra pessoa se curar de uma gripe. Podia ser uma preocupação que trazia dores de cabeça crônicas, um excesso alimentar aqui, um uso abusivo de medicamentos acolá.

Depois de algumas horas, Lis entendera como funcionava o atendimento em um hospital na Terra e achava aquilo ineficaz no tratamento de qualquer doença.

– Vocês precisam olhar para o paciente como um todo. Se ele reclama da cabeça, o problema não precisa necessariamente estar na cabeça. Observem o ser humano como uma máquina cujo funcionamento é perfeito. Se uma peça está emperrada, é porque outra, um pouco antes daquela, está bloqueada.

Lis, então, falou sobre fluxos de energia, nutrição através da respiração e do ar, qualidade da alimentação e intoxicação perigosa que muitos medicamentos forneciam aos pacientes.

– Na natureza, temos todos os componentes de que um organismo precisa para se curar.

Lis passou sua semana nesse ritmo, ora no hospital, ora no conservatório. Lázaro, que estava habituado à rotina de se dedicar a ambas as atividades, sentia-se revigorado com a atuação de uma nova companheira. Aquilo o animava.

Era ali, na Terra, que Lis começava a sentir as emoções humanas. Em Yevé, onde não havia oscilações energéticas, era fácil sentir o êxtase e a plenitude. Em Dragon, reino no qual não se cultivava nenhum sentimento positivo, ela se blindava e doava tanta energia que mal podia cuidar de si. Em Aigam, as energias se misturavam como ela nunca tinha visto, então Lis, ao mesmo tempo que gerava energias poderosas, nutria-se do amor das pessoas que gostavam dela. Era no conservatório ou durante as conversas com Luna e Sinhá que sentia afeto. E na presença de Lázaro, algo que não conseguia explicar.

Naquela noite, ele a convidou para ver a lua cheia, imponente no céu. Os dois sentaram-se na varanda da casa dele e ficaram conversando sobre os mistérios que não podiam ser compreendidos entre o Céu e a Terra. Lis contava onde ficavam os portais que transportavam as pessoas entre as dimensões, instalados em grutas, cavernas, lagos e mares, e revelava como todos sempre eram influenciados pelas forças da natureza e os ciclos lunares na Terra.

Lázaro gostava de ouvi-la. Às vezes, fechava os olhos, apreciando a voz delicada de Lis. Sentia por ela mais que aquele amor que dedicara a Benjamin. Era algo diferente que nunca conseguira expressar nem sentir.

– No fim da semana teremos a apresentação. Dizem que os comerciantes de Aigam espalharam para a cidade vizinha que haverá esse show, então teremos visitas.

Ela queria penetrar no coração do maior número de criaturas. Sabia que através da música essa missão poderia se tornar mais leve e fluida. Ao mesmo tempo, intuía que era um caminho que traria dificuldades.

– Sabe, Lázaro... eu preciso da sua ajuda. – Segurou as mãos dele, olhando fundo em seus olhos. – Eu preciso que você acredite em mim. Sobretudo, quando começarmos a enfrentar desafios.

Ele fez sinal afirmativo com a cabeça.

– Eu posso tentar compreender o que você diz, mas não me peça para acreditar. A questão de viver em outro planeta parece surreal para mim. Eu tenho as minhas limitações. Sei que, de repente, isso pode ser possível, mas você sobreviveu a um naufrágio, Lis. Você não veio de outro planeta.

Enquanto sentia a vibração dele, fixou num ponto e falou:

– A energia contaminada pelos erros acarretará futuros sofrimentos e pode ser transformada pela chama do amor.

Soltou a mão e inspirou o ar profundamente. Sinhá os interrompeu.

– Não estão com fome? Tenho uma sopa deliciosa lá dentro esperando por vocês.

Aliviado, Lázaro levantou-se e falou:

– Vamos! Estou faminto.

A fome de Lis era diferente da dos humanos. Embora se alimentasse, comia para nutrir-se e raramente ingeria um alimento sem sentir necessidade. Por isso, naquela noite, foi para o quarto. Sabia que no dia seguinte ensaiaria para a apresentação e que o sono era um bálsamo para o corpo e para a alma, que muitas vezes ficava fatigada. No dia seguinte, apressou-se para ensaiar com entusiasmo ao lado das meninas do conservatório. Todas pareciam felizes com a oportunidade de cantarem juntas.

No grande dia da apresentação, as pessoas se reuniram na praça principal, que parecia ter mais gente do que a cidade podia suportar. Quando Lis entrava em cena, não havia um único habitante que não se transformasse. Era como se todos se renovassem e abrissem seus corações. A cada apresentação, mais e mais espectadores apareciam em Aigam para assisti-la. A notícia se espalhara tão rápido, que em menos de um mês já se instalara lá duas emissoras de televisão prontas para transmitir o show. O evento era gratuito, mas Lis pedia doações para o hospital. Sensibilizados, alguns traziam roupas; outros, comida. Muitos ofertavam dinheiro.

Lis sentia que sua missão começava a trazer frutos. Pessoas diziam que saíam inspiradas; outras, mais dispostas. Muitas a procuravam para conversar antes e depois das apresentações, querendo conselhos ou pedindo fotos ao seu lado. Na maioria das vezes, Lis se recusava a tirar fotos, mas dava conselhos a quem a procurava. Ela entendia que o importante não era o mensageiro, e sim a mensagem.

Assim, o que pareciam simples conversas tornavam-se atendimentos complexos. Pessoas que sentiam o chamado procuravam a jovem cantora para que ela as ajudasse em diferentes questões.

A energia de Aigam parecia mudada e seus moradores se sentiam motivados pelo novo fluxo de turistas que surgiam na cidade aos fins de semana. Assim, o comércio se multiplicava, pousadas eram inauguradas e uma prosperidade jamais vista se fazia presente.

Até que certa tarde, dois dias depois de uma apresentação, Lis ouviu alguém batendo à porta da casa de Lázaro. A pessoa parecia apressada. Era Luna.

– O que foi? – perguntou Sinhá, logo que abriu.

– Lis... – disse a enfermeira, com os olhos marejados. – Acabo de perder uma paciente.

Lis a abraçou enquanto Luna chorava copiosamente.

– Ela é de outra cidade. Veio para o show no sábado, mas já estava doente. Deu entrada no hospital no próprio sábado, antes da apresentação. Disse que estava se sentindo mal havia semanas. E faleceu nesta manhã.

– O que ela tinha?

– Não sei. Não conheço esse vírus, mas ele é poderoso. Eu não sei o que fazer, porque nunca vi esses sintomas. Ela foi definhando em questão de horas.

Sinhá as observava e fez sinal afirmativo com a cabeça, dando o lenço de Lis para que ela acompanhasse a amiga.

Aquele seria seu primeiro grande desafio na luta contra as trevas.

AS TREVAS AVANÇAM

– Temos que agir rápido. Não podemos dar tempo para que ela aja antes de nós.

Desde que Saddah descobrira a presença de Lis na Terra, modificara os seus planos anteriores de regatá-la e se enfiara no centro de comando para maquinar algo que pudesse dissipar o poder que se formava em torno da Terra em razão do amor que ela emitia.

Através de seus sensores de energia, podia enxergar a vibração em Aigam crescendo exponencialmente. Como sabia que Lis era capaz de gerar energia para criar um reino inteiro, imaginava que, se continuasse naquela velocidade, poderia colocar a perder seus planos de transformar a Terra em um planeta de Trevas, que servisse apenas para gerar energia para Dragon.

Saddah tinha a ambição de sugar a energia da Terra, estar em par de igualdade ou mais poderoso que Yevé e conquistar

Constelações com seu poder manipulador. Por isso, recrutou seus maiores e mais cruéis entendedores de biologia humana para entrarem em contato com a medicina avançada na Terra, a fim de entender como criar uma potente arma de destruição: um vírus simples, que disseminaria nos arredores de Aigam. Sabia que Lis conhecia a verdade sobre imunização, que estava preparando aquele povo para ficar numa vibração alta, a fim de não serem pegos por qualquer doença que pudesse atingir as cidades vizinhas, então resolveu agir rápido.

Em toda a história de Aigam, nunca existira um período como aquele. Rubens dizia que parecia um milagre. As pessoas estavam dispostas, raramente ficavam doentes. E, com o tempo livre, ele aproveitava para visitar as casas e fazer aconselhamentos relacionados a alimentação e medicina natural.

Aquela nova medicina integrativa praticada ali parecia surtir tanto efeito que nem os doentes crônicos se queixavam mais. A população de Aigam tinha mudado. Saddah não podia vê-los, mas conseguia mensurar o nível de energia por meio de seus medidores. Por isso, ficava cada vez mais preocupado.

Conservava seu filho, a quem chamava de Karrazah, sob a custódia de Yunet e guardava o menino para uma cartada final. Quando encontrou a fórmula perfeita para atacar, enviou um emissário através de uma passagem interdimensional à Terra. Foi dentro de um hospital, onde havia um grande número de pessoas doentes, que Saddah lançou o vírus, que logo se espalhou por Jenesse, uma cidade próxima a Aigam.

Dessa experiência, que ele monitorava minuciosamente, percebeu que derrotar a raça humana e tomar o planeta seria mais fácil do que imaginava, se um dia quisesse. Só que, para Saddah, a morte dos humanos não era interessante. Ele os queria vivos para que pudesse roubar suas energias e abastecer Dragon, tornando--se o todo-poderoso do Universo.

No hospital onde o vírus foi instalado não restou um único sobrevivente. E a notícia logo se espalhou pelo mundo. Com ela, o pânico. E, como ele bem sabia, o maior agente destruidor da humanidade era o medo.

Não demorou muito para que o vírus chegasse até Aigam. E ele chegou através de uma viajante. Sem tempo de assistir ao show, a menina foi internada em estado grave e morreu no hospital logo em seguida.

Satisfeito, Saddah controlava o número de feixes de luz que diminuíam na Terra. Quando soube que a primeira morte acontecera na cidade de Aigam, resolveu se acalmar. Dera um grande passo e sabia que, em pouco tempo, Lis estaria dominada pelo medo.

Os dias foram se passando e Saddah dormia tranquilo, acreditando que o vírus abateria as esperanças daquela pequena cidade. Até que, em determinada tarde, enquanto observava todos os mecanismos de controle ligados à Terra, ouviu um alarme sendo acionado por Gohan, seu fiel escudeiro.

– O que houve?

– Senhor, venha ver. Algo está fora do controle.

Caminharam pisando no chão com firmeza até a sala onde monitoravam o estado de energia e de saúde de cada habitante do planeta. Lá viram um foco de luz em Aigam.

– O que é isso? – perguntou Saddah, com ódio no olhar.

– Eu não sei, senhor. Tudo indica que pessoas estão migrando para Aigam. Algo está acontecendo lá.

– Não é possível! Como pode isso? Houve uma morte lá!

Saddah não imaginava, mas Lis convocara um verdadeiro exército de voluntários e os reunira no conservatório, dando instruções específicas de como lidar com aquela doença. Ela adquirira máscaras e luvas e ensinava técnicas de como cuidar dos pacientes que chegassem. Mesmo sem exercer a medicina da Terra, Lis conhecia o funcionamento do organismo humano e da saúde e da doença.

Lis também dera ordens expressas para que todos mantivessem a vibração alta enquanto trabalhavam. Para isso, colocava canções e fazia as pessoas entrarem em outra vibração. Preparou fórmulas e vitaminas para fortalecer o ânimo de todos e trabalhava a energia da água que seria ingerida para que os voluntários estivessem abastecidos.

Quando os primeiros casos do vírus surgiram, Aigam já estava com seu arsenal preparado para cuidar dos doentes. Apesar de o hospital ser igual a todos os outros da Terra, o grande trunfo dele eram as lições de Lis. Da primeira vez que viu um doente, ela percebeu que precisava ensinar a algumas pessoas uma técnica que nunca repassara antes: como gerar e transmitir energias através das mãos. Lis afirmava que qualquer um poderia fazê-lo, mas era clara em alertar que só curava o outro quem curava a si mesmo. Dessa forma, explicava o autocuidado e como fortalecer a imunidade nos aspectos físicos, emocionais e energéticos.

Daquele dia em diante, os voluntários seguiam o que Lis ensinava e se sentiam mais dispostos. Assim, o número daqueles que iam ajudar dobrava a cada semana e eles celebravam e fortaleciam toda a equipe de médicos. A notícia se espalhou rapidamente e as pessoas das cidades vizinhas corriam até Aigam para saber como se defender do tal vírus fatal.

Vendo que algo estava fora do controle, Saddah resolveu partir para um ataque mais cruel e agressivo.

– Vai ser através da mente, Gohan. A próxima batalha será mental.

CAPÍTULO VIII

O CAMINHO PARA O AMOR

Depois da morte da estrangeira que chegara a Aigam com o vírus, a única preocupação de Lis era que as pessoas não entrassem em pânico. Sabia que o medo era o pior veneno para a alma de qualquer ser humano. Por isso, começou a agir, mesmo sabendo que Rubens, o médico responsável pelo hospital, estava desconfiado. Lázaro, por sua vez, estava perplexo com a liderança que Lis conseguia exercer na cidade. A maioria das pessoas acatava sem questionar tudo que Lis tinha a dizer. E foi assim que o hospital começou a receber pacientes de todos os cantos.

Os noticiários alarmavam para uma nova epidemia na região. Enquanto isso, Lis agia. Explicava o funcionamento dos centros de força no corpo, dizia como era a imposição de mãos que cada um deveria fazer para revigorar os pacientes e apresentava novos elementos com os quais a medicina daquele lugar nunca tinha trabalhado antes. Falava sobre o corpo como receptor e transmissor de energia. Por dominar aquele assunto e gerar energia como ninguém, ensinava os humanos a captar energia da natureza, do ar, dos elementos ao redor, e a se recuperar. Ao mesmo tempo, ensinava como doar sem sentir desequilíbrio.

Na primeira noite de trabalho, ela falou como as moléculas da água mudavam de forma quando vibrávamos amor. Na Terra, tinha conhecimento de uma pesquisa científica que comprovara que a água alterava sua composição quando estava sob a vibração do amor ou do ódio. Por isso, Lis sabia que, se os seres humanos emitissem amor, estariam criando um exército dentro do corpo.

Ensinou todos a imantar a água das casas, a fazer preces e orações e a cantar. Ensinou coisas que ela intuía. E ela sabia exatamente como encaminhar para a cura cada paciente que chegava, mesmo que recebessem tratamentos diferentes, pois sentia a deficiência de cada corpo e podia, então, direcioná-los da melhor forma.

Depois da primeira semana, com dezenas de pessoas curadas, Aigam tornou-se um polo de atração para as cidades vizinhas, que mal conseguiam controlar a expansão da epidemia e contabilizavam mortes todos os dias.

Certa noite, quando foi dormir, Lis teve um sonho no qual relembrava o último diálogo que tivera com o Mago, ainda em Yevé. Ele lhe dissera o seguinte: "O coração é, com toda certeza, o que temos de mais forte. Sinto que você, em algum momento, além de se revelar nas artes, poderá desenvolver algum tipo de aptidão com a cura. Mas não será a cura que eles conhecem. Você levará uma medicina vibracional para a Terra e os fará entender aquilo que eles ignoram".

Quando acordou, recordou que o mestre havia doado a própria energia para que ela a distribuísse na Terra da melhor maneira.

Lis começou a chorar, emocionada com a onda de gratidão que sentia. Pela primeira vez desde que chegara na Terra, sentia-se como se estivesse em Yevé. Era como se todas as pessoas estivessem tão engajadas na missão de ajudar que gerassem uma corrente de luz, pureza e bondade. Percebeu que, nos corações humanos, a generosidade era o que mais os tornava humanos e os elevava. A capacidade de doação dos humanos era infinita. Ela conseguia enxergar a beleza em cada um que se dispunha a auxiliar.

Lembrou-se de Kawaige, que afirmava que a cura para um planeta era uma odisseia de amor, e ficou ainda mais comovida com tudo aquilo. Entendeu que curar as pessoas através do amor era uma força não só dela. Era uma capacidade humana que todos poderiam desenvolver. Só os humanos sentiam o amor em sua forma mais potente. Eram seres que viviam emoções intensamente.

Ouviu batidas na porta e sentiu a presença de Lázaro do lado de fora de seu quarto.

– Pode entrar.

Silenciosamente, ele girou a maçaneta e entrou na ponta dos pés.

– Sabia que estava acordada.

Lis sentou-se na cama, abrindo espaço para que ele se sentasse.

– Sem sono? – ela perguntou.

– Sim... Lis, eu estou preocupado.

– Como assim, Lázaro? O que te preocupa?

Viu dentro dos olhos dele a tristeza e colocou a mão em seu peito. Fechou os olhos.

– Lázaro, isso não vai acontecer de novo.

Ele começou a chorar. Primeiro eram lágrimas que escorriam quase sem querer, depois ficaram incontroláveis.

Lis o envolveu em um abraço.

– Foi horrível ver todas as pessoas desta cidade mortas, Lis. Foi a pior coisa que já aconteceu aqui. A pior desgraça. Eu... eu... tenho medo de viver isso mais uma vez. Tenho medo de ficar sozinho de novo. Eu tenho medo de ver as pessoas morrerem.

Conforme falava, as palavras iam ganhando vida. Era a primeira vez que abria o coração. Lázaro segurou suas mãos.

– Você entende? Eu prometi a mim mesmo que ia proteger Aigam. Eu não posso deixar uma doença destruir nosso povo.

– Mas ela não está destruindo. Ela está curando.

Ele levantou o rosto.

– Você não percebe como as pessoas estão mais solidárias? Todos acordam e se colocam à disposição para ajudar os doentes que chegam ao hospital. As pessoas estão saudáveis e felizes em poderem ser úteis. Talvez pela primeira vez elas tenham encontrado um sentido para a vida delas. Eu vejo nos olhos de cada um a satisfação em poder ajudar, em salvar vidas.

Ele se ajeitou na cama.

– Você acha que não existe possibilidade de uma contaminação em massa?

– Sempre existem possibilidades. – Ela o encarou com doçura. – O mundo é uma combinação delas. Mas basta nos unirmos. Veja bem, essa dor, esse medo, isso tudo não é seu. Deixe ir. Isso ficou no passado. Se você tiver medo, seu sistema imunológico pode enfraquecer. Lázaro, o ser humano quer explicação para quase tudo, mas nem tudo tem explicação. A verdadeira cura está na alma. O corpo é apenas o invólucro pelo qual a alma se envereda no mundo.

Lázaro se aproximou do rosto dela. Ficaram a menos de um palmo de distância. Suas bocas quase se tocaram e as mãos dele, firmes e fortes, seguraram o corpo dela. De repente, ouviram sirenes de várias ambulâncias se aproximando pela estrada e pularam da cama.

– Vamos, apresse-se. Chegou a hora.

Enquanto se vestia, Lis tentava entender a explosão de sentimentos que acabara de presenciar. Não era suave como as que experimentara em Yevé, nem enlouquecedoras como as de Dragon.

Saíram apressados para o hospital. Logo que chegaram, avistaram seis ambulâncias. Doutor Rubens parecia agitado.

– Lázaro, a cidade de Safira enviou seus doentes para cá. As pessoas começaram a ter notícias de que estamos curando doentes e querem mandar mais pacientes.

Lázaro olhou para Lis e afirmou, com convicção:

– Vamos curá-los. Que venham todos. Aigam, mesmo sendo uma cidade pequena, tem os melhores médicos e o povo mais solidário que já se viu neste país.

Lis abriu um sorriso discreto. Sentiu orgulho dele. Foram juntos para a triagem e aplicaram a energização enquanto as enfermeiras realizavam os primeiros procedimentos. Lázaro deu-lhes água na boca e falou sobre a confiança que deveriam ter no tratamento. Lis disse que a fé os salvaria, mas o amor os curaria.

Ficaram ali até amanhecer. Depois que atenderam todos os pacientes, resolveram retornar para casa. O céu estava azul e a alvorada se fazia presente no horizonte.

– Adoro essa tonalidade do céu – comentou Lis.

Enquanto entravam na casa, o primeiro raio de sol despontava no horizonte. Aigam transbordava amor, à luz de um novo dia.

UMA NOVA REALIDADE

Naquela manhã, quem era mais sensível podia sentir um leve tremor em Aigam. A Kundalini da Terra, que estava instalada naquele local, parecia se mover silenciosa e vagarosamente. As pessoas com certo grau de sensibilidade podiam sentir aqueles chacras terrestres se movimentando, como se fizessem parte da Natureza como um todo. Para Lis, que percebia todas as vibrações visíveis e invisíveis, aquele era um sinal de que uma notícia importante chegaria abalando as estruturas da cidade.

A semana fora intensa. A cada hora, ambulâncias de outras localidades estacionavam diante do hospital de Aigam, que mal podia comportar tantos pacientes. Alguns, doentes em estágio mais avançado; outros, no estágio inicial da doença. Cada um era atendido de maneira diferente, de acordo com o protocolo que Lis e o doutor Rubens tinham preparado em conjunto.

Era uma tarde ensolarada quando o telefone da sala do doutor Rubens tocou.

– Doutor Rubens, aqui é a secretária do doutor Lucas Segal. O senhor pode falar com ele um instante?

O médico pediu um momento e encostou a porta. O doutor Lucas era diretor de um hospital de ponta em Ancathan, a cidade mais tecnológica do mundo.

– Doutor Lucas, a que devo a honra?

– Doutor Rubens, tive notícias de que os seus pacientes estão sendo curados depois de serem diagnosticados com o beta vírus H4Fl2.

– Sim, senhor.

– Doutor Rubens, o senhor pode me explicar o que está acontecendo aí? Em nenhum lugar do mundo conseguimos aplicar qualquer medida que combata esse vírus. O senhor está desenvolvendo uma nova droga em seu laboratório particular que não tenha sido autorizada?

– Não, senhor. É difícil explicar pelo telefone, mas estamos aplicando... uma medicina integrativa, vibracional, que não fere nenhum código de ética. Ela pode ser considerada alternativa, mas a ciência pode comprovar que funciona... e os resultados que conseguimos aqui, também.

– Vejo que o senhor está tendo ajuda.

– Sim, estou tendo ajuda.

Um silêncio fez-se na linha.

– Doutor Rubens, venha até aqui. Venha com sua equipe para Ancathan.

Antes que pudesse responder, a secretária entrou na linha para pegar os dados do médico. Enviaria um jato particular para buscá-los, a pedido do doutor Lucas, ainda naquela tarde. Rubens desligou o telefone atônito. Ficou sentado na cadeira, tentando raciocinar.

Saiu da sala à procura de Lis. Quando a viu, sorrindo para uma paciente que tinha alta, percebeu que precisaria levá-la. Contou-lhe o que acabara de acontecer e ela ficou animada.

– Temos que ir – respondeu, para a surpresa do médico.

– Mas e os pacientes?

– Rubens, todos aqui estão funcionando num fluxo. Precisamos entender quando concluímos uma missão e quando somos chamados para outra. Nossa missão agora é, de alguma forma, fazer esse médico entender o que realizamos aqui. Ele é uma pessoa que pode influenciar a medicina do mundo todo.

Enquanto limpava o suor, ele tentava decifrar como fariam aquilo.

– Rubens, as pessoas precisam entender que o amor é o que forma o Universo. É através do amor que a gente se conecta, e a experiência que estamos tendo aqui é de doação espontânea. É isso que mantém esse povo forte e firme, ligado ao Universo. Todo sofrimento é causado por isolamento, medo e ódio. Somos todos senhores da nossa vida. As pessoas aqui estão transbordando e reagindo de maneira diferente ao tal vírus. Elas estão nascendo para uma nova vida. Essa transformação é quase uma alquimia para a alma humana.

– Lis, eu sei das suas teorias, e as admiro. Mas agora estamos falando de um clã médico que não vai achar bonito o nosso discurso. Eles são teóricos e querem entender o que nós estamos fazendo.

– Rubens, o que estamos fazendo funciona. Isso basta.

– Lis, não é assim que funciona. Eles precisam entender o que é.

– O quê? O processo de reequilibrar o campo de energia humana? Eles não sabem que isso está intimamente ligado à saúde? Eles não têm percepção sensorial? Não sabem o que é clarividência? Não conseguem interagir com a energia vital? Nunca reequilibraram um campo de energia doentio? Os cientistas modernos já não entenderam como funciona a energia dinâmica? – ela questionou. – Você é um cientista, Rubens. Mede correntes elétricas do coração com o eletrocardiograma e a do cérebro com o eletroencefalograma. Sabe que podemos medir os campos eletromagnéticos ao redor do corpo. Somos capazes de explicar a eles que as partículas bioplasmáticas, renovadas de modo constante por processos químicos nas células, estão em contínuo movimento. Se temos um desequilíbrio dentro de um bioplasma, a saúde do organismo é afetada.

– Lis, onde você aprendeu tudo isso?

Ela percebeu que o olhar dele era estranho.

– Todos podem acessar qualquer tipo de conhecimento que está disponível no Universo, doutor Rubens.

Ele ficou mudo.

– Já foi provado cientificamente que nós podemos entrar num estado de ser que compreende os fenômenos na sua totalidade, absorvendo poderes criativos do Universo para curar alguém em qualquer lugar. Quando estamos abertos ao fluxo do Universo, podemos acessar aquilo de que precisamos naquele momento, seja uma informação, seja uma energia de cura adicional. Essas energias estão disponíveis e podem ser solicitadas para o Universo de uma maneira singular.

– Lis, isso não basta. Eles dirão que estamos praticando uma medicina não reconhecida, que somos curandeiros. Dirão que são milagres... O que os médicos não conseguem explicar, eles explicam dessa forma.

– Por isso estamos indo até lá, certo? Rubens, mais cedo ou mais tarde, a raça humana vai ter que se acostumar com esse novo tipo de tratamento. As pessoas estão sendo intoxicadas nos hospitais com uma medicina que, muitas vezes, tem ajudado a acabar com a vida de todos. A indústria dos remédios cria uma química que perturba o funcionamento do organismo. As pessoas estão se intoxicando ao invés de curarem a si mesmas.

– Lis, nós estamos indo a um lugar onde se aplica a medicina tradicional.

– E qual é o ponto? Explicar o funcionamento psicodinâmico do organismo? O processo da cura é um processo de lembrança. Lembrança de quem você é. E expandir a percepção faz qualquer pessoa conseguir sintonizar com os canais de cura. Você percebeu que alguns médicos aqui relataram que conseguiam "sentir" onde estava o problema do paciente, antes mesmo do resultado do exame? Estamos trabalhando com a percepção e a sensibilidade. Podemos ativar a alta percepção sensorial em todos os hospitais do mundo.

Rubens sabia que ela tinha um vasto conhecimento que eles poderiam comprovar cientificamente diante dos médicos.

– Esta tarde partiremos. Vou me reunir com o corpo médico e explicar que ficaremos dois dias fora da cidade.

Lis reagiu com entusiasmo. Estava animada para conhecer outro lugar na Terra, com costumes diferentes dos de Aigam. Reuniu, então, as enfermeiras e os voluntários e passou algumas instruções. Sua liderança era tão natural que ninguém ousava discutir se ela era ou não médica ou apta para fazer aquilo. A única coisa que se falava na cidade era que aquilo funcionava. E com a quantidade de pacientes curados, que vinham de outras regiões, ficava cada vez mais óbvio que sua medicina era diferente, mas trazia resultado. Por isso, a elegiam como uma sábia.

Logo que passou a sequência detalhada do tratamento, deu-lhes mais algumas instruções e explicou que o hospital mais famoso do mundo ouvira falar dos esforços e da cura dos pacientes em Aigam. Agradeceu a todos pela dedicação, atribuindo principalmente aos voluntários o sucesso daquela operação.

– Não deixem que o medo os assalte. Quando perceberem que existe a possibilidade de se assustarem com o volume de casos, pensem na melhor coisa que aconteceu na vida de vocês. Encham-se de amor para poder doar a melhor energia para as pessoas que chegarem aqui. Essas pessoas não estão doentes. Elas estão carentes de amor. O mundo está carente de amor.

Explicou com cuidado alguns procedimentos que desbloqueavam fluxos de energia estagnados e disse que o que estavam fazendo ali era provado cientificamente. Ninguém ousava duvidar dela.

Lis pegou um papel e prescreveu uma dieta para quem apresentasse o diagnóstico da doença causada pelo vírus.

– Com essa alimentação, o corpo físico pode ser reestabilizado.

Ela incorporou alguns alimentos sobre os quais estudara a fundo na natureza e que colaboravam com o bom funcionamento do organismo. Serviam para combater infecções de todos os tipos.

Lis despediu-se de todos, dizendo que fossem responsáveis por si mesmos e pelos que atendessem. E partiu com o doutor Rubens.

No caminho, Rubens parecia apreensivo. No entanto, Lis entendia que aquele processo era natural. A insegurança era uma característica do ser humano.

Em poucas horas, estavam no aeroporto de Ancathan.

Os dois desceram indispostos com a viagem turbulenta e Lis teve vontade de vomitar. A princípio, achou que o enjoo vinha do avião, mas logo notou que a energia do local era diferente da energia de Aigam.

Quando Rubens percebeu o mal-estar dela, ficou preocupado.

– Você está bem?

– Vou ficar – Lis respondeu e respirou fundo.

No aeroporto, teve um choque quando notou que as pessoas mal se olhavam nos olhos. Esbarravam-se e mantinham o olhar fixo num aparelho quadrado. Estupefata, observou as conversas nos cafés, onde as crianças brincavam com telas barulhentas.

Quando entraram no carro, enquanto o homem discutia com outro motorista, o mal-estar de Lis foi aumentando. Viu o ar escuro e o céu cinza e sentiu uma ausência de energia que não conseguia explicar. Enquanto prestava atenção no trajeto, contabilizou duas árvores no meio do caminho e se surpreendeu com a quantidade de transeuntes. Pareciam não respirar. Pálidos, com feições tristes, caminhavam cabisbaixos.

Assim que o homem estacionou, saíram do carro rapidamente.

No hospital, notou a expressão das pessoas, a frieza, a falta de comunicação visual e energética.

– Que insanidade receber gente assim. É isso que chamam de medicina de ponta?

A recepcionista os aguardava e logo os levou aonde os médicos os esperavam. Para Lis, a energia não era amigável. A clarividência de Lis lhe dizia que o ambiente estava repleto de indivíduos que não acreditariam nela. Logo que entrou na sala, todos pareciam tensos, mas ela abriu um sorriso.

A maioria dos médicos vivia uma vida dedicada ao trabalho, porém sem energia. Lis ficou pensativa: *Como se conectam com os pacientes se não deixam o sentimento agir? Como trocam fluidos e curam?*

Já tinha notado que os humanos, quando não queriam acreditar em algo que desconheciam, arranjavam maneiras de desqualificar o mensageiro, e não a mensagem. E sentia que não mediriam esforços para desqualificá-la caso tentasse explicar o que estavam fazendo em Aigam.

Doutor Lucas olhou para ela com desdém.

– Doutor Rubens e senhorita Lis, bem-vindos. Estamos aqui com os resultados colhidos em todas as unidades de saúde do país. Apresentei ao comitê médico do nosso hospital que em todos os hospitais as pessoas diagnosticadas com o vírus morreram entre dez e quinze dias, com um enfraquecimento do sistema imunológico que gerou infecções. Sabemos que houve apenas uma morte no seu hospital, que estão recebendo pacientes de regiões vizinhas e que houve centenas de casos de reversão da doença. Precisamos que notifique com urgência o protocolo adotado.

O doutor Lucas era direto e o doutor Rubens não sabia como iniciar a conversa. Lis fixou o olhar no estômago dele e fortaleceu seus campos energéticos através do pensamento, emitindo vibrações de amor.

– Estamos trabalhando sem medicamentos. Nosso protocolo visa observar o paciente e dar a ele o que ele precisa.

O médico chefe, doutor Paranhos, pareceu fuzilá-lo com o olhar.

– Entendo, doutor Rubens. E você, senhorita Lis, o que diria do tratamento aplicado?

Ela queria dizer que viera de um planeta mais consciente e que sabia tudo que cada um estava sentindo naquele momento, inclusive as dores gástricas dos médicos daquela sala. Pensou em explicar que a coloração que cada um emitia era diferente em seus chacras, que qualquer pessoa que se deixasse levar pela sensibilidade e abrisse o canal de percepção conseguiria visualizar os órgãos mais sensíveis dos pacientes e que medicina era muito mais que saber o nome de cada doença e receitar um remédio para um sintoma. Que no futuro eles iriam entender como efetivamente curar doenças e, mais do que isso, criar ambientes nos quais as doenças não pudessem existir, porque cada ser humano saberia identificar o próprio desequilíbrio do organismo. No entanto, Lis notou que, embora soubesse que aquilo era possível, não conseguiria lhes explicar como uma possibilidade real. Eram pessoas apegadas ao materialismo e ao que viam. Portanto, foi breve em sua explicação:

– Desde pequena, recebo informações sobre todos os tipos de medicina praticadas e as estudo. Por isso, aprendi com grandes médicos novas maneiras de observar um corpo equilibrado e um corpo doente. Desta forma, entendi o funcionamento de um corpo sadio e o que é preciso para que ele esteja sempre em harmonia, identificando padrões de doenças que assolavam organismos que não estavam sadios. Fui, então, compreendendo o estado geral de cada paciente.

Todos pareciam curiosos.

– Cada vez mais – Lis continuou –, a medicina tida como moderna observa apenas os sintomas, sem entender o estado geral do indivíduo com sua mente, emoções, físico, anímico e espiritual. Os seres humanos trazem conflitos emocionais, perturbações mentais e somatizações ao corpo que não são contemplados pela medicina tradicional. Comecei a estudar outra medicina ao lado de grandes cientistas renomados. No mundo da medicina vibracional, a doença é causada não apenas por germes, substâncias químicas e traumas físicos, mas também por disfunções crônicas dos padrões de energia emocional e maus hábitos. Tentamos diferentes formas de energia para produzir transformações curativas na mente, no corpo e no espírito do doente.

Os médicos tomavam nota de suas palavras e ela prosseguiu:

– A medicina vibracional sugere que devemos estudar os fenômenos biológicos sob a ótica da física quântica. Isso nos faz controlar problemas crônicos e de difícil solução. Levamos em conta o fato de que somos feitos não apenas do corpo físico, mas de corpos energéticos. A ciência explica e comprova isso.

Durante os minutos seguintes, Lis continuou a falar sobre descobrimento e comprovação de fenômenos eletromagnéticos, citou o nome de ganhadores do prêmio Nobel que tinham trazido descobertas aos campos da Física, da Química e da Estrutura Holográfica da Realidade e, por fim, falou sobre corpos morfogenéticos.

– Toda vez que um membro de uma espécie aprende um novo comportamento, modifica-se o campo causativo dessa espécie, ainda que ligeiramente.

Doutor Lucas, incomodado desde o início da conversa, dispensou a todos logo que ela parou de falar:

– Acho que por hoje estamos satisfeitos. Voltem ao trabalho. Formularemos nossas perguntas e as discutiremos com vocês amanhã pela manhã.

Já estava tarde. Rubens e Lis se entreolharam. Doutor Lucas, que não dava o braço a torcer mesmo sabendo que tudo que ela dissera era cientificamente comprovado, instruiu a secretária a conduzi-los a um hotel, e despediu-se com aspereza. Antes de deixar o hospital, Lis perguntou à secretária se poderiam visitar as instalações. Doutor Rubens pediu licença para fazer algumas ligações e Lis ficou sozinha com Rosa, a secretária do doutor Lucas.

Enquanto Rosa explicava a ela sobre cada uma das áreas, Lis percebeu pela primeira vez como era fácil dominar os humanos, se quisesse. Viu que Rosa tinha um coração bom e que qualquer coisa que pedisse ela lhe atenderia. Por isso, sentiu uma pontada no peito. Lembrou-se de si mesma, ainda em Yevé, sob o domínio de Saddah, e perguntou a si mesma se os homens dominadores buscavam esse perfil de mulheres para se fortalecer.

Como secretária de um homem como o doutor Lucas, Rosa parecia atender a todas as suas vontades, mesmo quando ele a tratava com desprezo.

– Quem está doente? – perguntou, quando ouviu uma tosse no quarto 1.234.

– Todos aqui estão doentes, doutora Lis – respondeu a secretária.

– Mas quem é a criança nesse quarto?

– Como a senhora sabe que é uma criança?

– Ela está sofrendo... O coração dela sofre...

– Não, doutora, esse quarto é de Catarina, a filha do doutor Lucas. Ela não tem problema nenhum no coração. Só está fazendo inalações hoje por causa de uma tosse que insiste em não a deixar em paz.

– Posso vê-la?

Por acreditar que Lis era uma médica renomada, a mulher a levou até o quarto da menina.

– Catarina... – Rosa bateu à porta com suavidade.

Lis entrou e a viu, jogada na cama, pálida. Pediu, então, que Rosa as deixasse a sós. Sentou-se na ponta da cama e indagou:

– O que está fazendo?

A menina mal tirou os olhos do celular para responder.

– Assistindo a um desenho.

Logo depois, começou a tossir. A tosse era tão insistente que o rosto de Catarina se avermelhava e a menina quase vomitava. Lis pegou gentilmente em sua mão.

– Por que está triste?

A menina ficou imóvel. Catarina, que desde o seu nascimento não sentia calor humano, começou a derramar algumas lágrimas. Primeiro eram de dor, pois não conseguia segurar a tensão; depois, de tristeza.

Lis colocou a mão em todos os seus pontos de energia e os reequilibrou. Deu a ela um copo com água fluidificada e pediu que se deitasse. Disse que contaria uma história.

A menina fechou os olhos e deixou-se conduzir pela voz de Lis, que fazia uma espécie de hipnose, reprogramando seu cérebro. Contava uma história na qual conduzia a menina para uma fonte de luz e pedia que ela se imaginasse banhada naquela cachoeira. Catarina sorria e ia sentindo a energia em cada palavra de Lis, que programava seu cérebro, técnica já difundida na Terra, mas que poucos sabiam usar. No entanto, era muito eficaz, principalmente quando o paciente enfermo era uma criança.

Lis conduziu a história até que a menina caiu no sono. Quando saiu do quarto, não encontrou Rosa no corredor e achou estranho. Foi até a recepção e perguntou quem ficaria com a menina durante a noite.

– A filha do doutor está acostumada a ficar no hospital. Ela fica sozinha, querida.

Lis sorriu e começou a ligar os pontos. A menina, que ficava sozinha a maior parte do tempo, pois os pais trabalhavam muito tempo fora de casa, criara um mecanismo de doença só para se manter perto da família. Era quando ficava doente que conseguia a atenção dos pais e se mantinha perto deles, no hospital. Soube que sua mãe era coordenadora de um laboratório de exames ao lado do hospital.

– Veja, Lis, Catarina está dormindo profundamente. Que milagre! Como você conseguiu isso? – Rosa quis saber quando retornou.

– Milagre? – perguntou Lis, curiosa.

– Sim! Ela só dorme quando é medicada. Tem um distúrbio de sono.

Lis pensou em dizer que a menina não tinha distúrbio nenhum, mas se calou. Sabia que não era prudente se meter com o dono do hospital, que já estava desconfiado do que ela fazia.

A secretária a acompanhou até o carro que a levaria ao hotel e disse que Rubens já tinha partido. Lis agradeceu e seguiu em frente.

Naquela noite, Lis não conseguia dormir. Seu coração se conectara ao de Catarina. Não conseguia imaginar o porquê de uma criança ser privada de amor e ter de criar mecanismos para se aproximar dos pais. Tentava entender os humanos, mas ficava frustrada e angustiada com a maneira como tratavam uns aos outros.

– Eu preciso alertar esse pai. Essa menina está criando doenças para se manter perto dele. Ela está tentando chamar a atenção. Ela só quer ser vista e amada! – pensou em voz alta.

No dia seguinte, quando chegou ao hospital, ao lado do doutor Rubens, não comentou que conhecera Catarina. Foi polida no contato com o médico e com a equipe e explicou os procedimentos adotados em Aigam. Doutor Rubens, um grande conhecedor, dizia como aquilo poderia ser comprovado cientificamente e todos ficaram surpresos com a simplicidade do tratamento adotado.

Depois das reuniões, Lis saiu da sala e pediu que Rosa a levasse até Catarina. Estava ansiosa para vê-la. Quando chegaram lá, souberam que Esther, a mãe de Catarina, estava com ela.

– Desculpe, senhora Segal – disse Rosa, fechando a porta.

Lis permaneceu do lado de fora enquanto a mulher pediu que Rosa entrasse.

– Impressionante. Ontem Catarina fez exames e os pulmões estavam cheios de secreção. Hoje eu pedi que repetissem os exames... a tomografia não acusa nada. É como se ela estivesse com um pulmão novo. Quem deu as inalações? Você sabe quem foi a médica que a visitou à noite? Catarina diz que está se sentindo bem, não tossiu mais, e dormiu a noite toda. A enfermeira acaba de me dizer que ela não tomou o remédio para dormir. Como isso aconteceu da noite para o dia?

Rosa parecia assustada. Não sabia o que dizer, mas sabia que a responsável pela melhora da menina era Lis.

– Senhora, desculpe, eu não sei dizer.

– Cadê aquela moça? – perguntou Catarina, olhando fixamente para Rosa.

– Que moça, Catarina? – retrucou Esther. – Quem você trouxe aqui, Rosa?

– Senhora, desculpe. A médica que o doutor, seu marido, mandou trazer de Aigam... A médica que...

– Que médica, criatura?

– A médica que curou todo mundo naquela cidade. Ela veio aqui ontem. Foi ela quem tocou na Catarina e a fez parar de tossir. Por isso a menina dormiu.

Esther levantou-se da cama e pediu que Rosa saísse dali imediatamente.

– Que história mais maluca! – exclamou Esther.

Tantas pessoas gostariam de estar junto de seus filhos, e quem os tem por perto não valoriza o quanto essa presença é importante, pensou Lis, enquanto ouvia a conversa do lado de fora do quarto.

Percebeu que sua presença não seria adequada naquele contexto e procurou as escadas para encontrar Rubens. Quando se cruzaram, ele ficou surpreso.

– Lis, vamos? Eu estava te procurando. As reuniões terminaram. O doutor Lucas teve de resolver uma urgência médica, mas pediu que voltássemos na próxima semana. Já solicitaram a coleta das amostras dos pacientes lá do hospital. Eles vão analisá-las. – Olhou se ninguém estava ouvindo e continuou sussurrando: – Dois médicos da equipe dele perguntaram se podem ir até Aigam aprender o que estamos fazendo, olhando de perto.

– Então, vamos! O que estamos esperando?

Desde o momento em que tocara em Catarina, Lis tinha mudado. Percebia que o sofrimento humano ia além daquilo que sua compreensão podia entender.

CAPÍTULO IX
SER HUMANO

Assim que chegaram a Aigam, Lis e Rubens foram recebidos calorosamente pelos voluntários do hospital e pelo corpo médico. Todos queriam saber como fora a viagem.

Rubens, habituado aos bastidores, ficou envaidecido em transmitir que tinham tido uma boa receptividade no maior hospital do mundo. Em Aigam, o número de pacientes curados despertava a atenção de todas as regiões e aquilo dava a Rubens um status diferenciado. Mesmo sabendo que ele não era o único responsável pela cura, sentia o ego começando a inflar.

Ao mesmo tempo, Lis pediu licença para descansar. Estava precisando de energia. Sentia-se esgotada. Era como se a cidade lhe sugasse todas as forças. Foi até o jardim do conservatório, tirou os sapatos e sentou-se na grama, com as palmas das mãos voltadas para baixo. Conforme encostou as mãos na terra, sentiu um impacto.

– O que é isso?

Era como se as placas tectônicas da Terra se deslocassem. Pela primeira vez, teve medo.

Lembrou-se de Catarina e pensou em todas as crianças órfãs de pais vivos. Imaginou que seu filho pudesse estar perdido, acreditando que fora abandonado. Ficou ali, relembrando tudo e com a absoluta certeza de que um dia o encontraria, embora não pudesse explicar aquela certeza, já que seu coração sentia medo, proveniente das aflições e emoções que vivia na Terra.

Abriu a mochila que tinha levado na viagem, pegou um caderno e rascunhou letras de música. Estava sensível, então sua capacidade de trazer vida às composições ficava ainda mais forte.

Escreveu durante quarenta minutos sem parar. Lis estava entendendo que o ser humano era mais complexo do que ela poderia imaginar. As emoções eram traiçoeiras e vinham com uma força muito grande em momentos em que ela não estava fortalecida.

Minha música precisa se espalhar... É isso! Preciso fortalecer um número maior de pessoas através das letras e da frequência vibracional dessas músicas, concluiu em pensamento.

Levantou-se e correu até o conservatório. Lá, espalhou as letras e começou a tentar extrair o som de alguns instrumentos, com a finalidade de compor melodias que pudessem trazer uma vibração autêntica. As letras das canções falavam sobre como estavam todos distraídos.

Aos poucos, Lis foi esboçando mais melodias e cantava sobre o resgate da fonte interior, sobre a vaidade. Em um dos refrões, mencionava o dever de eliminar as causas da infelicidade. E que as pessoas trocavam tudo por dinheiro, até o tempo com aqueles que amam. Falou sobre como o ser humano ignora a razão pela qual não é feliz e como acumula falsos tesouros.

Em voz alta, leu para si mesma o que havia escrito:

– Todos se apegam às coisas terrenas. As pessoas se lamentam e se apegam à dor. A felicidade está em coisas pequenas. Seja feliz. Não espere algo que não existe. Não se deixe influenciar pela neurose humana. Todo mundo vai querer distrair você. Mas felicidade não tem nada a ver com poder. Crie sua própria luz.

Conforme ia construindo novas canções, afinava os instrumentos e se inspirava. Era como se tivesse sido tocada por uma fonte de luz. Olhou para a lâmpada naquela sala. Ficou resgatando informações que vinham em sua mente sobre os inventores. Indivíduos que incentivavam pesquisas e traziam a evolução da ciência. E, de repente, tudo ficou claro. Se sua música tocasse um grande número de pessoas, poderia angariar fundos para pesquisas, já que os humanos valorizavam tanto os dados científicos.

– Se pensarmos no homem em termos de energia e vibração, temos que fazer as pessoas se voltarem para dentro. Elas precisam usar o cérebro como receptor universal e receber o poder supremo, que é o poder mental. É o que transcende o conhecimento e a matéria. São linhas que não enxergamos, mas não quer dizer que não existam. O cérebro humano é uma máquina perfeita. Uma das mais surpreendentes do universo.

Conforme pensava em voz alta, colhia mais informações do inconsciente coletivo do planeta e imaginava o que pretendia realizar nos mínimos detalhes. Sabia que tinha que construir a própria trajetória na mente e no coração.

Enquanto tudo isso passava pela sua mente, ouviu a maçaneta da porta do conservatório. Sentiu a presença de Lázaro e seu coração disparou.

– Lis?

Ele entrou com cuidado. Ainda não conversara com ela desde que viajara. Ao mesmo tempo que queria ir com calma, não entendia por que ela parecia estar se afastando. Será que ela estaria se distanciando ou ainda não o tinha procurado?

A simples presença de Lázaro no conservatório fazia o coração dela crescer. Sorriu, e ele respirou aliviado. Era a mesma Lis que conhecera.

– Como foi a viagem?

Enquanto ele caminhava em sua direção, ela começou a falar, pausadamente, saindo do estado de quase transe em que entrara quando começara a compor.

– Percebi um progresso tecnológico, mas esse progresso tem sido usado para desconectar as pessoas. Muitas coisas me deixaram assustadas na cidade. Vi gente conectada a aparelhos eletrônicos, mas desconectada de si mesma. E descobri que vivem em função de um aparelho que as conecta com o mundo. Não percebem que estão perdendo a conexão real.

Ele ficou ouvindo Lis falar. Olhava cada expressão em seu rosto e perguntava a si mesmo como tinha conseguido viver tanto tempo longe dela.

– Notei uma resistência muito grande dos médicos em aceitar algo que não corresponde ao que aprenderam na faculdade. Mas eles não conseguem aceitar que tudo que existe é interdependente. Talvez a verdade seja muito simples para que a aceitem. Alguns deles conversaram e se abriram ao novo. Outros preferiram voltar ao modo em que vivem, tratando a doença em vez de lidar com a saúde em todos os aspectos.

Lázaro disse que era difícil aceitar quando algo de fora nos prova que tudo que a gente sempre acreditou estava errado.

– Errar faz parte da trajetória humana, Lázaro. Percebi isso. Mas na busca pelo acerto as pessoas perdem a caminhada. Os erros nada mais são do que o caminho para os nossos acertos. Não existe ser humano verdadeiramente grande sem que seja capaz de reconhecer os erros que cometeu na vida.

Parou de falar por um instante e mostrou as folhas para ele com as composições que tinha acabado de escrever.

– Estou compondo músicas novas.

Lázaro leu aquelas letras, que falavam sobre como tudo é passageiro e como as pessoas transmitiam suas intenções para o Universo.

"Você está em dança cósmica constante com o universo", dizia o refrão.

Lázaro, então, tocou num assunto que queria abordar:

– Eu sempre comemorei meu aniversário com uma grande festa em Aigam. Este ano, podemos comemorar com um grande show. O que você acha?

Ela abriu um sorriso.

– Acho fantástico.

Ele segurou a mão dela e caminharam juntos até a porta do conservatório, onde ele apagou as luzes. Quando o silêncio se fez junto com a escuridão, Lis pôde escutar as batidas do coração de ambos. Estavam em sintonia. A noite era calma e podiam ouvir os grilos e sapos no jardim do conservatório. O céu estava iluminado com estrelas de todos os formatos e a luz que a lua trazia fazia o azul do céu ganhar uma nova tonalidade.

Na Terra, Lis experimentava sensações corporais misturadas às emoções. E achava incrível como isso podia acontecer. Não conseguia controlar as batidas do coração. Nem fingir que sua respiração não estava acelerada. Tudo aquilo fazia parte do processo de sentir.

– Se tanta coisa acontece com o corpo quando a gente está se sentindo bem, como as pessoas não entendem o que pode acontecer quando a gente se sente mal? – perguntou a si mesma em voz alta.

Ele olhou para ela sem entender. Foram caminhando em silêncio até chegarem em casa, quando Lis resolveu quebrar o silêncio. Sabia que precisava expressar o que sentia. Era um código divino expressar emoções com transparência. Elas não deveriam ser sufocadas. Entraram juntos e ele a conduziu até seu quarto.

– Eu não me lembro de sentir nada parecido com isso durante minha vida – foi o que conseguiu dizer.

O vento forte fazia a porta se fechar, como se houvesse um plano divino para que tudo acontecesse da forma como deveria acontecer. Por um momento, Lis pensou que eles poderiam ficar juntos. Estava encantada com Lázaro, sua simplicidade, e sentia que aquele amor era retribuído.

A pureza de Lis gerava cada vez mais energia quando estava diante dele. Seu corpo ficava revitalizado. No entanto, sabia que a união entre seres de qualquer espécie precisava ser consciente. Entendia o quanto a fusão entre os corpos e a troca de energia poderiam desequilibrar duas pessoas caso não estivessem no mesmo patamar energético. Sabia o que era ser sugada e, embora notasse que a troca de energia com Lázaro era completamente diferente da que vivenciara com Saddah, tinha certeza de que, conforme decidissem se unir em amor, a troca de fluidos corporais poderia deixar marcas eternas em ambos.

A intenção de Lis era pura, mas sentia que Lázaro tinha algum bloqueio em relação a ela. Lis não entendia por que ele colocava uma armadura em torno de si mesmo. Embora conseguisse enxergar a essência dele, sabia que Lázaro se afastava quando ela começava a penetrar em seu coração.

Enquanto ela pensava, Lázaro despediu-se e foi até a cozinha, onde encontrou Sinhá.

– Vejo que você está tenso, meu filho. O que foi? – ela perguntou, sabendo que a alma dele estava machucada. – Olha só – disse Sinhá, enxugando a lágrima que escorria pelo rosto dele –, nada é certo. Insegurança faz parte da vida. A vida é uma incerteza. Ninguém pode controlar nada... O controle é uma ilusão. A vida é frágil. Eu e você sabemos disso, Lázaro. É preciso coragem para viver. Viva esse momento. Não o desperdice se preocupando com o futuro. Se não viver o presente, vai criar uma camada de proteção em torno de você, menino. E isso te aprisiona. Você acha que se protege, mas destrói a própria vida. Quem está protegido está morto, porque, enquanto acreditamos que estamos em segurança, estamos criando amarras que nos aprisionam ao invés de nos libertar. – Segurou o queixo dele e continuou: – Não deixe o tempo passar. Ele passa depressa demais. O tempo é o bem mais precioso que você tem.

A CELEBRAÇÃO

A comemoração do aniversário de Lázaro era uma velha tradição em Aigam. Celebravam a data havia muitos anos, considerada um grande feriado na cidade. Enquanto todos seguiam com os preparativos para as barracas de comidas típicas da região, as crianças ensaiavam a apresentação dia e noite com Lis no conservatório. Estavam animadas com as canções que ela tinha composto, com ritmo diferente e cheias de alegria.

Ali era uma espécie de polo mágico onde coisas extraordinárias aconteciam. Conforme os habitantes de Aigam tinham consciência disso, os fatos isolados ganhavam ainda mais força. No dia do evento, Lázaro acordara ansioso para fazer o melhor possível. Lembrava-se de si mesmo quando ainda não tinha alegria e apenas observava a festa da janela e ria. Como podia ter perdido tanto tempo?

Lis, que se enfeitara para a ocasião, parecia iluminada quando entrou no conservatório para os ajustes finais. Estava com uma coroa de flores na cabeça e um vestido costurado por Sinhá especialmente para a apresentação.

Em Aigam, carros de todos os lados congestionavam as estradas, que mal estavam preparadas para receber aquele fluxo de veículos. A alegria era evidente no rosto de cada turista. Lis sentia que a hora se aproximava. Pediu que as crianças a acompanhassem até o palco e, enquanto entravam enfileiradas, notava os olhares de todos se dirigindo até eles. O silêncio se fez e começaram a tocar os instrumentos com delicadeza, transmitindo toda a emoção que já residia em seus corações. Lis não atuava como maestra, mas direcionava a energia das crianças para que fossem todas até o mesmo ponto e conduzissem as pessoas a um plano mais alto. Fechou os olhos, sentindo a vibração do sentimento emitido por todos que a assistiam. Era como se Aigam estivesse galgando outro patamar de evolução dentro da Terra.

Começou a cantar, fazendo os espectadores se entregarem à melodia. O som das palavras com os instrumentos era uma combinação muito poderosa. Sentia todo o seu corpo pulsando a cada som, como se sua consciência tivesse sido estendida para o espaço ao seu redor, criando uma membrana invisível vibrando naquele lugar. Ergueu os braços com as palmas das mãos voltadas para cima, para que pudesse liberar energias, e sabia que criava um processo poderoso e intenso. Era como se um pilar de chama azul se formasse de modo natural em Aigam e ela, conscientemente, colocasse a intenção de curar todas as pessoas que estavam ali. Ninguém entendia o porquê, nem conseguia enxergar o que ela fazia.

Além de levar sons e palavras curadoras, Lis entrava em sintonia com um novo campo de energia, que proporcionava cura e milagres. As letras ecoavam na mente de cada um; o tom de voz de Lis trazia algo difícil de ser explicado. Lis traduzia o amor em palavras. Quando o filtro do julgamento das pessoas estava desligado, imputava nas mentes pensamentos positivos, palavras de esperança, reprogramando o inconsciente, que, muitas vezes, comandava os atos humanos. Ela entendia que era uma multiplicadora do amor, e que através da música poderia compartilhar palavras que ecoariam no inconsciente coletivo e conduzir os indivíduos para um voo maior. Lembrava-se de como a vibração das canções entoadas em Yevé desde seu nascimento tinham sido tatuadas em sua alma. Intuía que, de alguma forma, a música era um poderoso antídoto contra o mal.

Quando a apresentação terminou, duas horas depois do previsto, Lis desceu do palco pela escada lateral. Sentia-se revigorada e estava banhada de suor. Durante a queima de fogos, ela já estava em casa. Queria tomar um banho e trocar a roupa. Saíra antes que qualquer um pudesse falar com ela, porque experimentava uma espécie de êxtase espiritual e queria entender que aquele momento serviria para que se reabastecesse consigo mesma. Já fizera sua parte. Do seu quarto, ouviu a balbúrdia. Embora tivesse cantado durante horas sem pausa, não sentia cansaço. Era como se tivesse acabado de nascer, explodindo de vitalidade e emoção. Era aniversário de Lázaro. Mesmo assim, sabia que sua contribuição para aquele dia já tinha sido cumprida.

Deitou-se na cama e deixou a mente vagar. Era sua primeira experiência humana na qual as emoções a faziam reviver cenas de sua vida, relembrando os detalhes de sua passagem por Yevé e Dragon. Com os olhos fechados, teve a sensação de que o amor que sentia por Lázaro era diferente do amor universal que estava acostumada a sentir em Yevé. Também não tinha qualquer conexão com a codependência dela com Saddah em Dragon. Era um amor interdependente.

Vagando pelas realidades que experimentara, começou a sonhar. Em seu sonho, estava diante de um mar agitado, com ondas de sangue que a deixavam insegura. Conforme o mar se revirava, seu corpo era puxado para lugares que não conhecia e as águas iam ficando cada vez mais espessas.

– São minhas emoções – disse, tomando consciência de que estava simbolicamente recebendo informações dentro de seu subconsciente.

Como se a consciência a despertasse, de imediato, viu uma caixa na qual se segurou para que as ondas não a levassem. Abriu-a com cuidado e encontrou uma carta escrita em latim, língua que ela desconhecia. Ficou observando, até decifrar aqueles códigos, e sentiu que estava prestes a receber uma comunicação importante de Yevé.

– Por que numa língua estranha? – perguntou-se, ainda no sonho. – Onde estou?

Abriu a carta e se deixou escorregar no mar. A tinta foi se espalhando e ganhou novas formas e contornos, transformando-se numa língua que ela dominava.

"Vim para ajudá-la a marcar seu tempo. Você está em movimento. Acredita que o tempo se move numa linha e é linear. Na Terra, os humanos só conseguem se concentrar num item por vez. Mas você é passado, presente e futuro e pode trafegar no tempo. Pode se movimentar por essa linha. Sua realidade é uma espiral.

Os humanos não conseguem criar harmonia numa experiência, e quando ela retorna, repetem o mesmo ciclo. Os humanos têm a ilusão do tempo. Por isso, repetem ciclos e não harmonizam mente e coração. As águas das emoções não fluem e ficam estagnadas, causando desconfortos físicos. Esse jogo de que os humanos participam no planeta Terra chama-se Vida.

Você está participando desse jogo e finge ser humana. Eles não poderiam lidar com a sua evolução em busca da perfeição. De todas as dimensões, tempo e espaço, esse ciclo como humana a faz experimentar situações novas.

Pergunte a si mesma e entenderá a resposta: você continua sendo uma Geradora de Energia? Que padrão trouxe à Terra? Qual seu desafio na Terra? Você está criando novas percepções para os humanos se relacionando com eles e trazendo uma nova vibração? Cada vibração que for modificada muda todas as galáxias e o Cosmos experimenta o impacto disso.

Há um padrão encontrado na natureza que existe em todos os lugares. Numa semente, num vulcão, num campo eletromagnético. Esse modelo sustenta todos os ecossistemas. Descubra como vibrar nessa frequência e estará na essência. Na sua essência. Então, nenhum ser será capaz de tirá-la do seu caminho."

Mergulhou naquele mar revolto e notou que as ondas ficavam mais mansas, até que as águas se tornaram cristalinas. Uma voz veio do fundo do mar e ela sentiu que era uma mensagem de Yevé:

"Os humanos veem o que esperam ver, em vez de ver o que está lá. São criadores conscientes. Criam o que desejam ver e não harmonizam o que está diante deles. Esse novo ciclo de tempo será com outra realidade. Você terá experiências multidimensionais e poderá fazê-los harmonizar em conjunto. Essa será uma mudança profunda para os humanos. Esse ciclo trará uma transição planetária difícil para os resistentes que não querem evoluir. Eles estão sendo sugados por uma força invisível que vem de Dragon. Saddah está conectando com pontos na Terra para puxar a energia e manipular grandes líderes com sua força destrutiva. Dragon já conta com uma tecnologia capaz de destruir o planeta, mas, quanto mais ele se energizar, maior a força que Dragon poderá sugar. A sua missão será entender como elevar o padrão dos humanos conectados com Dragon; assim, poderá tirar os exilados do exílio. Aigam pode ser o centro da Terra, protegido pela Kundalini."

Lis começou a ter consciência do que estava sendo dito. Se todos os habitantes de Dragon eram exilados de Yevé, ela poderia libertá-los, conforme tomassem consciência de que estavam sendo manipulados por Saddah, o maior manipulador de energias que já existiu.

"Esse ciclo trará mudanças. Você não está sozinha. Estar entre os humanos lhe deu uma nova perspectiva das emoções e sentimentos. Os humanos trazem uma beleza ímpar e você está se apaixonando por essa beleza. Mas não se esqueça: o julgamento das imperfeições não trará nada de benéfico para você. Até mesmo as imperfeições deles podem ser belas. Enxergue-os como se estivessem em níveis de evolução diferentes entre si. E faça os ajustes necessários para que todos se elevem pouco a pouco. A evolução humana será possível quando cabeça e coração estiverem harmonizados. Quando isso acontecer, eles entrarão numa nova fase. Não tente recriar Yevé na Terra. Gere as novas energias de acordo com o ritmo solar. Ritmos são belos porque são humanos. O ritmo perfeito será atraente ao ouvido humano e ele será alçado para uma nova energia. Todos sentirão o alinhamento. Não deixe as emoções se tornarem dores de mudança. Avance e encontre pequenas partes. Estamos todos unidos. Somos todos um. Estamos vendo seu jogo em andamento. Lis, você percorreu caminhos que estabeleceu para si mesma antes de ir para o planeta Terra. É tudo como um sonho. A vida e todas as suas experiências planetárias."

Lis olhou para seu corpo se desintegrando no mar e percebeu que apenas sua essência continuava pulsando.

"Eu sou real? Tudo isso é um sonho?"

"O que acontece quando você desperta de um sonho? Você está desperta. Emitindo uma vibração única que transcende qualquer corpo que possa habitar em qualquer ecossistema em qualquer reino ou galáxia. Você tem a própria vibração. E ela é similar ao lugar onde você se hospeda temporariamente. Agora, hospedada na Terra, sente os efeitos das marés, das emoções, dos problemas humanos. E começa a fazer contratos do coração."

Lis sentiu uma névoa envolvê-la, como a luz rosa de Yevé, trazendo amor.

"Há muito o que fazer conectada aos contratos do coração. Muitas vezes eles podem ser mais do que se espera. Serão contratos individuais e coletivos. Você pode tomar a forma da profissão que assimilar, com os dons que tiver, porque tem capacidade, como todo ser humano, de viver a vida que seu coração pulsar. Temos que informar que alimentação, pensamentos e sentimentos trazem sensações estranhas com as quais você não se habituou com facilidade. Alegre-se porque em breve esse processo de condicionamento de vibrações sutis será uma nova era para o planeta Terra."

Viu suas mãos e seu corpo se formando, como um bebê se forma no útero. Sentiu a emoção de respirar dentro da água, até o nascimento, quando seu nariz parecia não conseguir encontrar ar. Até que soltou um grito.

Estava em sua cama. O coração acelerado denunciava que despertara de um sonho, embora não conseguisse entender se a vivência na Terra era sonho e sua vida em Yevé, realidade. Entrara em estado de êxtase com a celebração e seu espírito estava em ascensão. Com isso, alcançara outros planos durante o sonho e recebera mensagens poderosas que poderiam ser decifradas e ganhar novo significado em sua busca interior e exterior. Estava na Terra para seu crescimento como ser espiritual, mas, sobretudo, sabia que fora designada para curar a si mesma e aos seres que cruzassem seu caminho.

Lázaro entrou em seu quarto, assustado.

– O que houve?

Ela suspirou. Em sua mente, as seguintes palavras ecoavam, deixando-a aterrorizada: "Vai começar a batalha. Você está pronta, embora não saiba. Não podemos perder tempo. Os fios que conduzem ao mal estão conectados e só você pode desligá-los".

– Você pode me fazer companhia esta noite? – Lis perguntou com delicadeza.

Lázaro não precisou responder, pois naquele momento o silêncio valia mais do que mil palavras. Aquele era o maior presente de aniversário que ele poderia receber.

Ele deitou-se ao lado dela. A presença dele a fazia se sentir segura.

Lis sentiu o calor do corpo dele e se lembrou do termo "contratos do coração". Ela, então, adormeceu. O coração ainda batendo rápido demais. Só que, desta vez, recebeu outro tipo de mensagem.

A INTERFERÊNCIA

– Você pensa que eu vou deixá-la em paz?

Era um sonho, e aquela voz, sua antiga conhecida.

– Saddah? Onde estamos? O que está fazendo aqui?

Começou a procurá-lo até perceber que a voz vinha de dentro de uma caverna. Ela sentiu medo, até que veio à sua mente mais uma vez: "Vai começar a batalha. Você está pronta, embora não saiba. Não podemos perder tempo. Os fios que conduzem ao mal estão todos conectados e só você pode desligá-los".

– O que você quer?

Uma névoa cinzenta entrava na caverna e a sugava para dentro. Lis tentou impedir sua energia de vazar por todos os poros e percebeu que já estava com medo. O medo a deixava vulnerável aos ataques e à manipulação de Saddah.

– Isso é um sonho – repetiu para si mesma em voz alta.

Ele gargalhou e sua risada ecoou pela caverna. Lis não podia vê-lo, o que tornava aquela sensação ainda mais sufocante.

– *Digamos que é uma visita telepática. Como é fácil entrar na sua mente humana quando você está com medo. Aliás, como é fácil entrar na mente dos humanos, sabia?*

A visita telepática só podia acontecer quando ela se conectava com o medo. Mesmo estando em Aigam, onde a Kundalini da Terra a protegia, se sua faixa vibratória caísse de repente, poderia ser acessada pelos planos inferiores.

Lis não respondeu. Sabia que ele a manipulava quando entrava em sua faixa vibratória, por isso evitou fazer outra pergunta. Tentou se concentrar numa onda de amor para sair daquele pânico. Ela olhou para o chão e viu que um abismo os separava. Era como se seu pensamento criasse, imediatamente, a realidade naquele mundo paralelo. Não sabia se estava vivendo ou sonhando, mas experimentava as sensações como se estivesse vivenciando tudo no corpo humano.

– *Eu te dei um filho... eu te dei um reino. Eu te dei tudo e você fugiu. Me deixou... pelos humanos?* – Saddah questionou.

Ela sentiu seus lábios tremerem. A menção ao filho a desequilibrava. O chão tremeu conforme ela deixou que ele penetrasse em seu campo áurico. Seu corpo começou a se desintegrar mais uma vez.

– *Você é só pó. Nada além disso, Lis. Acredita naquele povo de Yevé, que diz que tem poderes? Não existem poderes. A mente é uma criadora de realidades paralelas. Você pode muito mais se voltar para Dragon... e viver comigo e com nosso filho.*

Sentiu uma faísca que parecia um raio partindo-a em pedaços. Era uma sensação de desmaio. Sua frequência baixou e conectou-se ao medo. Tudo ficou escuro. Sabia que Saddah conseguia manipulá-la através de suas fraquezas. E ele as conhecia mais do que ninguém. Sua forma indefinida mudou de cor. Uma nuvem cinza pairava em torno de si.

Não sabia se acreditava em Saddah, nem se ele teria sido forte o suficiente para resgatar o filho deles. Se o menino fora levado para a Terra, a menos que Saddah tivesse usado sua manipulação mental, ele estaria a salvo.

Lis começou a sentir um vazio dentro de si, como se ele a esgotasse energética e mentalmente.

– Eu não me voltei contra você, Saddah. Fui resgatada... Nunca o ataquei nem quis seu mal.

– Mas está acabando com os meus recursos.

– Que recursos?

– Os recursos que eu uso para manter Dragon viva. Dragon precisa da Terra para sobreviver.

– Você não precisa sugar a energia de ninguém nem manipular energias para isso. Pra que poder? Pra deixar as pessoas presas a você? Isso é controle. Você precisa libertar os humanos, Saddah.

Ele deu um grito que ecoou na caverna e ela enxergou sua sombra.

– É você quem precisa libertar os humanos! Os humanos não precisam de música, nem de emoções. Eles são seres biológicos que não conseguem evoluir. Seres com energia, mas que não sabem utilizá-la para nada. É uma espécie perdida. Não adianta tentar ajudá-los. Eles morrem com doenças, se entopem de coisas viciantes, ficam em frente a um quadrado durante o dia para ganhar alguns pedaços de papel e comprar comida. São miseráveis. Nem para inventar algo que possa beneficiar Dragon eles servem.

– Saddah, você manipulou essas pessoas para que elas saíssem de Yevé. Elas não tiveram escolha.

– Mas elas não querem voltar. Estão desfrutando de coisas que jamais poderiam desfrutar naquele lugar.

Lis não conseguia pensar. Sabia que estava num sonho, mas as respostas dele eram reais e não conseguia fugir dali, nem acordar.

– *Eu quero ir embora.*

Viu uma chama subindo na floresta que havia em torno da caverna. Era a raiva materializada de Saddah.

– *Você acha que tem algum poder de escolha? Enquanto servir a Yevé, será uma eterna missionária que vai andar de mundo em mundo tentando fazer uma simples parcela de indivíduos subirem a vibração. Lis, criamos juntos este reino.*

– *Eu não criei nada disso.*

– *Você gerou a energia para criar... Você fez isso conscientemente.*

– *Eu fui manipulada por você.*

– *Você não seria tão estúpida. Você sabia que podia ser melhor que eles. Sabia que poderíamos conquistar todos os mundos. Que vida é essa a que você está sendo submetida agora? Veja onde te enfiaram... num mundo onde as pessoas morrem de doenças. Isso é um mundo que você diz ser inteligente? Os terráqueos se descontrolam com as emoções e deixam a mente vagar.*

– *Isso só pode ser um pesadelo – disse para si mesma.*

– *Isso é parte de você. Você tem sombras e luz. Não tente esconder isso de si mesma e dizer que é boa. Você não pode me calar. Sempre estaremos ligados, Lis.*

Lis sentiu um fogo arder e despertou. Levantou-se em silêncio para não despertar Lázaro e foi até a cozinha, onde encontrou Sinhá acordada.

– Sinhá, eu tive um pesadelo. Estava tão bem, feliz por causa da apresentação. Como isso pode ter acontecido?

A mulher parecia estar aguardando Lis.

– Por algum motivo, você ficou em dúvida e cocriou esse sonho. A dúvida provoca sofrimento no ser humano. Já vi pessoas perdendo vidas por causa da dúvida e entrando no medo. O mal tem uma inteligência própria, forte e invisível.

– Qual é meu medo?

Sinhá ficou observando a feição de Lis, que parecia ter enfrentado uma batalha.

– Existem sinais claros quando nos perdemos de nós mesmos. Sentimos medo, duvidamos, questionamos. É um jogo de culpa.

Pensou que estava ali justamente para combater aquilo. Sabia que deveria ter a habilidade de identificar seus pensamentos e vigiá-los antes de cair. No entanto, o medo atraíra os sentimentos negativos. Bebeu a água num só gole e ficou observando Sinhá. Não conseguiu frear seu pensamento: *Como ela sabe tanta coisa?*

CAPÍTULO X
A MENSAGEM

Antes de amanhecer, Lis já estava nos fundos do conservatório. Suas mãos, rápidas, escreviam sem parar todas as ideias que iam surgindo em sua mente.

– O que está fazendo aqui?

Era Lalinha.

– Oi, menina. Tudo bem?

– Sim... Meus pais foram cedo para o plantão no hospital e eu vim aqui para o conservatório.

Lalinha, filha de Rubens e Luna, parecia uma garota especial, com inteligência acima da média e sagacidade fora do comum. Lis olhou para ela e teve uma ideia.

– Lalinha, preciso da sua ajuda. Eu vou escrever algumas coisas neste caderno. Quando terminar, vou para a cidade. A única coisa que quero que entenda é que o que é importante é sempre a mensagem, e não o mensageiro.

A garota ouviu as instruções e acenou com a cabeça.

– Leia este diário e não questione nada. Simplesmente leia como se fosse uma história. Depois, esconda-o para que nenhum adulto possa encontrá-lo.

Lis sabia que Saddah ou qualquer emissário de Dragon era incapaz de entrar em mentes de crianças. Mesmo que Lalinha já não fosse mais criança, ainda conservava a pureza em seu coração. Queria proteger o que sabia e compartilhar sua missão com alguém, de modo que, com o passar dos anos, a mensagem continuasse em segurança.

– Lalinha, existem coisas que não vemos. Mas não é porque não vemos que elas não existem. Há outros reinos além da Terra. Alguns são bons, outros são maus. A questão é que uma grande batalha vai começar.

Lembrou-se da frase que ouvira em seu sonho e a escreveu:

"Vai começar a batalha. Você está pronta, embora não saiba. Não podemos perder tempo. Os fios que conduzem ao mal estão todos conectados e só você pode desligá-los."

– Lalinha, aconteça o que acontecer, você e sua família estarão protegidos em Aigam. Este é um lugar mágico.

Tirou o amuleto que usava, que era um elemento sagrado, e o colocou na menina.

– Eu sempre estarei com você. Fique com o diário e prometa que vai escondê-lo num lugar seguro.

Lalinha perguntou se poderia ler e Lis concordou.

"As experiências humanas estão se tornando inúteis e servindo apenas para alimentar as energias densas de Dragon. As informações podem nos fazer escolher as experiências que queremos. Nossos pensamentos são impressos no Universo e o cérebro humano tem incrível adaptabilidade.

Como podemos deixar as emoções nos tocarem?

Tudo é passageiro para os humanos. A linha da vida é um tempo que eles só conhecem como linear. Não conseguem transitar pelo tempo e espaço."

Lalinha virou a página e leu mais mensagens:

"Existirão pessoas para distraí-lo. Felicidade está longe de poder. Ela depende de quem vê. E a força da vida não está na beleza da felicidade. A força da vida é experimentar todas as nuances humanas. Mesmo a tristeza pode servir de aprendizado.

Todo ser humano pode ser um gerador de energia e criar a própria luz, atrair para si a realidade que quer ter em sua vida. Você atrai ou cria? Não é uma lei que atrai. É lei da criação. Todos podemos criar e trazer o que quisermos a partir de uma frequência.

O que você está criando para você?"

Os olhos de Lalinha brilharam.

– Lis, esta noite eu tive um sonho. Sonhei que você estava indo para a cidade e que aparecia na televisão de lá. Agora isso parecia ser verdade. Você acha que posso ter ido para o futuro?

– Acho. O que mais você viu no sonho?

– Você dizia que na televisão a sua mensagem chegaria a mais pessoas e mais rápido. Que você usaria as mesmas armas, de um jeito diferente.

Lis começava a entender a premonição de Lalinha. Os humanos valorizavam o que aparecia na televisão e ela emitia ondas capazes de fazê-los ficarem conectados com a mensagem subliminar.

– Então é isso! Saddah deve estar se conectando com os humanos através das ondas de rádio e televisão. Ele está usando a força eletromagnética. Deve poder usar outros campos também, mas não sabemos.

Abriu o diário e escreveu:

"A mesma ferramenta pode ser utilizada para o bem e para o mal. Tudo é uma questão de escolha. Usar com sabedoria uma ferramenta destrutiva pode neutralizar seu poder de destruição."

Começou a tentar acessar a mente de Lalinha, segurando suas mãos. Viu o futuro que a menina tinha conseguido acessar. Lis estava atuando como cantora e as mensagens das músicas traziam paz aos corações.

– É isso! Corações em paz não podem ser atingidos pelo medo. E Saddah só entra na mente humana através do medo!

As duas se abraçaram. Quando Lis se despediu, sabia que a frase que a tinha deixado assustada poderia fortalecê-la: "Vai começar a batalha. Você está pronta, embora não saiba. Não podemos perder tempo. Os fios que conduzem ao mal estão todos conectados e só você pode desligá-los".

– Só eu posso desligá-los. Só eu sei como desligá-los, porque sou a única que conhece as armas de Saddah. Eu estou pronta.

A FORÇA DA PALAVRA

Era a primeira vez que Lis saía sozinha de Aigam. Ela deu o primeiro passo, mesmo sentindo medo do desconhecido. Lembrou-se do amuleto e o segurou com força. Não tinha contado nada para Sinhá sobre seus planos, tampouco para Lázaro. Apenas dissera que precisaria visitar o hospital do doutor Lucas para resolver algumas pendências.

Quando o avião passou por Comandel, uma região rural perto de Aigam, Lis notou um tremor. Era como se na Terra houvesse um buraco em formato de funil. E ela conseguia ver uma cratera gigante lá de cima.

– O que é isso? – perguntou ao comandante.

– Dizem que as grutas subterrâneas desabaram há algumas noites.

Sentiu que o evento tinha relação com o sonho em que falava com Saddah. Saíra às pressas e avisara apenas Sinhá e Lázaro para não ficarem preocupados.

– Ele conseguiu uma base perto de Aigam.

– O que disse?

– Nada... Achei estranho isso.

A comissária de bordo, que parecia ter ouvido a conversa, logo se intrometeu:

– Essa região é perigosa – sussurrou. – Dizem que coisas terríveis acontecem com as pessoas dali. Muita gente já mudou desse lugar. Parece que é um local que só traz medo e doença. Eu vou te dizer uma coisa, já ouvi até um comandante afirmar que alguns aviões sumiram por ali.

Ele deve estar puxando a energia por esse funil. A força é tão grande que a matéria não suportou, Lis pensou.

Sabia que precisava agir depressa e resolvera seguir os sinais. O primeiro deles tinha sido o nome de uma gravadora impresso na mochila de um dos passageiros. Por coincidência, ele desembarcava bem ao seu lado.

– Por gentileza, onde fica esse lugar?

O homem voltou-se para ela intrigado.

– A Fairbanks? – Abriu a bolsa e pegou um cartão. – Eu vi uma reportagem local numa cidade em que estive ontem. Houve uma apresentação na festa da cidade e a cantora parecia você.

Lis entendeu o que ele queria dizer.

– Ah, eu cantei sim. Estou indo à gravadora deixar um material. Quer ir comigo?

Sentiu que aquele era um forte indício de que deveria ir. Foram conversando até o táxi. O nome dele era Jason. Explicou que seu trabalho era caçar talentos nas cidades vizinhas. Estava animado com a possibilidade de tê-la conhecido.

Quando chegaram, outra coincidência parecia ter sido orquestrada pelo Reino de Yevé. Na gravadora, uma equipe de TV aguardava Jason para uma reunião. Ele pediu que ela o esperasse no saguão principal e logo depois apareceu dizendo que viesse no dia seguinte, mas poderia já gravar algo para que ele ouvisse depois.

Assim, Lis foi conduzida até o estúdio de gravação, onde gravou sua música. Depois, ela foi para o hotel. Dera o seu melhor, mas sem criar expectativas de retorno. Entregara suas intenções ao Universo e sabia que, se sua mensagem precisasse chegar a um número maior de pessoas, a intervenção divina cuidaria para que algum fator que parecesse milagroso aos olhos humanos intercedesse a seu favor.

Sabia que os seres humanos não estavam acostumados a reconhecer sincronicidades nem milagres. Por isso, suas vidas eram tão miseráveis e sem bênçãos. No entanto, sabia também que, para quem se entregava com coragem ao destino, a vida presenteava com a mesma moeda de generosidade. Ela estava aberta a doar-se e a fazer parte daquele processo. Se aquela gravação pudesse ser vista pelo empresário que misteriosamente fora enviado para perto dela num voo qualquer, era porque tinham algo a realizar. Assim era a lei da vida, que aproximava as pessoas e as reconectava para que assumissem seus milagres e dons.

Acreditava que, se fosse para um bem maior, algo aconteceria para abrir seus caminhos e criar possibilidades que fizessem sua música chegar aos ouvidos de muita gente. Embora não tivesse ideia de como realizar aquilo, no dia seguinte, como se seu desejo tivesse sido ouvido por ouvidos mágicos, recebeu um telefonema:

– Você não vai acreditar! Lis, você está com sorte!

Sem entender, ela perguntou a ele o que tinha acontecido.

– Olha só, uma equipe de televisão está há tempos me procurando para gravar um reality show. Eles querem produzir o programa *Nasce uma Estrela*, mostrando os bastidores das gravações de uma cantora desde o dia em que ela é descoberta. Você surgiu e parece ser a pessoa certa pra estrelar esse reality show.

Lis riu intimamente. Sabia que era uma grande oportunidade de levar sua vibração em forma de música para o mundo e propiciar uma cura coletiva.

– Quantas pessoas vão me assistir?

– Quantas pessoas?! Lis, esse é o programa mais popular que existe. O mundo inteiro vai acompanhar sua vida. É um reality show sobre diferentes profissões. Desta vez, haverá uma cantora que começa do zero. Você tem todas as características para compor esse personagem. Você caiu mesmo do céu.

Seu pensamento andava numa velocidade acelerada. Começou a tentar premeditar as consequências daquela decisão. Seria como levar a força de sua palavra e de sua música para milhões de pessoas ao mesmo tempo. Poderia ser uma grande oportunidade.

– Eu... eu acho que é uma boa ideia – concordou, antes que pudesse se arrepender.

– Fantástico. Venha para a audição nesta tarde.

Lis sabia que precisava estar forte e energeticamente preparada para a multiplicação de talentos e para o que estava por vir. Sabia que grandes mudanças aconteciam de repente e que estava conectada com o coração e pronta para aquele salto quântico rumo à sua missão na Terra.

Quando entrou do estúdio, pediu proteção. Fechou os olhos e cantou como se estivesse em Yevé. Imaginava cada vibração sonora e incorporava com um ritmo que tocaria os corações humanos. Sua voz fazia as pessoas do estúdio ficarem perplexas. Jason sentiu que tinha um grande potencial em suas mãos e agradeceu a Deus por ter colocado Lis em seu caminho. Era um homem de fé, que fizera orações para que surgisse um talento como aquele diante de si. Gostava de lapidar diamantes. Era este seu propósito:

fazer as pessoas brilharem. Como um artista que venerava uma boa voz, vibrava com a oportunidade que estava em suas mãos. Uma grande cantora e uma maneira única de fazê-la reverberar nos quatro cantos do mundo através do reality show.

Inspirada, Lis criava uma nova música, falando sobre construir um novo reino com mente e coração afinados. Dizia que era preciso sentir e deixar o coração agir: "Perder tempo e energia com a mente faz deixar de sentir. Só precisamos amar. Só precisamos agir. Não deixe a mente se desconectar do coração. O amor é a única trajetória real. É quem traz a paz. Os seres humanos precisam se unir".

Assim que a audição acabou, Jason foi até ela, emocionado.

– Lis, obrigado por me encontrar. Você tem a força da palavra.

Ela olhou ao redor e ouviu os aplausos. Se só Lis podia começar a desconectar os fios que ligavam o ser humano ao mal, aquele começo parecia ter tido êxito.

NASCE UMA ESTRELA

Os dias se passaram e Lis viu-se diante de burocracias que não imaginava que existiam. No mundo dos humanos, elas eram necessárias. Mesmo assim, não havia força capaz de brecar aquela luz que se expandia, e então providenciou os documentos e contratos para que se iniciassem as gravações. Não havia qualquer sombra ou força contrária capaz de quebrar aquilo que estava preparado para ela.

Em pouco tempo, a voz de Lis já estava em todas as rádios. Com o poder da internet, sua música era compartilhada milhões de vezes por minuto, enquanto o reality show começava a ser exibido em rede nacional e retransmitido para todo o mundo pelas redes sociais.

Sem ter tempo de se acostumar com a fama, ou ambição de outra espécie, Lis usava as ferramentas que tinha a seu favor. Ao lado da equipe que acompanhava todos os seus passos, fazia discursos sobre o amor entre os seres humanos e trazia consciência a quem não estava desperto. Ao mesmo tempo, recebia ligações de Sinhá, que se preocupava com a dimensão que tudo estava tomando e alertava Lis para que continuasse firme em seu propósito.

Lis falava sobre as coisas simples da vida, sobre o desapego ao dinheiro, a desconexão na era da internet, o relacionamento entre pais e filhos, e ainda usava os momentos em que estava repousando, com a câmera ligada, para conversar a respeito da importância que o ser humano deveria dar ao descanso.

– Todo mundo quer preencher o tempo. Não valorizam o descanso como fonte salutar de reabastecimento de energia.

Alguns começavam a vê-la como uma sábia. Quando Jason entrou em seu quarto de hotel, parecia eufórico.

– Lis, você não vai acreditar! Que bom que está deitada, porque, se estivesse em pé, poderia cair!

– Fala logo, Jason! O que aconteceu?

– Seu single está em primeiro lugar nas mais tocadas do mundo. Você é o maior fenômeno de explosão mundial. Tem noção disso?

– Isso é bom?

Ele respirou fundo.

– Isso é a melhor coisa que poderia ter acontecido na vida.

– Por quê?

– Porque vamos nos tornar milionários. Milionários e mundialmente conhecidos.

– Jason, o que você faz com seu dinheiro?

– Oi?

– O que você faz com seu dinheiro? O que vai fazer com seu dinheiro quando ficar milionário?

– Comprar uma casa gigante e luxuosa?

– Pra morar com mais pessoas?

– Não... Pra mim, ora.

– E por que você precisa de uma casa maior só pra você?

– Lis, mas que pergunta... De que vale o dinheiro se ele não é desfrutado?

– Será que sabemos lidar com o dinheiro? – ela rebateu.

– Certamente, eu sei melhor do que você. Enfim... durma, querida. Seu sono da beleza te espera.

Lis deixou que ele fosse embora e ficou pensando na repercussão de que ele tanto falava. Ouviu gritos que vinham da janela. Olhou através da cortina e viu que fãs tinham se aglomerado na porta do hotel. Achou aquilo engraçado.

O telefone de seu quarto tocou mais uma vez. Seu instinto dizia que deveria atender.

– Alô?

– Olá. Aqui é Esther, esposa do doutor Lucas. É Lis quem está falando?

Lis ficou muda. Recordou dos fatos que a ligavam àquela mulher e logo pensou em Catarina.

– Oi, como vai? Em que posso ajudá-la?

– Eu gostaria de vê-la pessoalmente. Soube que está na cidade. Aliás, não se fala de outra coisa. Parabéns. Eu não sabia que, além de entender sobre medicina, você era cantora.

Sentiu um tom que a preocupava. Esther usara seus contatos, pois era influente na cidade, para saber em que hotel Lis estava hospedada. Não tinha sido difícil encontrá-la.

– Em que posso ajudá-la, senhora Esther?

– Esta manhã, eu estava com minha filha, Catarina – a mulher suspirou –, assistindo à televisão. Ela melhorou repentinamente de um estado terrível de convalescência. Hoje, para minha surpresa, ao assistirmos ao noticiário, vimos você e Catarina disse que você fora responsável pela melhora dela. Rosa havia comentado comigo, mas a princípio não acreditei.

Lis não disse nenhuma palavra.

– A questão é... – Baixou o tom de voz e continuou: – Estamos com um surto daquele vírus aqui na cidade. Não alarmamos a imprensa, mas sabemos que pode devastar tudo. Acabei de pegar o diagnóstico da Catarina. Ela está infectada. Eu preciso da sua ajuda.

Lis sentiu como se tivesse sido golpeada.

– Vou ligar para o doutor Rubens. Ele pode trazer a equipe de Aigam para cá?

– Escute, não quero perder tempo com questões burocráticas. Meu marido não acreditou em nada do que vocês disseram. Eu só sei que funciona. Seja lá o que for... preciso levar Catarina para Aigam. E isso precisa acontecer imediatamente.

Era como se o eixo da Terra fosse invertido. Lis teve vontade de chorar.

Pediu um tempo para Esther. Precisava ajeitar as coisas. Sabia que teria de falar com as pessoas da produção do programa e convidá-las a passarem um tempo com ela em Aigam. Ao mesmo tempo, firmara compromissos na cidade, os quais teria que cumprir. Combinou tudo aos poucos, sem pressa, avisando Esther que dentro de uma semana poderiam partir. Assim, sua produção poderia se preparar com calma e aquilo que se desenrolara rápido demais poderia se assentar.

Quando desligou o telefone, pegou uma folha de papel e começou a escrever. Queria entregar para Lalinha. Sabia que eternizar seus sentimentos e percepções faria as pessoas se conscientizarem a respeito do que queria transmitir, num futuro próximo:

"Porque tudo que cada um de nós busca sentir já está dentro da gente: alegria, paz, segurança, amor... Todos os sentimentos que procuramos está no nosso coração. Mas a maioria de nós está dormindo num sono profundo, tanto que lutamos para viver de certa forma para se sentir de determinada maneira. Então, lutamos por um emprego melhor ou buscamos ser reconhecidos ou ter um parceiro ou uma família. Na verdade, tudo isso resume a nossa sede de viver de determinada forma para se sentir de determinado jeito.

Mas estamos dormindo porque não nos damos conta de que os sentimentos são criados por nós; dentro da gente, e não fora. Logo, a conclusão óbvia a que chego é por meio de uma pergunta: Por que não os criar agora? Por que esperar ter que viver algo para criá-los?

Na verdade, a vida é uma dança daquilo que mais você quer e daquilo que mais você sente medo. Só que o medo vai embora quando ele percebe que você parou de tentar aquilo que você quer sentir e passou a criar dentro de você.

O medo perde espaço, porque nenhum acontecimento, por pior que seja, pode ser maior do que você.

O ser humano é maior do que qualquer dor, fracasso ou sofrimento. E daí o ser humano perde seus dias, adoece, teme ser criticado, quando, na realidade, qualquer coisa que falam ou fazem só deve servir para que alguém se sinta vivo e não adoeça..."

No dia seguinte, Lis, Esther e Catarina partiriam para Aigam num avião particular; e a equipe do programa em um voo comercial.

Lis não suspeitava, mas aquele retorno seria providencial para que ficassem protegidas de um novo ataque, muito mais forte e perigoso.

CAPÍTULO XI

A MATERIALIZAÇÃO

Karrazah não tinha qualquer lembrança do período em que vivera na Terra como Benjamin. Tampouco imaginava que era chamado de Erosent por sua mãe.

– Karrazah, a Terra é um ambiente nocivo. Lá, há criaturas que servem para nos alimentar. É nossa principal fonte de energia. Por mais que estejamos conquistando novos planetas, é por meio da Terra que geramos a maior parte dos nossos recursos. E precisamos extraí-los da mente humana. Os humanos se alimentam de animais como fonte de energia. Eles se alimentam de seres da própria natureza deles. Humanos não pensam. Eles vivem e matam uns aos outros.

Gohan observava Saddah dizendo palavras tão complexas para o menino, que parecia compreendê-las perfeitamente.

– Acontece que existe uma força desligando os fios que conectamos nas mentes humanas. O humano não pode estar ligado ao coração. Quando isso acontece, as mentes não cedem a energia de que precisamos. Eles precisam deixar qualquer tipo de emoção de lado para fornecer energia a Dragon. Nosso maior desafio, hoje, é que estamos numa batalha. Uma força de outro reino quer desligar os fios e acabar com Dragon. E não podemos deixar que isso aconteça.

O menino não esboçava qualquer emoção.

– Pois bem, você foi preparado para a materialização. Esse é seu dom. Estamos manipulando esse ser humano. Materializar é compilar energias em uma forma.

Na tela projetava-se a figura do doutor Lucas e um scanner de sua mente.

– Ele é extremamente mental. Estamos conectados a ele faz alguns meses. Ele exerce grande influência em seu povo, porque é designado para vários papéis em assembleias mundiais, já que é diretor do hospital de referência em um dos grandes centros urbanos.

Gohan observava a expressão de Saddah.

– A partir de hoje, vamos fazer um teste. Os fios estão ligados à mente dele e podemos influenciá-lo. Quero que você, Karrazah, coloque sua energia para que ele materialize os pensamentos mais inconscientes.

O menino, que era dotado de inteligência acima da média, seguiu a instrução do pai. Gohan conectou os fios em sua cabeça, como se fossem transmissores e receptores de energia, e o menino logo disparou a falar, conectado diretamente à frequência energética do médico em questão.

– Ele tem medo...

– Sim. Medo é o condutor entre as mentes de Dragon e da Terra. O que mais?

– Ele se sente culpado.

– Culpa... Ótimo. Culpado pelo quê? – Saddah não conseguia se conter de tanta excitação.

– Pela morte do irmão. O irmão dele morreu numa mesa de cirurgia. Era ele quem o operava.

– Karrazah, você consegue materializar o irmão dele? Consegue trazer a culpa em forma humana?

O menino acessou os arquivos mentais de Lucas.

– Sim.

– Faça isso agora.

Saddah percebeu que o menino tinha algo que ele considerava uma fraqueza. Uma estranha bondade que vinha do coração.

– Você precisa salvar Dragon. Se não conduzir essa missão, Dragon pode acabar.

Os fios conectados entre as mentes começaram a criar um campo magnético. Eles acompanhavam o campo visual do médico através do domínio mental.

Na Terra, o doutor Lucas já sentia os efeitos daquela invasão. Fora acometido por uma dor de cabeça repentina e interrompeu uma reunião. A dor era incapacitante. Ele se sentiu tão impactado por ela, que pediu um táxi para ir para casa. Lá, encontrou uma carta de Esther dizendo que fora a Aigam com a filha, mas não dava detalhes. Ele suspeitava que tinha a ver com o hospital onde diziam acontecer milagres. Sentou-se no sofá e se sentiu absolutamente apavorado e sem controle do que estava acontecendo. Parecia mais um pesadelo daqueles em que não se vê a hora de acordar. Era o medo de estar sozinho diante de uma dor insuportável e desconhecida.

Ouviu um barulho na cozinha.

– Quem está aí?

Ninguém respondeu. Imaginou que poderia estar tendo alucinações. Foi até o quarto e pegou o analgésico mais forte que tinha.

– Vou dormir e amanhã estarei melhor.

Antes de se deitar, voltou para a cozinha, onde buscaria água. Quando chegou lá, viu a figura de seu irmão. Abriu a torneira e jogou água no rosto.

– Estou com algum problema neurológico.

– Não está. Eu vim dizer que você é o culpado. Culpado pela minha morte. Quero que entenda toda a dor dessa culpa.

Lucas desmaiou.

Em Dragon, Saddah comemorava a primeira tentativa bem--sucedida de materialização. Seu objetivo era enlouquecer os humanos para que ficasse mais fácil manipulá-los e dominar a Terra, vencendo, assim, a batalha de luz contra as trevas.

– Temos muito o que aprimorar, menino, mas é esse o caminho. Vamos enlouquecer os humanos. Vamos para a tentativa em massa!

Ao mesmo tempo, ainda em Dragon, Yunet não conseguia esconder que algumas emoções controversas tinham vindo à tona.

Presenciara o nascimento do menino e, apesar de não ter qualquer simpatia por Lis, sabia que aquele não parecia ser o destino dele. A gargalhada de Saddah ecoava pelo centro de controle, onde toda tecnologia disponível parecia funcionar como nunca. Para o médico que vivia na Terra, aquilo não passava de alucinação. Por isso, quando se recuperou, levantou do chão decidido a realizar uma ressonância na cabeça. Já era tarde, mas imaginou que seria a hora ideal para seguir ao hospital sem levantar suspeitas. Telefonou para o chefe do Departamento de Neurologia e explicou o ocorrido. O colega pediu que ele fosse até lá para que pudessem fazer alguns exames. Em questão de horas, o doutor Lucas já estava no centro de ressonância. Ao sair, o neurologista confessou que não acreditava que houvesse algo de errado, embora soubesse de algumas condições atípicas que acometiam pacientes raramente.

– Doutor Lucas, existe uma condição rara que causa alucinações realistas chamada alucinose peduncular. Um procedimento de angiograma pode fazer um coágulo se desalojar e isso desencadeia alucinações. O senhor fez algum procedimento desses?

O doutor Lucas fez uma expressão de espanto.

– Não. Jamais. Minha saúde é perfeita. Isso nunca aconteceu. E, pelo que eu saiba, essa doença é rara e traz um caso em cada trezentos milhões de pessoas. Em toda a minha vida médica, jamais tratei um paciente neste hospital com essa condição.

– O senhor... sofre de psicose mental?

– Olha só, eu fiz essa ressonância porque quero saber se está tudo bem. Tive uma dor de cabeça incapacitante algumas horas antes do ocorrido. Só quero me certificar de que estou bem.

Era assim que, em um reino sombrio distante dali, Saddah criava um clima de medo através da materialização de Karrazah, enlouquecendo não só o doutor Lucas, mas centenas de pessoas na Terra.

A PROTEÇÃO

Durante o voo, Lis refletiu sobre a importância de vencer o medo e dar o primeiro passo. *Se as pessoas entendessem que cada experiência ajuda na realização dos sonhos, não seria preciso ter medo de arriscar. Não existem fracassos, e sim resultados importantes e necessários para o aprendizado*, ela pensou. Rascunhava algumas palavras numa folha de papel que entregaria para Lalinha mais tarde.

Era madrugada quando desembarcaram, portanto não havia ninguém acordado na cidade. Viu uma luz acessa na casa de Rubens, que ficava de frente para a praça principal, e decidiu que tocaria lá com Esther, já que precisavam levar Catarina imediatamente ao hospital, pois estava infectada com o vírus.

Catarina dormia numa cadeira de rodas adaptada. Parecia frágil e desidratada. Quando Lis tocou a campainha, o doutor Rubens abriu a porta assustado.

– Lis! O que faz aqui?

Olhou para Esther e Catarina sem entender o que estava acontecendo.

– Essa é Esther, esposa do doutor Lucas. Essa é Catarina, filha deles. Esther me ligou ontem. Existe uma contaminação severa do mesmo vírus na cidade e a menina foi diagnosticada. Por sorte, Esther me ligou e conseguimos vir para cá a tempo. Chegamos agora e a produção do programa que está cobrindo meus passos chega pela manhã. Temos que começar a agir em Catarina ainda esta madrugada e treinar as equipes para que possam preparar os médicos do hospital da cidade.

Rubens parecia não conseguir assimilar os fatos, mas sua veia médica dizia que precisavam correr com a paciente.

– Vamos para o hospital.

Foram juntos e logo instalaram Catarina e sua mãe num quarto. A primeira providência de Lis foi trazer consciência para Esther.

– Tudo que você verá aqui não corresponde à medicina que conhece e com a qual está acostumada. Vamos restaurar o equilíbrio de Catarina. Algum bloqueio a fez perder a sintonia com sua saúde. Ela parece intoxicada. Está tomando remédios há muito tempo?

Esther não sabia responder, mas pegou o prontuário da menina em sua bolsa.

– O corpo dela é inteligente no nível quântico e sabe do que precisa. Vamos modificar os alimentos, a rotina e fazê-la entrar em contato com seu corpo.

Lis ficou pensando sobre como a vida na Terra trazia desafios. Percebeu que a evolução da espécie dependia de que cada um fizesse as escolhas certas dia após dia.

– Derrotar vírus e bactérias letais é brincadeira de criança comparado ao esforço necessário para derrotar um hábito destrutivo – brincou.

Esther estava mais aliviada. Por mais estranho que aquilo pudesse parecer, pela primeira vez confiava numa resposta sem precisar olhar para o resultado de um exame.

– Todos temos o impulso de evoluir e progredir, Esther. Eu sei por que isso aconteceu com sua filha. Infelizmente, ela está debilitada neste momento, mas vai se recuperar em alguns dias. Tenho a intuição de que esse era o único jeito de trazê-las para Aigam. Sinto que a vida da senhora vai mudar de modo drástico.

Esther pareceu entrar em pânico.

– Como assim, mudar?

Lis pressentia que Esther se reconectaria com seu coração, e isso a deixaria mais próxima de Catarina, gerando a cura da relação entre as duas. Também sentia que ali ambas estavam protegidas de algo que ela não conseguia identificar. Sua certeza, porém, era de que Esther encontraria um novo rumo para a ciência e seria a grande porta-voz dos avanços da medicina que aplicavam em Aigam. Só ela seria capaz de convencer o marido a ceder e ouvir que o tratamento tinha fundamento.

Deixou aquela conversa convicta de que as mudanças estavam acontecendo de forma acelerada. Seu coração dizia que precisava conversar com Lalinha, então se dirigiu à casa dela antes de retornar à própria casa.

Quando a menina abriu a porta, confidenciou como se precisasse dizer um segredo:

– Preciso te contar uma coisa...

Lis abaixou-se e a menina disse em seu ouvido:

– Desde que você me deu o diário, coisas estranhas têm acontecido.

– O que você chama de estranho?

Lalinha explicou que escondia o diário debaixo do seu travesseiro, e todas as noites, quando dormia com ele ali, tinha sonhos que nunca tivera.

– Que tipo de sonhos? – Lis parecia curiosa e intrigada.

– Com um lugar bonito. Um lugar cheio de música, crianças, flores. Só que...

– O quê?

– Eu também sonho com outro lugar bem feio...

Lis ficou arrepiada.

– Esses sonhos conversam com você?

– Nesse lugar feio, é como se eu estivesse lá e não fosse vista. É como se eu chegasse lá, andasse entre as pessoas e ninguém conseguisse me ver. E, quando eu acordo, fico achando que foi tão real. Ontem tive um sonho mais uma vez, lá nesse lugar feio. Havia um menino cujo rosto não consegui ver direito, pois ficava embaçado. Parecia ser um rapaz com seus catorze anos e com um pai muito mau. Eles estavam de costas. Esse homem queria fazer coisas ruins com as pessoas da Terra.

– E ele conseguiu?

– Conseguiu. Diziam que tinha sido um teste e que iam fazer aquilo mais vezes.

– Você lembra o nome desse homem?

– Saddah – disse Lalinha.

Quando ouviu aquilo, Lis tremeu dos pés à cabeça.

– Lalinha – disse Lis, suspeitando de algo –, por favor, me leve até sua mãe. Eu preciso conversar com ela.

– Mas... Está tudo bem?

– Sim, eu só preciso me certificar de uma coisa.

– Ela foi para o hospital.

Perguntou se a menina poderia ir até lá com ela e saíram rumo ao hospital. As coisas estavam se conectando, como se um grande quebra-cabeça pudesse se formar.

Assim que chegaram ao hospital, encontraram Luna preocupada.

– Lis! Que surpresa revê-la! Como foi na cidade? Foi um mês intenso, hã? Mas todos em Aigam sabiam que você tinha essa vocação natural para a música desde o primeiro dia em que pisou num palco! Só colheu o resultado! Vi a música que se espalhou e a participação no reality show! Você vai brilhar pelo mundo!

– Foi tudo bem sim. – Lis sorriu timidamente. – Mas vim aqui por outro motivo.

– Diga, querida, em que posso ajudá-la?

– Luna, me conte uma coisa... Como foi a gestação da Lalinha?

Luna emudeceu. Olhou para os lados e voltou-se para Lis com uma expressão de quem tinha sido pega desprevenida.

– Por que esse assunto?

O tom na voz de Luna denunciava que ela escondia algo. A intuição de Lis parecia estar certa.

– Luna, você sabe que... – Pensou um pouco antes de formular a pergunta. Poderia colocar tudo a perder. – Você sabe que eu faço pesquisas. Eu sinto que Lalinha tem algo especial.

Luna parecia desarmar.

– Ela é especial.

– Sim, acredito que sim. Mas aconteceu algo diferente durante a gestação dela? Aconteceu algo incomum no parto da Lalinha?

Luna puxou o braço de Lis e pediu que fossem a um lugar mais reservado. Entraram numa sala, onde a esposa do doutor Rubens fechou a porta girando a chave.

– Quem te contou isso? – indagou com olhar inquisidor.

– Quem me contou o quê?

– Foi o Rubens, não foi?

– Luna, escute, o doutor Rubens não me disse absolutamente nada da vida pessoal de vocês dois. Eu tenho observado a Lalinha há algum tempo e sei que ela tem algo diferente.

– Lis, você nunca ia entender – disse e se sentou, suspirando.

– Luna, por favor, me conte – Lis pediu, ajoelhando-se diante dela.

Ficaram olhando uma para a outra em silêncio até que Luna começou:

– Lis, eu vou me abrir com você. Nem sei por que estou te contando isso, mas vamos lá. Rubens não pode ter filhos, então começamos a imaginar que poderíamos adotar uma criança. Só que ele preferiu uma fertilização *in vitro*. Mas a minha gravidez foi diferente de todas as gestações que eu vi.

– Por quê?

– Não sei... Eu diria que a duração foi bem mais curta, e ela nasceu perfeita. Tenho a impressão de que ela se formou com uma velocidade mais rápida que o normal. Como o Rubens é cientista, passamos anos pesquisando o que poderia ter acontecido, mas nunca soubemos a resposta. Só sabíamos que isso era raro demais e não havia nenhum caso parecido na literatura médica. Por isso, decidimos omitir de qualquer pessoa, porque ela poderia virar fruto de estudo e não queríamos que isso acontecesse.

– Entendo... faz sentido.

Luna fechou os olhos e mordeu os lábios.

– Pode parecer uma grande mentira, mas a verdade é que no dia da fertilização alguns mistérios aconteceram... e... por alguma razão... ninguém sabia responder qual a procedência daquele espermatozoide em específico. Depois de algum tempo, o laboratório ligou e disse que havia ocorrido um erro, mas eu já estava grávida, feliz e não queria saber de mais nada. Decidimos abafar o caso e não contar para mais ninguém.

– Luna, acho que preciso te contar algumas coisas que podem fazer algum sentido para você. Eu vou manter o seu segredo. Você guarda o meu. Tenho certeza de que Lalinha está aqui para me ajudar de alguma forma, embora eu só tenha descoberto que ela é uma enviada neste exato momento.

Então, começou a narrar sua história.

Contou que nascera em Yevé, um reino distante da Terra onde era pura em essência de amor, e com o passar dos anos se afeiçoara a um jovem que era obcecado por ela. Como em Yevé cada habitante tinha um dom ou poder, ela sabia gerar energia e aquele homem sabia manipulá-la. Formavam um casal de amigos formidável com energias complementares, até que ele quis criar o próprio reino. Usou seu poder de manipulação e fez grande parte dos habitantes de Yevé o seguirem em sua armadilha. Foi assim que direcionou energias para criar Dragon, que é um lugar escuro, cinzento, no qual ninguém sente emoções ou está ligado ao coração.

Luna mantinha os olhos arregalados e Lis continuava contando toda sua saga, até Dragon e a gestação. Luna parecia ver todas as peças se encaixando. Pegou as mãos de Lis enquanto uma lágrima escorria de seus olhos.

– A primeira palavra que ela disse... foi Yevé... Eu sempre tive a impressão de que ela não era deste mundo. Ela dizia coisas que eu não conseguia entender, mas eu preferia achar que era coisa de criança. Conforme ela foi crescendo, percebi que ela parou de falar porque via as pessoas estranhando aquilo que dizia. Era como se ela anulasse algo em si mesma. Quando você chegou aqui, ela voltou a ser ela mesma. Parecia brilhar... E eu tive alguns sonhos.

– Que tipo de sonhos?

– Eu não sei explicar, mas tinham relação com Benjamin, o filho perdido de Lázaro. Era como se Lalinha fosse encontrá-lo.

Lis sentiu o coração disparar. Não estava entendendo.

– Lázaro tinha um... filho?

Antes que Luna pudesse responder, Rubens invadiu a sala apressado.

– Desculpem interromper, mas vocês precisam ver algo.

As duas o seguiram e entraram em sua sala, onde um televisor estava ligado. No noticiário, o repórter dizia que o grande hospital em Ancathan, dirigido pelo doutor Lucas Segal, estava no epicentro de um mistério. Naquela manhã, duzentas pessoas tinham buscado internação voluntária alegando alucinações. A suspeita era de que uma contaminação por algum medicamento pudesse interligar os fatos, mas as vítimas aparentemente não haviam ingerido qualquer substância.

Lis estava com os olhos vidrados na tela quando falou sem perceber:

– Eles estão tramando algo para destruir a mente humana.

Rubens ficou olhando para ela sem entender enquanto Lis e Luna se entreolhavam. Lis escreveu num papel e entregou para Luna sem que ninguém pudesse ler o que estava escrito: "Lalinha esteve em Dragon esta noite. Ela viu esse teste acontecer. Ela tem o manto de proteção. Fique tranquila. Precisarei dela para entender o que os dragonianos estão querendo fazer com a Terra".

A Batalha já tinha começado.

UNINDO FORÇAS

– Mamãe, eu nunca me senti tão bem. Vamos morar aqui?

Catarina inalava ar puro no jardim do hospital e caminhava ao lado de sua mãe, que não conseguia entender como a menina restaurara suas forças tão depressa. Seu pai, embora estivesse hospitalizado em Ancathan, ordenou a todos do hospital que não contassem a Esther, já que não queria preocupá-la, só de saber que sua filha correra risco de vida. No entanto, o fato de ela já estar recuperada o deixava mais forte para combater aquela doença tão inusitada.

– Filha, esse milagre que aconteceu com você me fez repensar muitas coisas. Não sei se vamos morar aqui, mas quero passar um tempo em Aigam e entender como trabalham neste hospital. Até os conhecer, eu achava que o hospital da cidade era bom, mas agora percebo que lá eles prescrevem remédios, aqui eles cuidam das pessoas.

– Que engraçado, mãe. E você perguntou para Lis como curar essas pessoas?

Esther ficou calada e pensativa. Do jardim do hospital podia ver a aglomeração lá fora em torno das gravações do reality show de que Lis participava.

– Parece que agora ela está ocupada com outras coisas.

O povo de Aigam estava orgulhoso em receber a protagonista de *Nasce uma Estrela*. Cada um queria dar seu depoimento para aparecer na atração, já que Lis era motivo de orgulho para eles, que tinham visto o nascimento da cantora ali nos palcos de Aigam.

Assim que conseguiu se desvencilhar do grupo, Lis correu para a casa de Lázaro. Estava ansiosa para reencontrá-lo, sobretudo depois que descobrira que ele também tivera um filho desaparecido. Sentia que aquele fato poderia unir os dois. *Mas... por que ele nunca me contou? Benjamin... nunca nem falou sobre o menino*, perguntava a si mesma.

Assim que chegou lá, foi recebida por Sinhá, que estava exultante com seu retorno. Abraçaram-se longamente e a velha senhora podia jurar que Lis estava com o corpo brilhando ao redor de si, embora não dissesse nada.

– Quando a intenção é verdadeira, o Universo favorece! Você conseguiu levar a música de Aigam para o mundo!

Lis começou a contar sobre como as coisas tinham acontecido rapidamente e Sinhá a observava como quem conhecesse o movimento acelerado de tudo quando as pessoas se colocavam em movimento.

Se todo mundo soubesse que para concretizar basta querer e se movimentar... a vida seria bem mais fácil, pensou enquanto admirava Lis em sua nova roupa feita sob medida para o programa.

Entraram juntas na casa e, enquanto Sinhá preparava um chá, Lis tocou no assunto:

– Sinhá, mudando um pouco de assunto... Lázaro tem um filho desaparecido?

Sinhá deixou a chaleira fervendo cair. Lis levantou da cadeira assustada e correu para socorrê-la.

– Sinhá, você se queimou toda! Precisamos ir para o hospital.

Enquanto terminava a frase, viu as queimaduras sumindo do corpo da mulher. As duas ficaram em silêncio.

– O que está acontecendo aqui? – perguntou Lis.

– Parece que você não é a única que tem segredos, não é mesmo? Aigam é um lugar cheio de mistérios, não acha?

– Eu já não estou entendendo nada.

– Não tente entender, Lis. A verdade surge na hora que deve surgir.

– E eu posso saber a verdade sobre você e Lázaro?

Sinhá pediu que ela se sentasse. Estava prestes a contar seu maior segredo.

– Durante muito tempo, morei em Yevé...

Ao ouvir aquela informação, Lis se espantou. Não conseguia dizer nada, só relacionar os fatos.

– Yevé?

Lis estava num misto de excitação e felicidade. Ao mesmo tempo, sabia que por fim as peças se encaixavam.

– Sim. Fui banida de lá.

– Mas o que aconteceu?

– Eu transferi poderes para um ser da Terra.

Lis continuava sem entender.

– Eu conseguia transferir forças entre os reinos. Era só acessar mentalmente o lugar e, então, fazer a transferência. Até que um dia acessei a mente de uma humana em sofrimento. O nome dela era Celeste. Ela era casada com um homem, que morreu. E foi estuprada pelo prefeito da cidade, que depois a fez se casar com ele. Eu sabia que o filho dela tinha herdado seu coração, mas o coração dela congelou no momento em que começou a conviver com aquele homem. Foi aí que comecei a intervir de Yevé.

– E o que aconteceu depois disso?

– O que aconteceu foi que ela não tinha forças para gerar essa criança. Ela estava muito infeliz com a morte do marido e com tudo que acontecera. Então, eu transferia a minha força para ela conseguir gerar o bebê.

– Mas isso quer dizer que, se um bebê nasce com a força de um yevens...

– Isso mesmo, esse bebê é um mutante. Ele traz a força humana e a força de Yevé. Por isso, quando o Conselho descobriu que eu fiz aquilo, baniu a minha presença daquele reino... E também... enfim... porque era necessário intervir.

– E o que aconteceu com a mulher e a criança?

– Por sorte, a criança foi gerada, mas a mãe não resistiu. Era o final da gestação e ela não sobreviveu ao parto. Sem a minha transmissão de forças, ela não conseguia mais viver.

– E o menino?

Conforme ela terminou a pergunta, Lázaro entrou pela porta da cozinha, cumprimentando as duas. Lis perdeu a fala.

– Lázaro?

Sinhá abriu um sorriso, como se confirmasse a suspeita de Lis.

– Estão falando de mim?

As duas se entreolharam e Lis percebeu que Lázaro não sabia do segredo de Sinhá. Ele se moveu com agilidade em direção a Lis. Estava ansioso para vê-la, pois ficara muito tempo fora. Ao mesmo tempo, sua natureza reservada não o permitia abraçá-la de imediato. Portanto, ficou ali, fazendo perguntas sobre o programa e a nova fase na música. Sabia o quanto ela gostava daquilo e estava feliz pela conquista de Lis. No entanto, Lis ainda estava com a mente nas informações que Sinhá dissera minutos antes.

Lis precisava de um tempo para assimilar tudo. Estava perplexa. Lázaro era um mutante, gerado com a energia de Sinhá através da transmissão de forças entre os reinos, Sinhá era uma yevens que fora banida pelo Conselho e Lalinha tinha nascido fruto de uma combinação genética provavelmente modificada. Com aquela conjunção de fatores, era evidente que a Kundalini os fortalecendo fazia de Aigam um lugar com uma vibração mais alta que a de outros locais, onde fenômenos que parecem sobrenaturais aconteciam e curas misteriosas eram possíveis.

O único mistério que ainda parecia indissolúvel era o tal filho de Lázaro que ele jamais mencionara. Sabia que, de alguma maneira, aquele fato tinha relação com seu filho, mas não sabia como chegar à questão e perguntar a Lázaro sobre o assunto.

Questionava-se por que Sinhá nunca contara a verdade a Lázaro. Ao mesmo tempo, imaginava que ele não acreditaria. Sentia-se confusa e pensava mais uma vez em seu filho. Onde ele estaria?

CAPÍTULO XII

DESCOBERTAS

– Você está segura, Lalinha.

– Eu sei, Lis.

Era a primeira noite que fariam a tentativa. O plano de Lis parecia perfeito. Entrariam em Dragon através da mente de Lalinha. Lis pedira a permissão de Luna para que deixasse a filha testar seus possíveis poderes yevens ao seu lado e contava com Sinhá.

Reuniram-se as três na casa de Lázaro e se prepararam, fortalecendo seus campos magnéticos para a viagem astral.

– Lalinha, vou gerar energia e você vai se concentrar naquele lugar que visitou. Sua mente fará com que você esteja lá, mas eles não poderão vê-la ou senti-la. Precisamos criar essa corrente, eu, você e Sinhá, para mantê-la em segurança.

– Depois que fui banida, não consigo mais transferir forças entre mundos, mas consigo projetar o que ela estiver vendo para que possamos visualizar holograficamente – explicou Sinhá.

As três se entreolharam e Lis respirou fundo. Sentia que precisava investigar Dragon, pois sua estratégia de elevar a frequência da Terra poderia ser minada por Saddah, caso ele estivesse instalando pânico entre a população. O medo era o maior destruidor das energias e frequências de luz. E se ele estava envolvido na criação dos vírus e enlouquecendo as pessoas da cidade, ela precisava de aliados para lidar com o que ele fazia.

– Estou pronta.

Lalinha fechou os olhos com segurança como se estivesse preparada desde seu nascimento para aquela missão. Lis soprou o ar com força diante da menina para criar a imagem de Dragon em sua mente. Ela, que gerara energia para Dragon durante tanto tempo, sabia mais do que ninguém qual frequência acessar para estar naquele lugar. Era como sintonizar um rádio numa estação.

A menina não teve dificuldades e logo sua mente estava diante do Centro de Controle. Lis respirou fundo ao ver Saddah. Sabia que ele sustentara sentimentos de baixa frequência desde que ela tinha ido embora, mas não imaginava vê-lo daquela maneira.

– Lis, concentre-se no plano – sussurrou Sinhá, vendo que Lis começava a envolver-se emocionalmente com a missão.

– Desculpe.

Enquanto Lalinha os observava sem que eles sentissem que estavam sendo observados da Terra, Saddah mandou que levassem Karrazah.

– Este menino nos fará cumprir a missão que tanto tempo aguardamos para colocar em prática!

Elas ouviam tudo em silêncio, mas Lis se perguntava de quem estariam falando. Quem era o tal Karrazah?

– Lis, a nossa energia não pode cair – continuou Sinhá.

As três ficaram observando a movimentação em Dragon, até que surgiu a figura do menino, que permanecia de costas.

O coração de Lis disparou. Ela era portadora de uma visão ultragenética, dom que nem sempre usava, mas naquele momento sentiu que era preciso escanear aquele DNA e identificar de onde vinha a linhagem do menino que lhe parecia tão familiar.

– É... Erosent! – espantou-se Lis.

– Benjamin! – gritou Sinhá.

Do Centro de Comando, Saddah gritava eufórico:

– Karrazah, meu filho!

O efeito das emoções atingiu Lis e Sinhá em cheio. A figura do menino trazia nas duas lembranças tão profundas que o impacto as fez se desconectar daquele momento. Sem a corrente de energia, Lalinha despertou do que, para ela, parecia um sonho.

– O que aconteceu? – disse a menina. – Por que voltei? Por que paramos?

O campo magnético de ambas parecia ter levado um choque. Lis não conseguia conter a emoção ao ver o filho e não imaginava que ele estaria em Dragon, sendo manipulado por Saddah.

– É meu filho! Saddah está usando meu filho contra mim! Erosent... Ele é o menino que gerei. Eu o chamava de Erosent. Esse menino, que Saddah hoje chama de Karrazah, é Erosent. Ele roubou meu filho!

Sinhá, que até aquele momento não tinha entendido o que estava acontecendo, finalmente decifrou o mistério. Estava tão chocada quanto Lis.

– Lis, a missão não falhou. Acho que descobrimos a missão agora, na verdade. Existe algo que você precisa saber – disse Sinhá, ainda perplexa com a revelação.

Lis tentou recuperar-se do choque. Não conseguia conter o turbilhão de emoções ao ver o filho sob o domínio de Dragon.

– Há muito tempo, eu soube que um ser intergaláctico, filho de uma yevens, seria abduzido durante um eclipse. Tinha tido um sonho revelador.

Sinhá se recompôs. Sabia que dizer aquilo exigiria muito das duas, mas precisava ir adiante. Deu um copo de água a Lis e prosseguiu.

– No dia do eclipse, eu me dirigi ao local que vira em meus sonhos. Lá estava o bebê, perto do mar onde você foi encontrada. Aquele mar tem um portal para outras dimensões.

Lis escutava, atenta. Sabia o que Sinhá ia dizer, mas precisava ouvir de sua boca.

– Assim que encontrei o menino, Lázaro apareceu. Ele estava preocupado comigo e foi me buscar na floresta. Quando me encontrou, expliquei que tinha encontrado a criança e viemos para esta casa com o bebê. Demos a ele o nome de Benjamin.

Lis deixou as emoções humanas a dominarem.

– Meu filho? Onde está meu filho? Vocês ficaram com ele? Por quanto tempo? Onde ele está? Como foi parar nas mãos de Saddah? Como ele voltou para Dragon?

– Acalme-se, Lis. Eu e Lázaro cuidamos dele como se fosse um filho. Benjamin era especial. Tinha poderes natos que eu percebi imediatamente. Ter Lázaro por perto facilitava, porque eu sabia que ambos tinham uma história parecida e poderiam curar um ao outro. Eles precisavam se encontrar.

– O que você quer dizer com histórias parecidas?

– Lis, os dois foram gerados por casais com energias de polaridades diferentes. O bem e o mal. Os dois haviam sido afastados de suas mães durante o nascimento. Eles precisavam se encontrar. Lázaro, que estava frio desde a morte do pai, transformou-se. Fazia tudo para agradar o menino e conheceu, pela primeira vez, o amor. Eu sentia que aquela criança era descendente de Yevé, mas também sentia o mal rondando nossa casa.

– Como?

– Lázaro era filho de duas polaridades. Então, ele tinha facilidade de pender para os dois lados. Essa era minha preocupação. Ele começou a sofrer influências psíquicas do mal, fazendo-o cantarolar músicas estranhas. Até que Lázaro teve a repentina vontade de ir para uma caverna. O menino já tinha sete anos.

– O tempo em Yevé corre de outra maneira. Pareceram alguns dias... – relembrou Lis. – Eu saí de Dragon e em Yevé tive a impressão de que se passaram apenas alguns dias até que eu voltasse para a Terra. Na época, pensei que encontraria ele ainda bebê.

– Os tempos nos reinos caminham em velocidades distintas. Por isso, conseguimos viajar entre dimensões, espaço e tempo. Mas, como eu estava falando, sabia que Yalom, o maldoso pai de Lázaro, escondera toda sua fortuna em ouro em uma caverna antes de ele nascer. Provavelmente, o sussurro do mal o fez ouvir uma promessa de dinheiro e tesouro. Foi assim que Lázaro foi tentado a ir para a caverna. Com ele, levou Benjamin.

– O que aconteceu?

– Lis, houve um desabamento e o menino ficou preso. Quando Lázaro retornou com ajuda, ele não estava mais lá. Eu, que já tinha sido penalizada em Yevé por ter interferido no livre-arbítrio dos humanos, me calei. Prometi que não diria mais nenhuma palavra até que sentisse absoluta certeza do que dizer... E você apareceu... No momento em que te vi, soube que seu nome era Lis.

– Como tiveram coragem de esconder isso por tanto tempo?

– Não sabíamos que ele era seu filho.

– Vocês o perderam... Se vocês não tivessem falhado nessa missão simples, eu chegaria na Terra e estaria com ele aqui. E ele estaria nos ajudando a salvar o planeta, e não o pai a destruí-lo! A culpa é toda de vocês!

Sinhá entendia aquela dor, mas não retrucou. Esperou ela colocar as chagas do coração para fora.

– Eu falhei! Eu perdi meu filho! Agora ele tem outro nome e está sendo doutrinado para sugar tudo o que os humanos têm de mais precioso! Como vou libertar Dragon? Como vou libertar a Terra da influência de Saddah? Como vou lutar contra meu filho?

Estava energética, emocional e fisicamente derrubada. Aquele golpe parecia ter acertado em cheio seu coração. Pegou a mão de Lalinha e virou as costas para Sinhá.

– Vamos embora!

– Lis!

– Não posso mais ficar aqui.

Já era tarde da noite quando Lis saiu pela porta e pediu que Lalinha dormisse na casa de Lázaro e avisasse aos seus pais. Ficou vagando pelas ruas até encontrar uma viela onde ninguém poderia vê-la. Chorou durante horas. Ao contrário de lavar a alma, suas lágrimas traziam à tona seus medos. Percebia que perdera a batalha para Saddah e não fazia ideia de como poderia agir.

Seu sofrimento era palpável. De tanto chorar, ficou exausta. Dormiu na calçada, com a cabeça recostada na parede. Quando entrou em sono profundo, recebeu uma mensagem em forma de sonho.

"A Terra veio surgindo por ondas. A primeira onda fez surgir a matéria. A matéria surgiu sob a forma de energia. Depois de bilhões de anos, veio uma segunda onda, a qual provocou o surgimento da vida, que começou com organismos unicelulares. Estes foram evoluindo por uma cadeia filogenética, a vegetal e a animal, até aparecerem os mamíferos.

Depois de milhões de anos veio uma terceira onda, que fez surgir a mente. Foi quando surgiu o primeiro Homo sapiens, *que desenvolveu uma visão de individualidade. Os terráqueos são os únicos animais que sabem que existem, mas sabem também que vão morrer.*

A inteligência humana veio como um desdobramento do próprio Universo, assim como você chegou para trazer essa quarta onda. Por isso, no dia em que a mãe Terra pariu você, aconteceu uma grande chuva, para lavar tudo, porque agora trazemos a onda que é a elevação de consciência para o amor.

Existe uma lei universal, que é a lei da evolução. Tudo está em constante movimento. Haverá o resgate da própria consciência à medida que passar lentamente pelos reinos elemental, mineral, vegetal, animal, humano, angelical e yevens.

A vida vai dirigindo a evolução da matéria. Tudo que aconteceu até hoje está evoluindo para esse momento agora. Chegou a hora de você enxergar onde está a raiz de todos os sofrimentos. Você está experimentando a quarta onda, que é a consciência do ser que se deixou influenciar por forças externas e pela própria vaidade.

A identificação com o falso eu trouxe a raiz de todo o mal, uma personalidade construída de fora para dentro. O ser humano, ao nascer, recebe uma identidade, uma história que ele acredita ser. E como durante a evolução terráquea houve choques de dor, foram desenvolvidos mecanismos de defesa. Um desses mecanismos de proteção é a mente, que faz com que usemos muitas máscaras para que possamos nos sentir amados e aceitos. Acenda a luz para a existência de uma consciência maior, que é Deus dentro de cada um.

Enquanto o terráqueo não perceber isso, continuará a viver nessa verdade ilusória... Esta mensagem vem para mostrar que existe uma verdade, mas é preciso ter coragem para acordar deste sonho em que houve uma identificação, senão todo o planeta será destruído e dominado pelas forças do mal. É preciso remover essa máscara reconhecendo que há uma realidade transitória que esconde a nossa verdadeira identidade. Esse sonho que causa o sofrimento dos humanos, porque gera a ilusão de que o ser humano é separado do todo, é a realidade ilusória. Será possível enxergar a verdadeira realidade onde não há separação.

Embora o despertar seja individual, esse processo de transição precisa do envolvimento de terceiros. Você veio para salvar a humanidade, mas sozinha não consegue nada porque a guerra é dentro de cada um. O que fez os terráqueos chegarem até aqui não será o que os levará até a era do amor. Essa batalha está sendo travada para que possamos eliminar o que separa o ser humano da sua verdadeira essência."

A QUEDA DA ESTRELA

– Mas como assim não encontram Lis?

Os produtores de *Nasce uma Estrela* estavam preocupados. Perguntavam a todas as pessoas de Aigam e ninguém sabia dizer por onde andava a aspirante a cantora que já tinha ídolos pelo mundo todo acompanhando seu reality show. Já haviam conversado com Lázaro e Sinhá, que também não sabiam do paradeiro de Lis. A preocupação era que ela tivesse desistido. Caso desistisse, não poderiam substituir a personagem do projeto ambicioso que a emissora tinha para alavancar sua carreira.

Todos viam em Lis uma cantora promissora, com um potencial de atingir em cheio o coração dos telespectadores. As poucas pesquisas feitas pela internet apontavam que o público se emocionara com a voz e com as mensagens positivas da moça e pareciam se sentir melhor depois de ouvi-la. O fenômeno, que já estava sendo chamado pelas redes sociais de "efeito lis", alimentava a indústria do entretenimento, que queria apostar na cantora. No entanto, Lis estava desaparecida.

O telefone de Jason não parava de tocar. As pessoas envolvidas na negociação pediam que a gravadora trouxesse novidades da cantora.

– Ninguém sabe, ninguém viu! – repetiam os produtores, que já imaginavam seus contratos sendo cancelados.

Quando acordou, Lis percebeu que a cabeça doía. Estava largada, suja e desorientada. Mal conseguia levantar-se.

– Meu filho... – foram suas primeiras palavras assim que abriu os olhos.

Seu corpo todo doía. Sentia raiva, medo e frustração. Caminhou alguns passos e logo foi abordada por um dos produtores do programa, que circulava por todos os cantos para encontrá-la.

– Lis, onde você estava? Que loucura! Precisamos gravar.

– Gravar?

Sua memória deletara as cenas relacionadas ao reality show. Seus olhos, que já estavam esbugalhados de tanto chorar antes de dormir, produziram mais lágrimas.

– Sim! O reality show... *Nasce uma Estrela*... Menina, seu cabelo está horroroso. Onde você estava? Lis, você estava bêbada? Minha nossa, que babado! Uma estrela em decadência e desequilibrada. Se a imprensa sabe que você mal começou e já está nesse caminho, vai ser um prato cheio.

– Prato cheio para quê?

O produtor era jovem e ambicioso o suficiente para perceber que tinha uma mina de ouro nas mãos.

– Deixa eu tirar uma foto sua para avisar a equipe que a encontrei.

Fotografou Lis numa situação tão lastimável quanto reveladora. Antes de dar um sorriso, ele se despediu e disse um simples "boa sorte", como se nada tivesse acontecido.

Em minutos, aquelas fotos faziam as redes sociais ferverem. Mal-intencionado, o jovem garoto vendera a imagem para um tabloide que estampava a manchete:

"A queda da estrela."

Na reportagem, escrita em alguns minutos por um jornalista que pagava uma verdadeira fortuna por furos de reportagem, Lis era descrita como uma jovem que surgira como um cometa e desapareceria como tal.

"Para ser uma estrela, é preciso saber brilhar", dizia o jornalista, sem saber que a jovem vivia um momento em que toda sua luz tinha se apagado.

Nas trevas, Lis via sua mente nublar-se por um motivo muito mais forte: tinha medo de perder para sempre o filho e não ser boa o suficiente para realizar a missão que fora designada a ela. A dor chegava sem pedir licença, invadindo todas as células de seu corpo. Era como se Lis refreasse sua sede de viver e parasse de brilhar.

Para os produtores do programa, que viam aquele cenário desastroso como reflexo do que acontecia dentro de Lis, a queda da estrela representava também uma oportunidade.

Embora valorizasse a voz e a emoção de Lis, os empresários sabiam que o público ficava comovido com estrelas imperfeitas que tinham segredos que pareciam indecifráveis. Sem saber de nada do que acontecia no show business, Lis lentamente se conscientizou de que precisava cumprir com sua palavra e retomar seu papel no reality show.

Enquanto isso, num lugar não muito longe dali, Lalinha lia em voz alta o diário que Lis deixara com ela. Parecia que as coisas estavam fazendo algum sentido. Lalinha parecia começar a entender o motivo pelo qual Lis o entregara, por isso foi buscá-lo e continuou a ler em voz alta:

"Se as energias vitais se voltam contra nós, elas trabalham contra nós. Somos geradores e criadores de energia natural e vivemos sob a lei do efeito e da causa. O efeito depende da causa. Se colocarmos semente no solo, ela germina. Se a causa existe, pode germinar. Temos que escolher o efeito e ver o que vai acontecer. Como não deixar que o futuro seja uma repetição do passado?

Perceber o momento como ele é para que o próximo exista como uma possibilidade, esse é o caminho. Nós somos a própria barreira entre a nossa missão e a nossa vitória. Ninguém está nos impedindo de fazer nada, mas nos sentimos paralisados porque nos identificamos com o medo, com a doença e o sofrimento. Não há ninguém entre você e o seu destino."

CAMINHO SEM LUZ

Lázaro estava aflito quando encontrou Sinhá na cozinha.

– A senhora sabe o que está acontecendo com Lis?

Sinhá continuou de costas. Estava com os olhos inchados de tanto chorar.

– Precisamos conversar – disse, virando-se e o encarando.

Lázaro levou um susto com a expressão de tristeza de Sinhá.

– O que foi? O que aconteceu?

– O que acontece no passado deixa marcas no presente e pode deixar o futuro diferente dependendo de como agimos. E uma atitude do passado pode refletir no presente que nem um fantasma se ela tiver sido feita às escondidas.

Ele respirou fundo. Imaginava que Sinhá se referia a Benjamin.

– Eu não estou falando só de Benjamin, Lázaro. Estou falando de você.

– De mim? O que houve?

– Querido, eu imagino que Lis deva ter te contado que ela é de Yevé. Ela é uma menina corajosa, que não tem medo de ser julgada. Ela te amava de verdade para confiar esse segredo a você.

Ele baixou a cabeça e perguntou:

– É verdade essa história de Yevé?

– Meu filho, o que eu quero te contar não diz respeito a Lis, mas a mim.

Então, cuidando de cada palavra que saía de sua boca, Sinhá contou a Lázaro que também era de Yevé. Como quem tira um peso do coração, narrou a gestação de Celeste e seu banimento de Yevé. Falou que descera para cuidar dele e jamais se arrependera. Por isso, ele tinha a energia de Yevé e a pureza em seu coração, mesmo tendo sido gerado por um pai tão violento. Depois de explicar isso, contou detalhadamente seu sonho, até a chegada de Benjamin. Ao mencionar a lembrança de tudo que tinham vivido juntos, chegou ao ponto que queria:

– Todos temos segredos, Lázaro. E Lis descobriu que o filho que ela gerou em Dragon estava na Terra como Benjamin. O nosso Benjamin era, na verdade, Erosent, filho de Lis.

Lázaro não conseguia sequer raciocinar. Antes que fizesse qualquer pergunta, ela continuou:

– Descobrimos que quem o levou foi o próprio pai, Saddah, que está trazendo pânico à Terra usando os poderes do menino, a quem chama de Karrazah. Lis ficou louca ao descobrir isso. Foi consumida pela raiva.

Ele queria perguntar mais sobre a mãe, sobre todos os fatos que Sinhá omitira dele até aquele momento, mas estava perturbado demais por saber do sofrimento de Lis.

– Ela... está com raiva de mim?

– Ela ainda não sabe por que você levou Benjamin até a caverna. Está deixando as emoções contaminarem o coração dela porque não aceita que falhamos em protegê-lo. Mas Saddah, o pai do menino, era um grande manipulador de energias e mentes, Lázaro. Você caiu numa grande emboscada.

Lázaro sentiu o coração disparar. Era grande a culpa que ainda carregava pelo fato de ter perdido Benjamin, a quem tanto amava. Saber que o menino era filho de Lis era como cravar uma faca em seu peito.

– Preciso encontrá-la.

Sem se despedir de Sinhá, virou-se e saiu em busca de Lis pelas ruas. Queria vê-la e esclarecer os fatos. Sabia que olhando em seus olhos eles se entenderiam.

Ele foi até o conservatório e ao hospital em vão. Nem sinal de Lis. No caminho de volta, esbarrou com Esther, a mãe de Catarina.

– Olá, a senhora viu Lis por aqui?

A mulher olhou para ele com curiosidade.

– Eu gostaria de saber onde ela está. Andei lendo umas notícias na internet. O programa de que ela participa está em busca dela. Você soube o que está acontecendo na cidade?

Lázaro deu de ombros.

– Está tendo uma pandemia de loucura. As pessoas estão vendo coisas, pessoas mortas. Eu estou com medo de voltar. Queria muito falar com Lis. Lucas, meu marido, não parece bem.

Lázaro ficou assustado com a notícia.

– Como assim?

– Não sei... Estou com medo. Nunca senti um medo tão grande em toda a minha vida. É como se o planeta estivesse em desordem, sabe? Como se estivéssemos vivendo um período de escuridão. As pessoas enlouquecendo, as doenças surgindo, suicídios, medo, depressão. Ninguém sabe o que fazer, para onde ir. E quem estava saudável até ontem, hoje, tem medo de perder o juízo. Acho que é por isso que tantos estão à procura de Lis.

– A que a senhora se refere?

– Ela fala daquelas coisas de amor universal, de ter fé, esperança, de energia. Ela tem uma luz muito profunda. Eu abri os olhos para essa nova medicina aqui em Aigam. E isso me fez repensar muita coisa. Preciso agradecer a Lis... Eu preciso dela, na verdade. Acho que todos precisamos de uma dose de Lis, como estão dizendo. A Lis parece ter um efeito que cura a nossa alma do medo.

Os dois ficaram em silêncio enquanto ele imaginava o quanto os fatos estavam correlacionados. Tentavam decifrar o misterioso desaparecimento de Lis. A internet especulava hipóteses de todos os tipos, desde uma estratégia de marketing do programa até que Lis poderia estar envolvida com o surto de loucura na cidade, já que depois da foto que circulava nas redes sociais todos passavam a enxergá-la de outra forma.

Foi então que ouviram uma voz familiar. Lázaro observou ao seu redor e viu que vinha da televisão do armazém, sintonizada no canal que exibia o reality show *Nasce uma Estrela*. Com a legenda "ao vivo", viam o rosto de Lis, de frente para a câmera, com um olhar penetrante.

"A vida na Terra não é fácil. Os desafios são grandes demais e, às vezes, parecem derrubar a gente. Em alguns momentos, eles derrubam. Aceitei participar de *Nasce uma Estrela* num período da minha vida em que eu achava que era forte. Às vezes, a gente assume mais do que pode dar conta. E, quando percebe, a única coisa de que precisamos dar conta é de nós mesmos. Não tenho vergonha nenhuma em dizer que estou sofrendo. Que não sou tão forte quanto pensei que fosse. Que viver é difícil e que a gente precisa olhar para dentro para encontrar a tal força que temos. Eu olho à minha volta e vejo muita gente com um vazio tão grande tentando preencher de todo jeito. E essa vida, às vezes, parece uma grande loucura. As pessoas preferem fingir que os monstros internos não existem; fingir a perfeição mesmo com dor. Eu não vou esconder minha dor, nem meu sofrimento. Estou sofrendo de verdade. Os motivos são meus, mas são reais. Encarar o sofrimento faz a gente olhar para aquilo que parece que vai nos matar. Mas sabe de uma coisa? Isso enfraquece o que a gente achava que ia nos derrubar."

O discurso de Lis começava a atrair a atenção de todos. Conectados, ouviam suas palavras como se estivesse dizendo para cada um o que sentiam.

"Sei que existe um grande surto na cidade. Sinto que esse surto vai acabar quando as pessoas pararem de ter medo dos problemas que querem nos assombrar e os enfrentarem. Esses fantasmas que estão surgindo não estão no passado, mas dentro de nós."

Quando Lis finalizou, começou a cantar uma música. Desta vez, sua voz não trazia paz, mas certa melancolia e profundidade que ela nunca havia mostrado.

"Que eu nunca esconda o que é real. Que as minhas lágrimas lavem minha alma e que o meu coração pare de sangrar de dor", dizia a estrofe.

Enquanto algumas alterações energéticas aconteciam na Terra, Saddah sentia o alarme na sala de controle disparar.

– O que está acontecendo, Gohan?

O homem não sabia identificar, mas ele logo viu Lis emanando uma energia de consolo aos corações.

– O que ela está fazendo?

– Não sei... Parece que ela finalmente se conectou aos corações deles.

– Como?

– Não sei, senhor. Acho que ela experimentou alguma sensação humana. Isso a fez conseguir tocá-los ainda mais.

– Isso está afetando o nosso sistema?

Gohan engoliu em seco antes de dar a resposta:

– Senhor, as pessoas estão olhando para o sofrimento e encarando os medos. Sem o medo nós não conseguimos a energia de que precisamos.

– O que você quer dizer com isso?

– Que quando essas pessoas que estavam magnetizando Dragon, ligadas a nós através da mente, sentem com o coração, perdemos a conexão com elas.

– Conecte mais uma vez!

– Impossível... A energia da Terra mudou de frequência.

– Como assim?

– Eu não sei explicar. Nunca vi algo parecido. Olhe isso.

Observaram os gráficos de energia e viram pontos de cores diferentes se espalhando.

– O que são esses pontos?

– Pontos de transição. Eles sinalizam que as pessoas estão encontrando a paz interna. Isso arrisca nossos planos de materialização.

– Ligue o monitor. Eu quero ouvir o que ela está falando.

Quando Gohan o fez, deixou que o transmissor vazasse as imagens para todos os aparelhos de Dragon nos quais foi exibida a imagem de Lis simultaneamente no reino.

"Eu já percorri caminhos de luz. Já fui uma estrela. Já caí. Já experimentei o escuro. Já vi o frio e o calor. Hoje sei que nada disso me representa. Minha história é muito mais do que fui. Minha história é o que ainda vou ser. E só vou ser se hoje encarar meus medos. Eu lidei com uma situação difícil de perdoar. Estou tentando, mas meu coração ainda dói. Por isso, sumi."

Em Dragon, as pessoas pareciam sair do estado robótico e começavam a despertar. Era como se uma chave tivesse sido virada e os dragonianos conseguissem acessar algo que estava dentro deles. Era como se passassem de uma dimensão para outra pela ascensão energética que acontecia com as palavras de Lis.

Saddah viu que a mensagem estava sendo retransmitida e desligou o sistema.

– Chega. Vou cuidar pessoalmente desse assunto. Me coloque na caverna. Preciso ir até a Terra.

CAPÍTULO XIII
OS DESPERTOS

Yunet estava com frio. Era a primeira vez que aquele tremor invadia seu interior. Começou a caminhar por Dragon e perceber que os estados de consciência dos dragonianos estavam alterados. Muitos pareciam Despertos, como se sentissem algo, assim como ela. Sabia que a grande preocupação de Saddah era manter as mentes ocupadas e perturbadas, para que ninguém tivesse emoções, mas ela não conseguia conter uma leve melancolia desde que vira Lis no telão.

Por alguns momentos, conseguiu recuperar flashes de sua memória em Yevé, quando era leve e feliz. Entendeu que o fato de Lis nomear os sentimentos a fazia entender que os tinha: *Não sentia aquilo... desde quando?*

Evitara manifestar emoções desde que pisara em Dragon, seduzida pelo poderoso Saddah, que prometera a todos que desfrutariam de uma liberdade que não tinham em Yevé. Pensou em Karrazah. Quanto tempo tinha se passado desde seu nascimento? Já era um menino crescido, quase um jovem. Dedicara sua vida para cuidar dele.

O coração de Yunet começou a formigar e ela sentiu falta de ar. Entendia que as emoções estavam invadindo o seu coração e teve medo de não conseguir controlá-las. Caso algum emissário de Saddah soubesse, ela seria levada a uma base na qual medicamentos apagariam quaisquer sensações. Precisava fazer de conta que continuava em estado robótico, fria e sem sentimentos, mentalmente capaz de cumprir a missão que Saddah delegara a ela: cuidar de seu único filho.

Relembrou cada palavra dita por Lis no transmissor. Elas traziam força, emoção e energia diferente para Dragon. E tinham feito Yunet despertar de um sono profundo: "Eu já percorri caminhos de luz. Já fui uma estrela. Já caí. Já experimentei o escuro. Já vi o frio e o calor. Hoje sei que nada disso me representa. Minha história é muito mais do que fui. Minha história é o que ainda vou ser. E eu só vou ser se hoje encarar meus medos. Eu lidei com uma situação difícil de perdoar. Estou tentando, mas meu coração ainda dói".

O coração de Yunet começou a dar sinais de que também sentia. Se estivesse sob domínio de Saddah, seria a primeira a procurar ajuda e pedir as injeções que travavam sensações.

Conforme caminhava, percebia algo diferente no ar. Quando finalmente passou em frente à base, notou que muitos dragonianos pediam ajuda.

Aconteceu... aconteceu com os outros, pensou, enquanto notava olhares despertos.

Foi Hafid, um senhor que sempre cruzava com ela pelas ruas, quem a abordou:

– Yunet, precisamos conversar.

Ele a pegou pelo braço com delicadeza e Yunet sentiu algo diferente.

– O que foi?

– Precisamos sair daqui.

Hafid continuou caminhando enquanto ela o seguia. Quando encontraram um local sem monitoramento por câmeras, entraram e se esconderam.

– Yunet, você viu o que eu vi? Lis, na forma humana? Ela foi capturada de Dragon e voltou a Yevé. Eu imaginava que ficara por lá, mas aquela imagem era da Terra. A pergunta é: Por que ela está na Terra?

Yunet não sabia aonde Hafid queria chegar com aquela teoria, mas sabia muito mais do que ele.

– O que você acha? – perguntou, confusa.

– Eu não sei. Estou reunindo alguns Despertos.

– Despertos?

– Sim. Os dragonianos que não estão mais sofrendo a influência da manipulação de Saddah. Notei que, depois da aparição de Lis no monitor, algo aconteceu em Dragon e mais Despertos surgiram. Alguns ficaram incomodados com o sentimento e correram para a base. Eles querem tomar a medicação para anular as sensações e continuar robóticos. Mas nós todos vivemos em Yevé, Yunet. Todos sabemos que fomos enganados e manipulados por Saddah. Deve haver um jeito de sair daqui.

– O que vocês estão planejando?

– Eu não posso contar. A menos que tenha alguma prova de que não está sofrendo influência dele. Sei que você é guardiã do menino. Me diga, o que Saddah está planejando?

A mente e o coração de Yunet brigavam. Sabia o que queria, mas tinha medo de ir contra os anseios de Saddah, pois conhecia seu poder. Ficou observando os trejeitos de Hafid. Não parecia habitante de Dragon, tampouco lembrava a pureza de Yevé.

Será que sugar as energias da Terra está fazendo com que nos tornemos meio humanos?, pensou.

– Eu não sei o que Saddah planeja, mas acredito que ele está usando Karrazah para prejudicar os terráqueos enquanto suga tudo que a Terra tem para abastecer Dragon – soltou de uma só vez.

Hafid entendia que aquela resposta significava que ela estava desperta e tinha dissolvido as amarras de Saddah de sua mente.

– Venha comigo. As coordenadas são 7'23'22. Esteja lá ao anoitecer e leve o menino. Faremos uma reunião.

– Eu não posso levá-lo. O menino é monitorado. Se Gohan detecta qualquer comportamento estranho, Saddah saberá dos seus planos.

– Compreendo. Mas também entendo que estamos participando de algo de que não queremos fazer parte. Esse reino foi erguido com a energia criadora de Lis. Saddah a usou para isso e acreditávamos nele. Fomos todos manipulados e ficamos sem raciocínio ou emoção durante muito tempo. Fazendo o que éramos destinados a fazer.

– Em quantos vocês são? Quantos Despertos?

Hafid fechou os olhos e começou a calcular mentalmente.

– Somos doze. Percebo que depois que despertamos ficamos mais fortes e queremos entender como Lis foi para Yevé e para a Terra. Deve haver uma maneira de sair daqui. Se ele estiver prejudicando a Terra, pode acabar com todo o Cosmos. Os humanos não conseguem dominar as emoções negativas. Eles se autodestruirão sob a influência de Saddah. Temos um jovem chamado Sertin que acredita que os humanos estão sendo manipulados por Saddah faz algum tempo, e que ele implantou chips em suas mentes. Muitos líderes estão sem escrúpulos e emoções. Esses líderes serão capazes de criar uma Guerra Nuclear que destruirá não só o planeta Terra. Será uma hecatombe. Dragon não sobreviverá, porque sem a Terra Saddah não tem energia para sugar e manipular.

– Foi por isso que você me abordou? – perguntou Yunet.

– Sim. Planejamos isso por muito tempo, mas víamos que você não estava desperta. Sertin conseguiu conectar-se à base de Gohan e distribuiu a imagem de Lis nos telões para despertar um número maior de dragonianos. Eu estou observando seu comportamento e sabia que não estava sob domínio de Saddah.

Alguns já tinham se libertado da opressão manipuladora mental de Saddah. Outros haviam sido enfraquecidos ao longo do tempo. Yunet percebeu que Hafid tinha mais informações do que poderia supor. Por dentro, sentia que poderia ajudá-los caso fosse aliada dos Despertos, mas sua mente dizia que aquela era a grande chance de contribuir com Saddah. Se contasse a ele tudo que tinha descoberto, finalmente poderia assumir o posto de Lis em sua vida.

– Eu tenho pressa – disse. – Preciso voltar e cuidar do menino. Estarei lá.

Hafid, que não tinha muita sensibilidade, interpretou aquilo como um sim e voltou a caminhar para não despertar suspeitas enquanto Yunet voltava para sua base onde encontraria Karrazah.

Sabia que as informações que Hafid lhe dera poderiam mudar todo o rumo dos acontecimentos caso caíssem nas mãos de Saddah. Quando entrou pela porta de vidro onde Karrazah dormia, teve medo. Observou sua feição. Era o menino gerado por Lis e Saddah, mas que ganhara vida num dia de eclipse. Aquilo simbolizava muito para todos os sistemas que conhecia. Sabia que ele era especial. Ao mesmo tempo, entendia que ele vivera dias com o coração desperto enquanto estivera na Terra, para onde fora lançado depois de seu nascimento, quando do resgate de Lis por Yevé.

Por que Yevé resgatou apenas Lis?, perguntava-se em pensamento enquanto colocava a mão nos cabelos de Karrazah. *O que está preparado para esse menino? Por que viveu e amou na Terra? Por que se apegou aos humanos? Por que demorou tanto tempo para apagar as lembranças do coração?*

Não sabia exatamente as respostas, mas as perguntas eram cada vez mais profundas. Sabia que ele era jovem demais para ser tão exigido por Saddah.

– O que foi? – ele perguntou quando abriu os olhos e a viu ali parada.

– Nada. Estou avaliando suas capacidades.

– Preciso trabalhar hoje na materialização? – quis saber, se levantando.

– Saddah ainda não trouxe as coordenadas. Houve alguns imprevistos na base de comando de Gohan.

– O que aconteceu?

Yunet pensou em contar que a imagem da mãe dele tinha vazado por todo o Reino de Dragon e que as palavras dela tinham feito o coração dos dragonianos despertar, mas mudou a estratégia.

– Você sente?

Ele arregalou os olhos.

– Não é permitido sentir em Dragon. Isso interferiria em nossa performance. Você sabe bem disso. É um teste? – indagou, curioso.

– E se fosse permitido sentir? – ela o desafiou.

– Eu receio que isso prejudique o nosso reino. O sentimento nubla a capacidade de tomar decisões rapidamente. É o que me ensinou durante todos os anos.

– Eu sei o que te ensinei. Quero que você me diga uma coisa, Karrazah. – Sua voz tomou um tom mais baixo que o normal. – Você ainda se recorda de algo que viveu na Terra?

Ele olhou fundo nos olhos dela. Tinha sido treinado para governar e detectar falhas no sistema.

– Yunet, você parece confusa. O que está havendo? Qual sua ligação com os humanos? Você sabe o quanto eles são perigosos?

– Karrazah, preciso contar algo a você e quero que preste atenção. Pode ser a última vez que nos falamos. O que eu disser aqui vai impactar em toda a sua energia e em todo o seu funcionamento cerebral e motor. Você pode ativar outras sinapses e muito provavelmente eu sofrerei um exílio caso alguém descubra o que vou revelar.

Ele olhou com frieza para ela.

– Parece que você vai trair alguém. Será que devemos chamar Gohan para presenciar sua conduta?

Ela hesitou. Respirou fundo e se lembrou de Lis. Era como se a presença dela a invadisse.

– Eu conheci sua mãe. Estive com ela em seu parto. Você nasceu de uma mistura entre Saddah e Lis. Lis era a maior Geradora de Energia de Yevé e ajudou seu pai a gerar Dragon. Foram eles os criadores disso. Ele a manipulou, assim como a todos nós, para virmos para cá. Acreditamos que este reino seria melhor.

Enquanto ela despejava aquelas informações, Karrazah observava seus movimentos faciais. Nunca vira Yunet com expressões como aquela.

– O que aconteceu foi que fomos manipulados pouco a pouco. Saddah instalou chips nas mentes humanas e começou a sugar a energia da Terra, pois a energia de Lis não bastava para sustentar Dragon quando engravidou. Algo aconteceu numa tarde de eclipse. Nessa tarde, depois do seu nascimento presenciado por mim, ela foi abduzida por Yevé. Nessa batalha, eles não conseguiram levá-lo e, numa luta de forças, Saddah também não pôde trazê-lo de volta. O que aconteceu a seguir é que você ficou na Terra. Seus guardiões terráqueos o amaram e você desenvolveu o músculo do coração.

Karrazah travou os dentes e ficou esperando que ela continuasse.

– Saddah manipulou mentalmente o seu guardião principal e o trouxe de volta a Dragon. Lis foi submetida a uma limpeza em Yevé, mas logo conseguiu uma passagem através de um alinhamento energético e foi encaminhada para a Terra numa missão. Ela imaginava que o encontraria lá. Hoje tivemos uma conexão aqui em Dragon. Houve um despertar de muitos porque o telão trouxe a imagem e a voz de Lis. Ela está na Terra. E lá parece sofrer.

Karrazah ouvia Yunet, que respirou fundo e continuou:

– A Terra é um planeta intermediário muito peculiar de forças e energias. Os humanos têm uma vida de curta duração e o tempo passa de forma diferente ali. Ao mesmo tempo, eles são seres vivos que desfrutam da vida com emoções. Eles sentem com o coração. O que Saddah está fazendo com a Terra é tentar bloquear o coração deles para que apenas a mente esteja ligada às suas influências e manipulações. Lis está despertando os corações dos terráqueos. Ela tem o dom de curar, encantar e mudar vibrações através da música. Lis tem a magia de Yevé, de gerar energias não só dentro dela, mas fora também. No entanto, isso não foi o bastante para que vivesse em paz na Terra, nem que cumprisse sua missão. Ela conseguiu descobrir que Saddah usa você para manipular os humanos, o que a fez desabar. Quando sentiu dor, a conexão com os humanos foi ainda maior. E quando ela mostrou esse sentimento, todos na Terra se conectaram ainda mais com ela. O que ninguém imaginava era que as palavras de Lis trariam impacto também a Dragon.

– O que você quer dizer com isso?

Yunet teve de tomar uma decisão. Naquele momento, decidira ouvir a voz do coração. E ele gritava para que dissesse a verdade.

– Eu quero dizer que a sua mãe está sofrendo na Terra e você está sendo usado para prejudicar os humanos, além de impedi-la de cumprir a missão para a qual foi designada. Eu quero dizer que você precisa se desligar desse sistema e fugir. Eu quero dizer que hoje haverá uma reunião de dragonianos Despertos que não estão sofrendo a influência de Saddah. E eles, sim, podem ajudar a Terra. Eles, sim, podem ajudá-lo. Eles, sim, estão trabalhando para a libertação do nosso reino.

Karrazah colocou as duas mãos na boca. Parecia ter sido tocado através dos sentimentos.

– Eu pensei em contar tudo para o seu pai – Yunet continuou. – Eu juro que pensei em continuar sendo manipulada por ele e ajudá-lo a contaminar a Terra e sugar as forças dos humanos. Pensei em dizer a ele que alguns dragonianos planejam libertar a Terra. Mas durante muito tempo fui manipulada por Saddah e emanei as piores energias possíveis para a sua mãe. Hoje, me sinto culpada. Percebi que ela fez o que pôde, que lutou até o limite de suas forças. Vi a coragem nos olhos dela, mesmo com medo. Seu coração, tão puro, continua sendo fonte de luz, mesmo quando sofre. E decidi que não quero mais viver em Dragon. Escolhi que a pior situação na Terra é melhor do que a que vivo aqui. Resolvi que quero fazer algo útil que não seja ajudar Saddah a prejudicar um planeta. Eu posso ser destruída, mas isso não vai ser em vão. Você teve sorte de ter uma mãe como Lis, menino. Agora, é preciso fazer alguma coisa. As coordenadas são 7'23'22. Vá ao entardecer e se desconecte. Encontre os Despertos. Se eu não estiver lá, não se lamente. Eu cumpri minha missão.

Karrazah sentiu uma pontada no peito.

– O que é isso? – perguntou a ela enquanto ficava sem ar.

– Você está deixando seu coração falar, menino. Você tem emoções, você tem amor. Você tem Yevé dentro de si, assim como todos nós, habitantes deste lugar que nos aprisiona. Liberte-se e ajude os outros. Faça o que for preciso, Karrazah.

Quando terminou de falar, ouviu um chamado do Centro de Controle. Gohan pedia sua presença.

– Preciso ir. Lembre-se: não poupe esforços para fugir. Saddah não é o que você pensa. Não deixe que ele o manipule.

O jovem sentiu os olhos arderem e uma lágrima começou a cair.

O que está acontecendo?

Levantou-se apressado e procurou lembrar as coordenadas. Estava confuso e Desperto. Tinha medo e sentia um turbilhão de sensações das quais não se recordava. Conforme ia despertando seu coração, a forte influência de Saddah em sua mente e energia ficavam menores.

Benjamin, foi o nome que veio em sua lembrança.

Fechou os olhos a fim de recuperar a memória. Estava gravado em suas experiências e sabia como acessá-las, embora soubesse que era proibido fazer aquilo em Dragon.

Puxou os arquivos mentais e viu sua trajetória. Enxergou-se, ainda criança, numa caverna. Viu o rosto de Lázaro e sentiu o medo de ter sido esquecido com o ouro. Sentiu amor e visualizou seu corpo deitado no quarto sendo cuidado por Sinhá. Lembrou-se do abraço de Lázaro.

Ali era a Terra... a Terra... A Terra é boa. Saddah está destruindo a beleza da Terra.

A conexão de Karrazah era rápida. Com o seu despertar, sentia sua energia mudar, como se uma máscara caísse.

O que está acontecendo?

Sentindo a transição, pensou em fugir antes que Saddah o visse. Correu até o local para onde Yunet sinalizara, mas não encontrou ninguém. Tentou se acalmar antes que um dos agentes do pai o visse, inundado por emoções, e o medicassem.

– Venha por aqui!

Hafid e Sertin estavam à espreita, aguardando o jovem.

Karrazah entrou num local escuro e encontrou outras pessoas. Pareciam diferentes das que estava acostumado a ver.

– Karrazah, vemos que Yunet decidiu ouvir o coração e despertá-lo. Vemos que está Desperto. Meu nome é Hafid. Ele é Sertin. Gostaríamos de lhe dar as boas-vindas. Sei que deve ter inúmeras dúvidas, mas estamos a par de muitas coisas que estão acontecendo numa velocidade espantosa na Terra.

Ficaram em silêncio. Karrazah ainda estava sob o impacto das descobertas.

– Aqui você estará protegido da influência de Saddah. Criamos um campo de proteção magnético. Sertin é o maior criador de energias de proteção em Dragon. Ele já trabalhou com Saddah e hoje, Desperto, entende que a manipulação pode fazer a raça humana se autodestruir. Temos uma data limite de um ano. Até lá, precisaremos fazer mais dragonianos despertarem, a fim de ajudar Lis na missão de libertar a Terra da influência de Dragon. Esse é o único jeito de salvar a Terra e o Reino de Dragon.

Karrazah parecia anestesiado e confuso com tantas informações.

– Escute, é difícil ter que acompanhar tantas mudanças, mas esse é o momento. Se não usarmos a força desse despertar coletivo, não conseguimos enviá-lo para a Terra.

– Enviar para a Terra? Por que eu?

Eles se entreolharam.

– Karrazah, você já esteve na Terra. Você conseguiria sobreviver num lugar como aquele, onde as pessoas têm emoções. E precisa se conectar com Lis. Temos um plano.

Ele balançou a cabeça em sinal negativo.

– Eu... eu não posso. Não posso lutar contra o meu pai.

– A batalha já está acontecendo. A Terra está sofrendo influências de Dragon e todo o planeta está se autodestruindo. Guerras, doenças físicas, psíquicas, depressão e pânico. E agora um grupo está com uma poderosa ogiva nuclear capaz de destruir tudo. Os planos de seu pai eram de sugar a energia da Terra, mas a manipulação que ele criou fez os humanos ficarem sem energia, brilho e emoção. Os humanos estão mentalmente cansados e psiquicamente afetados pela frequência de Dragon. Embora milhares estejam Despertos, muitos estão sendo dominados psiquicamente. Os dragonianos que não estão Despertos estão jogando o jogo de Saddah. Precisamos impedir que a Terra sofra mais. Dragon não sobreviverá se continuarmos assim e Saddah não consegue enxergar isso.

– E se eu conversasse com ele?

– Ele te destruiria. Ele fará tudo para se manter no poder – explicou Sertin, aproximando-se de Karrazah.

Todos estavam em silêncio esperando que Karrazah se sensibilizasse, mas não foi o que aconteceu.

– Eu não sei o que passa pela mente de vocês. Acho que estão criando situações que não existem.

Antes que virasse as costas e saísse, ouviu a frase que ecoaria em sua mente pelas próximas horas.

– Amanhã teremos um novo portal aberto através de uma Superlua. Se mudar de ideia, conseguimos transportá-lo.

Enquanto saía, com a cabeça fervendo, tentava controlar as emoções para não ser descoberto. Naquele momento, Yunet recebia um grande choque, dentro do Centro de Controle que a tomava como refém de forma inédita em Dragon. Quando Saddah abriu as câmeras para comunicar a toda comunidade de Dragon que Yunet cometera um ato de traição, o jovem se deu conta de que poderia estar em apuros.

Preciso ir para a Terra, decretou em pensamento.

O DESENCONTRO

– Lis, você se lembra dos arquivos que me deu? – A voz de Jason parecia fazê-la despertar.

– Oi?

– Oi, querida. O que está acontecendo com você ultimamente?

Jason tinha deixado a gravadora para viajar até Aigam. Sabia que as músicas de Lis estavam fazendo dela o maior ícone mundial e, com o reality show em pleno vapor, temia que algo pudesse macular sua imagem.

– Muita coisa... muita coisa está acontecendo comigo.

Ele olhou para ela e inspirou profundamente.

– Quer um remedinho?

Ela arregalou os olhos espantada.

– Eu não estou doente.

– Tudo bem, eu sei que é estressante ser famoso. Já acompanhei muitas divas do pop. Não quero perder você, querida. O reality show *Nasce uma Estrela* é um sucesso arrebatador, as suas músicas estão no topo das listas. E eu tenho uma novidade!

Ela sorriu. Gostava do jeito dele de levar as notícias a ela. Estavam no conservatório, onde faria as próximas gravações. Jason estava admirado com a infraestrutura da cidade.

– Ah, eu quase ia me esquecendo. Sabe aquelas folhas todas que você deixou escritas no hotel? Tomei a liberdade de ler... e tenho uma proposta a fazer.

– Diga.

– Quero falar com uma editora para lançarmos um livro seu com aquelas mensagens. Pode se chamar *Todo Santo Dia*, que é o início de uma frase forte que você escreveu ali. Como era mesmo?

– Todo santo dia, temos que ter coragem. Todo santo dia, temos que levantar. Todo santo dia, temos que recomeçar, como se fosse o primeiro... como se fosse o último – ela cantarolou a estrofe enquanto ele se animava com a ideia.

– Podemos?

– Claro que sim. Se aquelas mensagens chegarem ao ouvido das pessoas, vai ser ótimo.

O telefone de Jason tocou e ele pediu que ela aguardasse um minuto. Enquanto saía pela porta do conservatório, Lázaro entrava em silêncio.

– Preciso falar com você. Procurei você por toda parte.

Lis ainda não estava preparada para falar a respeito de seu filho.

– Uma vez você me disse que mágoa vinha da palavra má água – ele começou. – Você fez questão de frisar que precisávamos falar sobre o que estava fazendo com que sentíssemos algo que nos incomodava. Sinhá me revelou toda a verdade sobre meu nascimento, sobre ela, sobre Yevé. Aquilo parece... sei lá... um conto de fadas. Eu ainda não consegui digerir tudo. Ao mesmo tempo... – Não teve coragem de completar a frase. Respirou fundo e continuou: – Ao mesmo tempo, parece fazer sentido que o seu filho tenha sido enviado para Aigam. O que parece não fazer sentido é a minha inabilidade em ser o guardião dele pelo tempo que ele ficou sob meus cuidados.

O corpo de Lis tremia.

– Você consegue imaginar a minha dor? Consegue imaginar que eu vim para tão perto dele e que poderia estar com ele agora? Eu falhei na minha missão na Terra porque serei incapaz de me voltar contra meu filho, que hoje está em Dragon com o pai atuando para destruir os humanos.

– Lis, me perdoa. A culpa é toda minha. O que vou te dizer agora vai aliviar meu coração, mas vai gerar mais raiva em você. Só que eu não posso continuar vivendo com esse segredo.

Ela baixou os olhos.

– Eu levei Benjamin comigo até a caverna porque queria pegar o ouro do meu pai. O ouro que ele escondeu lá desde o meu nascimento. Eu fui com Benjamin e estava cego pelo tesouro. Se eu não tivesse deixado ele lá, as coisas teriam acontecido de outra maneira. A questão é que falhei na minha missão de protegê-lo.

Lis sentiu a pele do rosto queimando.

– Você acha mesmo que pode ser chamado de guardião? Acha que um guardião cuja missão é guardar a vida de uma criança faria o que fez? Vocês, humanos, dia após dia, pensam em dinheiro, em ouro, em posses. Esquecem a vida humana, esquecem as crianças. Sabe por que eu trouxe Catarina para cá? Porque ela também estava sendo esquecida pelos pais e isso a estava deixando doente. Esquecida porque os pais dela estavam cegos pelo dinheiro e pelo trabalho. Até quando isso vai acontecer? Até quando os humanos perderão sua verdadeira fortuna, que são as crianças que habitam este reino? Quando transformarão a Terra num local de amor? Até quando permanecerão cegos?

Conforme falava, seu coração começava a se abrir.

– Eu não consigo te perdoar, Lázaro. Não agora. Eu me sinto traída pela pessoa que mais admirei aqui na Terra. Descobri que você não era aquilo que eu imaginava, e isso também doeu dentro de mim.

– Lis, não é fácil resistir às tentações do dia a dia. Eu não quero justificar o meu erro, mas Sinhá diz que fui mentalmente atacado naquele dia.

– Saddah tem uma força e uma energia capaz de manipular qualquer ser humano. Com o meu menino, eles poderão destruir este planeta num piscar de olhos. Eu vou assistir a isso e não poderei defender a Terra, pois não lutarei contra o meu filho.

Lázaro tentou se aproximar. Em vão. Lis saiu correndo, aos prantos. Estava confusa e desorientada. Pensou em voltar no tempo para impedir que aquilo acontecesse. Sabia que existiam vidas paralelas e realidades simultâneas. Sabia que seria banida de Yevé definitivamente se fizesse aquilo. Por isso, foi ao encontro de Sinhá.

– Se a única maneira de salvar meu filho de Saddah for viajar no tempo e impedir que Lázaro vá até a caverna com ele... Vamos supor que eu fizesse isso... o que aconteceria?

Sinhá fez uma expressão séria:

– Lis, você se tornaria mortal. Você viveria as dores dos humanos. Teria uma existência na Terra com a duração reduzida. – Depois de pensar por um momento, continuou: – Vamos esperar até amanhã. Amanhã teremos a Superlua. Acredito que nos inspiraremos e saberemos o que fazer. Até lá, não faça nada – pediu Sinhá.

Lis resolveu seguir o conselho de Sinhá. Afinal, um dia não parecia mudar o rumo das coisas. Pelo menos, era o que ela pensava.

CAPÍTULO XIV

A SUPERLUA

– É agora!

Bastou que os Despertos se reunissem ao redor de Karrazah para que ele entendesse a importância da oportunidade que tinha nas mãos. Com a Superlua atuando na Terra, as marés e as emoções ficariam afloradas e seria mais difícil ser detectado por Saddah, que não conseguia penetrar nas emoções humanas. Ele estava convicto de que iria para a Terra para salvá-los. Despediu-se de todos, sabendo que corria o risco de ser capturado.

– Como faço quando chegar lá?

Hafid e Sertin se aproximaram.

– Você é filho da maior Geradora de Energia que já existiu. Um dos poucos seres de Yevé que não foram contaminados em essência quando estiveram em Dragon. Você traz dentro de si parte de Lis. Como ela também está na Terra, terá uma intensa vontade de estar em lugares que levarão a ela. Siga essa intuição e não será difícil encontrá-la. Tente abrigar-se em Aigam.

– Eu vou retomar as minhas memórias como humano? – A pergunta dele era genuína.

– Não só as memórias, como o sentimento que penetrou em seu DNA durante o período em que esteve na Terra. Sua primeira experiência em vida foi como humano. Você cresceu lá. O que Saddah fez foi tentar apagar suas memórias num processo de substituição. No entanto, por ser filho de Lis, você guarda emoções consistentes em seu coração. Isso é impossível de ser apagado.

Ele ainda estava apreensivo.

– E se eu não sentir nada?

– Karrazah, todas as existências estão mudando. Jamais saberíamos o que pode acontecer como desdobramento dessa batalha.

Sertin colocou um manto magnético sobre ele e saíram para não serem percebidos pelos radares. Quando chegaram ao alto de uma colina, onde podiam sentir a energia vibracional da Superlua, Sertin usou um poder que Karrazah desconhecia.

– Agora, você vai ficar leve, até sentir a vibração mudar. Você entrará num portal de energia que funciona como um buraco negro. Pode ser que sinta náuseas ao chegar lá. Essa mudança deslocará seus corpos, mas logo se reestabelecerá. Saiba diferenciar o propósito individual do propósito coletivo.

Karrazah sentiu como se seu corpo estivesse sendo sugado por um buraco. Em poucos segundos, quando o jovem já tinha desaparecido por completo, Sertin foi capturado pelos mandantes de Saddah.

– Onde está o garoto?

Sem dar respostas consistentes, foi executado num só golpe.

Na Terra, Lis estava decidida. Ia abrir mão de seus poderes para fazer uma viagem no tempo. Sua ideia era voltar ao dia em que Lázaro levara seu filho para a caverna, a fim de evitar que Saddah o capturasse. Mesmo sem saber bem como aquela viagem seria feita, sentia que o portal se abriria com a Superlua e não imaginava que poderia haver outra maneira. Sentiu que o único que poderia ajudá-la era Rubens, que, além de médico, era um grande estudioso e cientista.

Assim que chegou ao hospital, entrou na sala dele.

– Que bom vê-la, Lis. O que a traz aqui? Como está o programa?

– Está ótimo! Jason quer lançar um livro com as letras! Parece que as negociações estão adiantadas. Doutor Rubens, o motivo da minha visita é outro. Eu gostaria de saber o que o senhor sabe sobre viagem no tempo.

Ele ficou observando a expressão dela, foi até a porta e a trancou.

– Por que a pergunta?

– Só queria me aprofundar no tema...

– Entendo. Então, Lis, de acordo com a Teoria da Relatividade de Einstein e com verificações empíricas na ciência física, isso realmente é possível. O tempo é diferente em diversas partes do Universo, uma das razões seria a gravidade. Um astronauta que de algum modo conseguisse chegar a um planeta em que a gravidade fosse o dobro da Terra... enquanto ele vivesse nesse planeta, com maior gravidade, envelheceria mais devagar em relação às pessoas que vivem na Terra. Ou seja, a quantidade de gravidade de um planeta determina a diferença de como transcorre o tempo em relação a outro planeta de gravidade diferente. Nenhum dos habitantes dos dois planetas perceberia as diferenças no dia a dia em seus respectivos planetas. A diferença de idade, e como o tempo foi diferente, seria percebida apenas se encontrassem um ao outro.

Pensou em seu filho. Com que idade estaria?

– O Universo é fundamentalmente divido em três partes: inferior, média e superior. A literatura aponta a existência de uma hierarquia de sistemas planetários, os quais também podemos considerar como mundos paralelos. Muitas vezes, a viagem para esses outros planetas, dimensões e mundos paralelos não se dá por naves espaciais, mas por uma espécie de buraco de minhoca que transporta o viajante de uma dimensão a outra. Albert Einstein descreveu o tempo como uma quarta dimensão, e ele disse que o tempo e o espaço são ligados, portanto os físicos falam de espaço-tempo. Diz-se que espaços-tempos fazem curvas e reviravoltas em torno de buracos negros rotativos.

– Se pudéssemos voltar no tempo, que mudanças isso traria à nossa sociedade?

– Cabe à sociedade decidir como a viagem no tempo será usada. O melhor uso da viagem no tempo seria alertar as pessoas sobre desastres naturais, para evitar, por exemplo, mortes causadas por tsunamis e furacões.

– Difícil saber decidir entre o propósito individual e o coletivo... – respondeu ela, pensativa.

– Lis, o passado fica para trás. Com ele, só vem aprendizado.

– Doutor Rubens, você não viajaria no tempo se soubesse que poderia mudar o destino da Lalinha, por exemplo?

Rubens respirou profundamente.

– Lis, existe algo que nem a Luna, nem ninguém sabe.

O coração dela acelerou.

– Eu sei que você é de Yevé. Eu também fui, um dia, de Yevé.

Ela ficou boquiaberta.

– Sim, o melhor lugar para um yevens sobreviver é em Aigam, por causa da passagem pelo portal e pela energia da Kundalini da Terra. Quando vim, o meu propósito era tentar conduzir uma catástrofe. Yevé sabia que Aigam seria devastada por uma chuva, a mesma que eliminou todo o povo de Aigam quando Yalom desapareceu. Lázaro e Sinhá foram poupados e eu fui enviado para conduzir o hospital da cidade que já existia pela Inteligência Divina de Yevé, mas ainda faltava ser materializado pelos humanos. Essa era a ideia inicial.

Ela estava pálida.

– Acontece que eu me apaixonei por Luna, que é uma humana. E precisei fazer uma escolha. Para viver ao lado dela, fui banido pelo Conselho de Yevé. Na época, ela pensava que eu não podia ter filhos. Na verdade, eu não poderia reproduzir como yevens.

– Então... fizeram a fertilização! – Lis concluiu.

Rubens pegou a chave com a qual tinha trancado a porta e colocou no bolso.

– Você não vai a lugar nenhum. Se voltar no tempo e impedir que ele leve Benjamin, é a minha filha que terá ido no lugar dele. Lis, eu já fui banido de Yevé. Não há nada que eu possa temer. A partir de hoje, você será minha prisioneira. Você não vai voltar no tempo. Você precisa deixar as coisas como elas estão.

Lis desmaiou.

A PRISIONEIRA DE AIGAM

Assim que abriu os olhos, Lis sentiu o corpo entorpecido, como se tivesse acordado de um pesadelo. Tentou mexer as mãos e viu que estavam amarradas à maca. Observou ao seu redor e notou que não tinha sido um sonho. Estava dentro de uma sala fechada, amarrada a fios e impossibilitada de se mover.

– Me tire daqui!

Começou a gritar, acreditando que alguém poderia salvá-la, quando ouviu uma voz metalizada saindo de um dos alto-falantes.

– Lis, esta sala é à prova de som. Ninguém vai te escutar.

– Rubens, me tira daqui. Onde eu estou?

Um silêncio separou a pergunta dela da resposta do médico.

– Lis, você deu uma bela contribuição para a medicina. Vou te contar uma coisa. Eu sou de Yevé, minha filha não é deste planeta, mas percebi algo que só os humanos notaram até hoje e os yevens não conseguiram entender: por mais que possamos ter poderes e salvar vidas, de que adianta isso sem ter a fama? De que adiantava ajudar tanta gente e ficar no anonimato aqui em Aigam?

– Do que você está falando, Rubens?

– Lis, quando fomos para a cidade, acreditei que depois de anos de pesquisas científicas eu seria reconhecido. Eu tinha a bagagem de Yevé e um cérebro capaz de acumular muito conhecimento. Mas você brilhou e posou como grande heroína.

– Doutor Rubens, o que isso tem a ver com o fato de eu querer voltar no tempo? Afinal, por que você quer me punir?

– Lis, será que você não percebeu que na Terra jogamos outro jogo? Será que ainda não conseguiu entender que não adianta nada deter conhecimento e poder, viver e depois morrer, como todo mundo? Na Terra os seres humanos têm limitação do tempo e falecem por doenças físicas. Essa é a limitação deles. De tempo.

– Juro que não estou entendendo. Eu te procurei para saber sobre a viagem no tempo.

– Vamos por partes. A única coisa que eu quero te dizer é que você precisa entender que, independentemente de qual seja sua missão, quando você chega na Terra, outros fatores podem fazer você esquecer essa missão.

– Rubens, até agora eu não consigo entender duas coisas: por que você está me mantendo aqui? Por que não existe lembrança de que Lalinha seria levada no lugar do meu filho, por Saddah? Qual a sua conexão com tudo isso?

– Lis, deixa de ser ingênua. A pureza no coração só existe em Yevé. Aqui na Terra, depois de um tempo, respondemos apenas às emoções.

– Diga por você!

– Por mim? Tem certeza? Quem está revoltada com tudo que aconteceu? Quem se deixou dominar pelas emoções? Quem resolveu virar famosa do dia para a noite?

Ela respirou fundo.

– A minha missão era elevar a vibração do planeta. A música estava me ajudando a conseguir isso. A televisão também. A cura através da medicina integrativa, também. Logo serão as mensagens através dos livros...

– Deixa eu te dizer algo, Lis. Desde o dia em que minha filha começou a estudar música com você, eu sabia que tinham uma conexão. Eu sabia que você poderia influenciá-la.

– Rubens, nós estamos do mesmo lado. Por favor, me solte.

– O que faz você acreditar que estamos no mesmo lado? O fato de termos vindo de Yevé? De eu fazer os experimentos básicos aqui no hospital? Lis... Lis... Minha pretensão é muito maior. Eu recolhi o código genético e informações de humanos que você não faz ideia. Posso criar um novo ser a qualquer momento. Posso fazer alterações genéticas.

– Então, é por isso que você quer me deixar aqui?

– Sim, é por isso. Quero gerar o filho de uma yevens na Terra. Uma yevens que seja Geradora de Energia. Vou fazer uma fertilização *in vitro* e você será a primeira experiência.

Lis tentou raciocinar, mas não conseguia imaginar uma maneira de sair daquele lugar.

– Quem está influenciando você? – perguntou, finalmente.

– É melhor mudar a pergunta. Se quer saber o impacto que as minhas experiências terão, pergunte quem estou influenciando.

Sentiu o corpo tremer antes mesmo de ouvir a resposta.

– Você não consegue entender que, se criarmos o código genético perfeito, teremos mais que mutantes no planeta? Teremos o fim das doenças e humanos capazes de feitos incríveis.

– Que tipo de feitos? Aprisionar pessoas em quartos?

– Lis, em nome da ciência, precisamos criar um exército. Precisamos ver como conseguiremos fazer o melhor ser humano que jamais existiu.

– Melhor? Em que sentido?

– Um ser humano inteligente, rápido, com um raciocínio espetacular, que não adoeça, que saiba fazer exatamente o que for preciso... para ser eterno.

Ela se lembrou do discurso de Saddah, antes de persuadi-la a ir com ele a Dragon.

– Você não ama Lalinha? Não ama Luna?

– O que isso tem a ver com a nossa conversa?

Lis entendeu o interesse do médico na cura em Aigam. Quanto mais pessoas curadas, mais saudáveis estariam para que ele fizesse seus testes.

– Foi difícil encontrar um ser humano capaz de absorver o que eu tinha em mente. Até que pensei: *Por que não a Lis?* Você é perfeita para esse estudo. Pode mudar para sempre a história da humanidade. Pode trazer uma legião de super-humanos que enxergam energia, falam por telepatia, não adoecem e não se envolvem emocionalmente uns com os outros.

– Você quer reconstruir Dragon na Terra.

– Não, Lis. Eu não vou fracassar, como Saddah. Nem vou pegar a energia de yevens, que são seres tão ingênuos. Vou misturar Yevé com os humanos, uma raça que vai se autodestruir mais cedo ou mais tarde.

– Eu preciso impedir que isso aconteça. Não posso ficar aqui presa.

– Você precisa é ficar quieta. Repouse. Amanhã começaremos os testes e preciso de você descansada.

Ele apagou as luzes e a deixou na escuridão. Torturada pela realidade externa, desesperada de ter visto tudo e encontrado nada, Lis olhou para dentro. E percebeu que poderia encontrar a resposta.

O RETORNO DO FILHO DE SADDAH

Assim que percebeu que estava na Terra, Karrazah abriu os olhos e sentiu um cheiro estranho. Imediatamente reconheceu a caverna aonde tinha ido, quando ainda era chamado de Benjamin. Sentia que era parte da Terra, como se o tempo em Dragon tivesse sido apenas um grande pesadelo. Olhou para o tamanho de suas mãos. Estavam maiores. Já não era o menino que fora levado por Lázaro.

Perguntou a si mesmo por que havia sido capturado por Saddah. Pensou em Yunet, em Gohan, nos Despertos e relembrou algo que fazia seu coração pulsar: o cheiro da comida de Sinhá. *Preciso encontrá-la*, pensou.

Sair da caverna não foi tão fácil quanto parecia, mas ele não experimentava o medo da morte, que incapacitava os humanos. Então, mesmo na noite escura, não se sentia ameaçado pela floresta. Estava fascinado pela luz emitida pela Lua. Não sentia qualquer perturbação na mente que fosse capaz de dissuadi-lo a fazer o mal. Era como se estar na Terra o aproximasse de sua mãe, e de seu coração.

Enquanto ele caminhava para Aigam, Lalinha acordava, assustada, no meio da noite. Levantou-se da cama e pensou em abrir o caderno que Lis havia lhe dado para escrever o que tinha acabado de ver em imagens mentais, a fim de não perder. Quando abriu o caderno, notou uma frase no verso na capa, que parecia em alto-relevo. A frase não era visível a olho nu, mas, assim que pegou uma vela e a aproximou do papel, conseguiu enxergar o que estava escrito:

"No livro da vida escrevemos as memórias do que aconteceu, do que está vivo em mente e do que vai se tornar realidade. O livro da vida é um aglomerado de sonhos, emoções, visualizações e deve ser usado com responsabilidade".

Pensou estar sonhando, já que aquela frase parecia ter surgido ali naquele momento. Pegou um lápis e escreveu numa das folhas em branco:

"A guerra se ganha quando se ganha a guerra interna e nos sentimos pertencentes ao mundo em que vivemos. Quando nos sentimos encaixados, eliminamos as angústias e as angústias que vêm dessas angústias. Essa é uma das chaves do enigma. Por que você acorda? Cada pessoa tem que perceber por que vem ao mundo. Precisamos colocar o amor em movimento. Assim, temos o elo da felicidade e alimentamos a energia do amor. A felicidade passa por você para chegar ao outro."

Então, ela viu a imagem de Benjamin em sua mente. Lembrou-se do dia em que iam juntos para a caverna e seu pai a proibiu. Sentiu-se com o coração partido, mas não lembrava ao certo o porquê. Teve vontade de sair de casa e caminhar um pouco na rua. Saiu sem ser notada.

Começou a caminhar pela praça, olhando a lua no céu, e sentiu que algo estava prestes a acontecer. Conforme andava, percebia que não havia ninguém acordado em Aigam. As luzes estavam apagadas e o silêncio imperava na noite. Teve uma sensação estranha, como se alguém a observasse. Olhou ao redor e não viu ninguém. Olhou novamente e viu uma sombra vindo do lado de uma casa. Não conseguia ver de quem era aquele vulto.

– Quem está aí?

De repente, como se estivesse sonhando, viu um rosto que nunca tinha esquecido nem por um dia sequer. Lembrou-se de Benjamin e, numa fração de segundo, sentiu o coração bater forte, o corpo tremer por inteiro, a sua voz não conseguia sair. Ficou arrepiada. Não via o amigo desde que eram crianças. Sofrera durante anos por causa do seu desaparecimento e ninguém sabia o que tinha acontecido com ele até aquela linda noite de lua cheia.

– Você voltou? – gritou e foi correndo em sua direção.

Ele abriu os braços debaixo do clarão do luar e os dois se abraçaram, felizes e emocionados. Era como se os anos não tivessem passado.

– Eu... eu não acredito! O que está acontecendo? Precisamos encontrar Lázaro e dizer que você está aqui!

Saíram abraçados, conectados por um amor quase fraternal, e se dirigiram para a casa de Lázaro. Mesmo preocupada com os futuros acontecimentos, não podia conter a felicidade que sentia por estar diante do seu grande amigo.

Bateram à porta e sussurraram o nome de Sinhá. Quando ela percebeu quem era, ajoelhou-se no chão.

– Meu menino! É você!

Ele a abraçou como se tivesse acabado de sair de casa. Ficaram chorando durante alguns minutos, enquanto ela tentava entender o retorno dele para Aigam.

– Como você conseguiu voltar?

– Não há tempo para explicar. Onde está Lis?

Então, do fundo do corredor, surgiu a figura de Lázaro. Ele ouviu a voz de Benjamin e ficou petrificado. Era como se, num segundo, todo o peso da culpa se aliviasse. Como se a presença de Benjamin pudesse trazer luz à escuridão que ainda povoava sua alma. Sabia que a sobrevivência dele só fora possível graças ao amor que Lis gerava incondicional e ininterruptamente por ele. Sabia que, se Lis não nutrisse esse amor potente e profundo, jamais teria conseguido viver em Dragon e retornar à Terra. Via, diante de si, um ser muito amado, mesmo que nunca tivesse encontrado a própria mãe. E reconhecia nele todos os traços do amor que Lis emanara durante todo o tempo que pensava em sua forma e essência.

Eu estou sonhando, pensou.

Benjamin abriu um sorriso generoso e foi correndo em seu encontro. Já estava da mesma altura de Lázaro. Os dois ficaram abraçados, chorando, enquanto Lalinha e Sinhá acompanhavam aquele reencontro emocionadas.

– Eu não sei quanto tempo fiquei fora. Sei que sofri uma espécie de lobotomia, mas meu coração não foi capaz de apagar as lembranças que ficaram impregnadas na alma. Eu amo vocês. Nunca mais fui capaz de sentir amor como estou sentindo agora.

A sensação de Benjamin chegava a ser palpável. Ansioso, mais uma vez ele perguntou:

– Onde está Lis? Preciso encontrá-la.

Sinhá sentiu o coração disparar quando se lembrou da conversa que tinha tido na noite anterior.

Oh, não!

– Eu... eu acho... eu acho que ela... – tentou falar, mas a voz não saía.

– O quê, Sinhá?

– Acho que ela ia tentar fazer uma viagem no tempo para impedir que Lázaro levasse Benjamin até a caverna. Ela estava decidida...

Lázaro ficou pálido.

– Isso é impossível, Sinhá.

– Não, não é. Ela seria banida de Yevé se usasse seu poder para transformar algo que interferisse no livre-arbítrio dos habitantes da Terra, mas estava disposta a isso para impedir que o filho fosse levado por Saddah.

Benjamin ficou preocupado. O pressentimento de Sinhá farejava algo no ar. Nenhum deles ousou dizer qualquer palavra, mas todos sabiam que, de alguma forma, Lis estava em perigo.

Enquanto isso, Lis se embrenhava num mergulho em si mesma, como não fazia havia muito tempo. Tinha se voltado para fora, criando possibilidades para que sua missão pudesse ser realizada, mas causara um rompimento consigo mesma quando adotara o medo e a raiva pela perda do filho para Saddah. Desde então, sofria como se estivesse numa cegueira provocada pela fragmentação de si mesma.

Sabia que o processo de desenvolvimento humano e da evolução era ativo em todos os seres de todos os reinos e dimensões, e aprendera em Yevé que o desenvolvimento de uma nova espécie sempre ocorria interiormente e em segredo antes de ser revelado exteriormente.

Dizia para si mesma: "Todos os desenvolvimentos ocorrem por meio de uma evolução inconsciente". Sentiu compaixão por Rubens, de quem gostava com afeto e sabia que não tinha se enganado sobre seu coração. Ele não era um ser das trevas. Era apenas um ser em conflito. Pensou nele com a força do amor e disse em voz alta que o perdoava. Começou a pensar em cada um dos que tinham passado por sua existência, de Saddah a Lázaro, e perdoou um a um.

De repente, começou a sentir o coração pulsar e uma lágrima escorrer. Estava imantada e inspirada com o amor divino.

Na verdade, o ser humano tem a capacidade de desenvolver conscientemente a si mesmo e de evoluir para uma nova espécie de ser. É para isso que eles precisam despertar! A raça humana se autodestruirá se não quiser atuar a partir de um nível superior de consciência. O conflito final representa a luta dentro de nós mesmos contra a inclinação violenta da nossa natureza. Isso só se converte em conflito externo quando não resolvemos internamente o conflito, ela pensava. *Na verdade, o fim não é um acontecimento, e sim uma tendência intensa e radical desse conflito. Ou daremos um salto como humanidade para viver de acordo com o coração, ou a Terra terá uma completa destruição. O juízo final não vem de fora, mas de dentro de nós!*

Lis começou a sentir uma espécie de êxtase divino que só a alegria pura de uma descoberta era capaz de trazer. Entendeu que uma das formas de se chegar ao amor era através do sofrimento e que precisava se libertar dele, que era a maior das prisões. Naquela sala, mesmo presa fisicamente, tinha a dimensão exata de que era prisioneira quando estava em sofrimento e a libertação do sofrimento a fazia se sentir livre, mesmo estando presa.

Passou a identificar os padrões que a fizeram se apegar à dor. Entendeu que conseguira desenvolver compaixão pelas pessoas através do sofrer, mas que sua pior escolha fora se identificar com o sofrimento, que era uma armadilha do ego; que ficava feliz em estar infeliz.

Fiquei tanto tempo pensando só no sofrimento que esse foco expandiu isso e eu não pude enxergar mais nada, refletiu.

– Rubens, eu sei que está aí me ouvindo – disse em voz alta.

Lis sabia que podia abrir o coração dele.

– Trouxemos Yevé para a Terra. Você sabe que em Yevé não existem grandes desafios para as pessoas se desenvolverem internamente. Elas já são evoluídas. Estamos passando pelos desafios para que possamos trabalhar nossas emoções. Como trabalhar com as situações difíceis e dolorosas?

Ficou pensando em como podia se comunicar com ele sem glorificar a própria dor e o próprio sofrimento. Tinha que deixar claro que a natureza da mente era uma combinação de sabedoria: não exagerar, nem se vitimizar diante do próprio sofrimento e compaixão. Perguntou a si mesma se os humanos eram capazes de ter compaixão pelo outro. De onde vinha a compaixão? Por que Rubens esfriara seu coração numa temperatura que o congelara?

Nós nos identificamos com as coisas erradas, pensou. *Talvez eu não possa mudar o mundo, mas posso mudar o meu mundo. Posso provocar a felicidade em mim e resolver os meus conflitos. Posso disparar o alarme da felicidade nas pessoas ao meu redor. Se dentro de mim houver uma guerra, eu não conseguirei vencer a guerra externa. Dentro de mim, tudo precisa estar em paz. Todos precisam encontrar a paz dentro de si mesmos. A maior parte dos problemas do mundo se deve ao fato de que as pessoas que o controlam não têm controle sobre si mesmas. O que é realidade e o que é criação da minha mente?*, perguntou a si mesma.

Recordava-se das profecias de Yevé. Teria falhado em sua missão? Considerava que o aprendizado fora intenso naquele período na Terra. Estava ganhando profundidade no entendimento da Inteligência Divina. Pensou em Saddah destruindo tantos seres em Dragon e, mais uma vez, teve compaixão por ele. Sabia que, desde a maior das belezas do Universo até o mais inimaginável horror da escuridão, tudo era manifestação divina. Lutar contra qualquer forma de vida era lutar contra si mesmo.

CAPÍTULO XV

O SILÊNCIO FALANTE

Por toda a cidade de Aigam só se falava do desaparecimento repentino de Lis. Jason estava em pânico desde que não tivera mais notícias dela. Os livros estavam prontos para serem produzidos com as frases das suas músicas e ela ainda não havia assinado o contrato. Pensou em autorizar a impressão, já que Lis sinalizara que não se opunha à publicação, e deu sinal verde assim que percebeu que não a encontraria tão facilmente.

Enquanto os livros rodavam na gráfica, os jornais especulavam o sumiço da cantora. Alguns diziam que o reality show fora uma experiência massacrante para ela. Outros, que tinha desistido da fama. Havia até aqueles que acreditavam que se tratava de uma jogada de marketing.

Benjamin continuava escondido dentro da casa de Lázaro, enquanto todos faziam as buscas pela floresta e nas cidades vizinhas. Saddah, que despertara para o fato de que Karrazah havia fugido, ficou atento aos movimentos e às notícias da Terra. Sabia que seu filho não estava mais em Dragon, mas não conseguia identificar a presença dele em qualquer constelação. Chegou a pensar até que fora abduzido por Yevé.

– Se os dois foram abduzidos por Yevé, teremos um problema dos grandes, Gohan.

No Centro de Comando, eles especulavam sobre o que podia ter acontecido com Lis e o garoto. Enquanto isso, mantinham Yunet como refém, a fim de adquirir informações.

– Essa imprestável traidora não diz nada. A Terra está perdendo todas as ligações. Meus planos estão fracassando... Eu simplesmente não sei o que aconteceu de uns dias para cá. Como as coisas ganharam essa proporção? – pensou em voz alta.

Assim que Gohan identificou uma vibração anormal em Aigam, chamou a atenção de Saddah.

– Me parece que temos alguém interceptando nossos sinais...

De modo violento, Saddah bateu a mão sobre a mesa.

– Esse lugar é blindado. Como poderemos enxergar?

– Saddah, é isso. É justamente isso. Alguém está conectado a Dragon. De Aigam, temos alguém conectado a Dragon...

Saddah verificou as conexões e as coordenadas pareciam exatas.

– Temos que descobrir o que se passa!

Gohan acionou a equipe e começaram a analisar a frequência da movimentação da mente que estava conectada a Dragon.

– Senhor, acho que não vai gostar do que vai ouvir.

Saddah fechou os punhos e pediu que dissesse de uma vez.

– Receio que...

– Diga!

– Eu identifiquei a frequência vibracional do DNA de Dragon naquela região.

– Só pode ser Karrazah!

– Na verdade, existe mais de uma... mais de um ser de Dragon habitando Aigam.

Saddah coçou o ouvido e fechou os olhos.

– Precisamos agir.

Na sala onde Lis estava presa, as luzes se acenderam e ela pôde ouvir a voz de Rubens.

– Você está aí? – disse, com sutileza.

Ele respondeu secamente que estava e logo a porta se abriu.

– Vamos começar os procedimentos – avisou, sem olhar Lis nos olhos.

Lis respirou profundamente. Notava a frieza de Rubens e uma energia que jamais tinha sentido vinda dele.

Ele é manipulador de energia... como Saddah, pensou. *Só isso justifica o fato de ele conseguir ser tão frio e simular ser alguém bondoso quando está com as outras pessoas. Ele consegue criar campos de energia diferentes ao redor dele para camuflar a verdadeira intenção. Agora, sem essa camuflagem, por fim ele está se mostrando.*

– O que preciso é que você fique quieta durante todos os meses de gravidez. Você não é humana, não terei nenhuma misericórdia com você. Se fosse capturada por humanos, inclusive, seu corpo já teria sido dissecado pelos cientistas.

Percebeu que, na verdade, ele era pior do que Saddah, que sempre tinha deixado clara sua natureza. Fingir ser quem não era fazia dele um ser frio e calculista, como se tivesse premeditado durante muito tempo aquilo que faria.

– O que fará comigo depois que gerar esse feto?

Ele não esboçou qualquer emoção.

– Pretendo sugar sua energia geradora através de um padrão de emissão de energia. Se isso não funcionar, pretendo exterminar seu corpo, que não me servirá para nada depois que eu cumprir meu experimento. Talvez eu faça algumas experiências em simuladores para entender como o cérebro pode se desenvolver ou retrair, mas, a princípio, você só serve como finalidade de reprodução.

– Por que eu?

– Por que você? Porque você é Geradora de Energia. Porque você caiu no meu colo de paraquedas. Foi como um presente tê-la em Aigam. Foi muito fácil conquistar sua confiança, com a sua ingenuidade quase infantil. Eu não imaginava que conseguiria fazer isso tão cedo por questões óbvias de que seu desaparecimento repentino no meio do reality show despertaria muita atenção e as pessoas procurariam você. Mas não me restou alternativa. Essa história de querer viajar no tempo para buscar seu filho não ia acabar bem e eu ia perdê-la no buraco do tempo. Se não der certo o experimento, farei com Lalinha. A menina parece ter muito mais poderes que nós dois juntos. No futuro, os testes serão com ela.

– Você está falando sério? Ela é sua filha!

– Não, ela é um experimento genético bem-sucedido. Ela é uma aposta no futuro. Uma criação que deu certo e que criará uma nova raça. Agora estamos falando de você. Um filho nascido de dentro de você carregará uma carga genética muito poderosa.

– Estou realmente impressionada com a sua frieza. Você não tem emoções, não tem amor no coração.

– Obrigado. Ter emoções faria de mim um ser humano. E sentir amor não serve para os meus objetivos.

– Quais são seus objetivos?

– Neste momento, é fazer a fertilização dar certo. Espero que dê, porque está tudo pronto para isso. Caso não seja possível através de você, inevitavelmente, precisarei contar com o corpo da menina.

– Existe alguma probabilidade de eu ser solta e você voltar atrás em seu experimento?

– Nenhuma. E também não há possibilidade de um ser humano encontrá-la aqui.

Não havia qualquer possibilidade de um ser humano encontrá-la ali. Mas havia a possibilidade de um dragoniano ou yevens encontrá-la.

Sabia que o único que detinha recursos disponíveis para acessar um local com aquela dimensão, caso fosse um esconderijo subterrâneo, seria Saddah. No entanto, como acessar a mente dele? Como fazê-lo receber uma mensagem sua? Como dizer ao mundo que ela estava em perigo? E por que ele desejaria salvá-la?

Sentiu que muitas pessoas poderiam estar preocupadas com o seu desaparecimento, mas seu coração ficou apertado quando se lembrou de Lázaro, Lalinha e Sinhá, por razões óbvias. O amor que tinha sido construído entre eles na Terra era puro e genuíno.

Ao mesmo tempo, desejou intensamente que o experimento desse certo. Não queria que Lalinha fosse submetida a tal decepção. Se para ela, que desconhecia a palavra decepção, mas sabia do endurecimento dos corações, estar ali diante daquela versão de Rubens era uma surpresa desagradável, imaginava como seria terrível para a menina ser submetida a tal procedimento pelo próprio pai, a quem devotava tanto amor.

– Pode ir em frente, Rubens. Estou pronta para colaborar com você.

Ele ficou parado observando Lis deitada.

– Lis, talvez a sua missão, essa da qual você tanto fala, seja ceder seu útero. Será a segunda vez que fará isso. Desta vez, garanto que nenhum yevens ou qualquer ser de outro reino irá capturar esse bebê. Talvez... E eu digo isso para que você não se frustre nem tenha expectativas... Talvez sua missão seja dar à luz o Grande Missionário. Quem sabe o destino desse ser que vai habitar o seu ventre? Quem sabe ele dominará todos os mundos? Quem sabe ele será o Dono do Mundo?

Naquele instante, Lis fechou os olhos, respirou profundamente e deixou que o silêncio prevalecesse na sala. Era de silêncio que sua mente precisava.

A MÃE DIVINA

Quando Rubens chegou em casa, Luna estava preocupada. Não encontrara o marido no hospital durante todo o dia e aquilo a deixava apreensiva.

– Estou trabalhando num novo projeto – dizia ele, que alegava estar enfurnado no laboratório, dedicado aos estudos.

Luna não via problemas de ele trabalhar tanto, desde que desse notícias. Ficava preocupada, sobretudo depois do desaparecimento de Lis.

Assim que tocou no assunto com o marido, ele desconversou e foi tomar banho. Enquanto isso, Lalinha estava à espreita sentada na cadeira da cozinha. Achava estranho o fato de o pai não se preocupar com Lis, com quem tinha feito inclusive uma viagem ao visitar o hospital da cidade e a quem tanto elogiara anteriormente.

A menina tinha um desejo ardente de revelar à mãe sobre o retorno de Benjamin, no entanto sentia que fazer aquela revelação seria prematuro e perigoso.

Enquanto isso, Lázaro fazia o possível para ajudar nas buscas. A polícia já havia sido acionada pelos funcionários da produtora, que tinham agendado gravações e não conseguiam qualquer contato com ela.

Sem vestígios, Lis deixava seus fãs sem alimento para a alma e eles se nutriam dia e noite de suas palavras quando estava dizendo aquilo que pensava através do reality show. Suas músicas continuavam contagiando a todos e a mídia aproveitava para especular sobre o sumiço da estrela que prometia ser o ícone da estação.

As hipóteses eram tão absurdas quanto irreais, mas foram elas que atraíram a atenção de Saddah, que se revirou na cama quando soube que a principal notícia nas redes sociais da Terra era relacionada ao desaparecimento de Lis.

Se Karrazah desapareceu e ela também... será que foram parar em Yevé? E se, em vez de estar na Terra, ambos estão me enganando, numa armação conveniente para me enfraquecer?

Motivado pelo incontrolável medo de perder o poder, chamou Gohan, que previa que nada poderia ser feito.

– Lamento dizer, mas não conseguimos localizar Lis em qualquer radar.

Como ela estava numa sala subterrânea dentro do hospital, onde só Rubens entrava e nenhuma onda eletromagnética penetrava, por causa da proteção minuciosamente pensada durante anos, Saddah não tinha como capturar sinais através do radar. A única coisa com a qual nem ele nem Rubens contavam era que, depois da inseminação, Lis triplicaria seus poderes, já que receberia informações genéticas novas.

– Rubens, estou tranquila porque sei que não há vitória sem sacrifício. Escolho ficar serena neste momento, porque as escolhas que faço me definem, e não o fato de eu ter vindo de Yevé. O significado que decido dar para cada momento de dor da minha vida mostrará, de fato, quem eu sou.

O procedimento foi rápido e indolor. Passadas algumas semanas, ela já sentia seu corpo estranho. Já não ficava deitada, nem amarrada, mas permanecia trancada no quarto, sem saber quando era dia ou noite.

Calada a maior parte do tempo, tentava acalmar a dor do coração, praticando meditações e visualizações que transmitissem amor à nova vida que iria se formar em seu ventre. Sua esperança era de que aquela experiência pudesse se tornar bem-sucedida para que Lalinha fosse poupada.

Não via possibilidade de resgate e sabia que ninguém desconfiaria de Rubens, por ele estar acima de qualquer suspeita. Entendeu que, assim como na vida na Terra, não sairia viva dali;

portanto, queria transmitir o maior número de ensinamentos possível para aquele feto que estava se formando. Era através dele que se formaria uma nova vida.

Lis sabia que sua força não seria revidar com agressão aquela violência à qual estava sendo submetida. Ela queria quebrar esse percurso em que as maldades eram revidadas com a mesma moeda. Assim, entendia que a sabedoria do coração salvaria o mundo.

Transcendendo aquele sofrimento, a alma de Lis se elevava e sua energia era cada vez mais brilhante e palpável – o que, de certa forma, preocupava Rubens, que não contava com aquele fator surpresa. Como ele imaginava que ela reagiria com medo, sem emitir qualquer vibração de amor, não previra como aquelas ondas repercutiriam nos satélites avançados de Dragon, os quais captavam todos os tipos de energia que se sobressaíam em determinadas regiões.

Rubens ousava dizer que jamais presenciara um nível de energia tão alto como o que Lis alcançara. Era como se seu campo se tornasse celestial. Temia que aquilo pudesse afastá-lo, mas sabia que tinha facilidade em se blindar contra qualquer tipo de energia.

Lis refletia sobre como aquela maneira sutil de revidar o ódio com o amor poderia salvar o mundo e pensava carinhosamente no bebê que poderia estar gerando, mesmo sem saber se a experiência da fertilização tinha sido bem-sucedida.

Sua intuição estava acentuada e dizia que ela deveria passar seus ensinamentos de mãe para uma possível criança que poderia estar no seu ventre. Por isso, começou a contar, em voz alta, sua jornada. Inspirou três vezes e, quando sentiu que estava preparada para compartilhar seu amor, começou a falar pausadamente:

– Sou Lis, filha de Yevé, uma terra distante que trouxe muito amor para todos os seus habitantes. Lá, houve uma divisão. O amor e a ilusão fizeram com que eu caísse na tentação de seguir um líder manipulador. Foi o que fiz, sendo utilizada para a cocriação de um novo reino, onde não habitava o amor e os sentimentos eram proibidos. Lá, gerei uma vida. Um filho que nunca tive a oportunidade de encontrar. Quando ele nasceu, fui abduzida por Yevé, porque clamei, repetidas vezes, por perdão e misericórdia. Nessa abdução, num dia de eclipse, houve uma batalha de forças e meu filho foi enviado para a Terra, onde foi encontrado em Aigam. Em Aigam ele foi cuidado por Lázaro e Sinhá, que tinham uma abertura no coração capaz de amá-lo. No entanto, depois de alguns anos, Lázaro foi seduzido pelo canto de Saddah, que o magnetizou para que ele visitasse a caverna, onde o perdeu. A caverna, como todos os yevens e dragonianos sabem, é um portal poderoso que transporta seres intermundos.

Lis fez uma pausa. E então continuou:

– Cheguei em Yevé e recebi uma carga extra de energia para retornar à Terra, a fim de cumprir uma missão para a qual fui designada. Tentei seguir meu coração e despertar o maior número de humanos para o amor, através da música e da conscientização de hábitos. Mas, na metade do caminho, fui enfraquecida por me deixar abalar pela notícia de que meu filho fora capturado por Saddah. Destruída por dentro, criei um campo que fez meu coração esfriar e meus medos aflorarem. Me tornei a mais humana das criaturas, sentindo na pele todas as dores que os seres humanos experimentam. Logo, fui capturada por Rubens, que tentou realizar experimentos a fim de criar uma nova vida em meu ventre. A partir de hoje, vou dizer cada palavra em voz alta para que você registre essa memória em suas células e em seu DNA, e vou trazer ensinamentos poderosos que te servirão como bagagem para viver na Terra.

Assim que acabou de falar, houve um apagão. Sentiu a eletricidade de forma diferente e tateou as coisas a fim de ver se a porta teria sido destrancada com a falta de energia. Sabia que, durante o apagão, Rubens não teria a possibilidade de ouvi-la, já que o circuito interno parecia captar sua voz através de um microfone e um equipamento tecnológico ligado à eletricidade. Por isso, continuou:

– A vida na Terra não é simples como parece, mas é surpreendentemente deliciosa. É feita de encontros e desencontros. E as pessoas têm a capacidade de amar umas às outras de modo incondicional. Os maiores avatares de todos os reinos escolheram a Terra como planeta para evolução e experiência contínua. A Terra possibilita que trabalhemos nossos sentimentos e emoções. Ela traz desafios diários, ao contrário de Yevé, que vibra num único padrão. A oscilação da energia da Terra faz com que haja grandes desequilíbrios, mas também enormes aprendizados.

Conforme ela falava, Rubens corria pelo hospital para tentar entender como a eletricidade tinha falhado apenas no subterrâneo. Não podia pedir a ninguém que o auxiliasse, mas não queria deixar Lis sem supervisão dos monitores de vídeo.

Saddah, por sua vez, vibrava ao lado de Gohan, com quem estava na sala de controle em Dragon. Assistia à transmissão do que Lis dizia e ficou impactado. Mesmo com o coração frio, sem qualquer piedade pela mãe de seu filho, entendeu que o plano de Rubens era uma grande ameaça para ele. Se o cientista completasse aquela missão, criaria um exército de mutantes que Saddah não seria capaz de dominar.

Levantou-se em silêncio e decretou que iria para a Terra.

– Preciso impedir que esse bebê nasça através de Lis – afirmou, resoluto.

Isso queria dizer que ele ia enfrentar uma viagem interplanetária até a Terra. Era como se todos estivessem confusos e inquietos em Aigam. Existia algo invisível que perturbava a ordem das coisas. Como se um desequilíbrio fizesse todos se sentirem perturbados.

A Kundalini da Terra começava a se deslocar e Aigam perdia a proteção natural que lhe era concedida através do chacra da Terra, que de tempos em tempos mudava de lugar.

Ninguém imaginava, mas desde o dia em que pisara em Aigam, Rubens esperava o momento certo para agir, com frieza, pois não sabia ao certo quando a Kundalini começaria a se deslocar. Seu poder oculto era conseguir viver entre mundos como um camaleão. Ele conseguia vestir-se da energia que queria, criando campos ao redor dele, para disfarçar suas intenções reais. Desta forma, protegera a si mesmo quando Lis ingressou na Terra. Para que ela não sentisse qualquer desconforto em sua presença, Rubens decidira que seria seu aliado e, mentalmente, havia feito com que sua esposa, Luna, quisesse uma aproximação com Lis, para que ele a levasse para perto do hospital.

No período em que esteve atuando nas curas, dentro do hospital, Rubens decidiu que faria aquilo que Lis lhe dizia, a fim de não levantar suspeitas. Sabia que com o tempo ganharia sua confiança e, com a proximidade, teria Lis em suas mãos. Ao lado dela, sentia como se tivesse ganhado sua fortuna. Sabia o quanto a energia dela era valiosa e como uma forma de vida gerada por ela poderia lhe servir de grandes feitos. Tinha em mente sugar sua energia antes de dissecar seu corpo, depois do nascimento do bebê que viria de seu ventre, mas ainda não sabia se o faria por razões óbvias. Imaginava que ela poderia servir como uma fábrica de bebês, caso as manipulações genéticas dessem certo.

Lis, ao contrário do que Rubens previa, estava com uma sensibilidade elevada depois da fertilização, pois àquela altura já não tinha mais dúvidas de que existia um Ser de Luz dentro de si. Se a gestação em Dragon fora de dor e sofrimento, ela não sentia o peso derrubando-a para baixo. Sabia que as prisões mentais eram as piores, e que estar ali, fechada num local, não mudava a realidade interna. Cada vez mais percebia como a realidade interna deveria prevalecer, independentemente dos acontecimentos externos. Esse era o verdadeiro equilíbrio. Sentia uma intensa força e conseguia gerar energia para ela própria e para o bebê em seu ventre.

Talvez esse seja um motivo para que eu cresça, ela pensou. *E se esse ser me elegeu como guardiã do seu mistério? E se ele me procurou para algo que, onde estava, não tinha como conseguir? E se esse ser que habita meu ventre estiver descendo à Terra através do meu corpo e recebendo através de mim o dom da vida? Por que essa vida me elegeu? Certamente, ela procurou em mim algo que devo ter, senão teria buscado outro corpo. Se todo mundo pudesse se lembrar disso e sentir como se carregasse algo muito sagrado, que vem com um segredo a ser trazido à tona... Se eu puder ajudar esse bebê e protegê-lo, será que consigo deixar essa vida vir à Terra, ouvindo o que ela tem a me dizer? Será que enfim vou descobrir o sentido da vida? Será que esse bebê é meu mestre?*

Sabia que a vida humana não era feita apenas de matéria. Era plasmada ali uma força vital que vinha de galáxias distantes. Muitas vezes, espíritos de luz que escolhiam um ventre pronto para dar à luz.

Não é essa a magia da vida?, perguntou a si mesma.

Deitou-se para descansar um pouco, sem imaginar o que acontecia naquele momento fora dali. Lis jamais poderia imaginar que Saddah se transportaria para a Terra, para tentar impedir que Rubens concluísse seus planos. Lis jamais poderia sonhar que seu filho, Saddah e Lázaro estariam juntos, lutando por ela. Nem em seus sonhos mais doces.

A REVIRAVOLTA

Com o inesperado deslocamento da Kundalini da Terra, Saddah não encontrou qualquer dificuldade para se transportar para a caverna próxima a Aigam, aonde chegou com a energia mais densa.

Desacostumado a conviver em ambiente terrestre, encontrava certa dificuldade com a perda de energia que não conseguia reter, mas, como tinha facilidade de manipular mentes, sabia que, assim que encontrasse um humano, poderia sugar suas energias para recarregar a si mesmo.

Tinha implantado um chip sob a pele para que Gohan acompanhasse seus passos e soubesse quando estivesse em perigo. Ao mesmo tempo, aquela tecnologia era capaz de transmitir coordenadas precisas.

Foi dessa forma que Saddah pisou em Aigam. O cheiro da grama verde do grande campo que ficava atrás do conservatório veio às suas narinas e ele percebeu que era a primeira vez que sentia um odor. Não conseguia se lembrar da infância em Yevé, tampouco de qualquer experiência digna de sensações. No entanto, estar na Terra proporcionava que sentisse, o que era improvável no Reino de Dragon, onde sentimentos eram metralhados por vacinas diárias que os faziam buscar concentração e domínio da mente.

Sentiu-se vulnerável, mas sabia que precisava agir. Seu plano era encontrar Karrazah e convencê-lo a criar uma materialização que pudesse fazer Lis ser vista por todo o planeta Terra, dentro da sala onde estava presa. Imaginava que dessa forma as autoridades conseguiriam localizá-la e o plano de Rubens não se concluiria.

Sabia que, através de ondas telepáticas, seu filho seria o único a decifrar a frequência de onde estava escondida a mãe, já que tinham uma ligação profunda. Por isso, precisava saber onde o garoto estava.

– Posso ajudá-lo?

Ouviu a pergunta e virou-se. Olhou para a figura que estava diante dele e ficou chocado. Não conseguia dizer uma só palavra.

– Você é novo aqui em Aigam? Está perdido?

Saddah sentiu seu coração bater acelerado. A voz ficou embargada. Era a primeira vez que tinha uma reação emocional.

– Eu procuro... Qual o seu nome?

– Lázaro. Meu nome é Lázaro.

Uma retrospectiva se fez em sua mente em uma fração de segundos. Já tinha visto a feição de Lázaro, na época em que capturara Karrazah, a quem ele chamava de Benjamin, mas não fora impactado pela expressão do rosto dele. Também não havia observado o rosto dele quando o monitorava ao lado de Lis. Sentia apenas sua presença e energia. Ele conseguia enxergar o fundo de seus olhos. E o reconhecia.

A única pergunta que conseguiu fazer foi completamente inusitada.

– Você... você é filho de Yalom?

Lázaro deu um passo para a frente, boquiaberto. O que aquele estranho sabia sobre seu pai?

– Sim... Como sabe disso?

Saddah estava sob os efeitos das emoções que o invadiam de maneira incontrolável.

O líder de Dragon pensou em dizer que Yalom também era seu pai. Que Yalom era um forte guerreiro e tinha sido o primeiro fugitivo de Yevé, e o mais desordeiro dos seres, capaz de destruir tudo. Que desde pequeno se lembrava da imagem de Yalom despedindo-se e dizendo: "Vou para um planeta onde posso fazer o que quero, e não o que preciso". E desde então nunca mais o vira nem tivera notícias do homem. Assim que Saddah olhou nos olhos de Lázaro, viu o rosto de seu pai, com a mesma idade com que tinha partido. Foi inevitável sentir dor e medo. Como se sua criança interna, que nunca fora curada, surgisse.

– Você está bem? – perguntou Lázaro, preocupado quando viu os olhos vermelhos de Saddah, que sentia uma leve tontura.

– Estou...

O dragoniano não estava habituado a receber amor. Lázaro o segurou pela mão e seu corpo explodiu numa energia que só lembrava ter sentido através de Lis. Seu corpo sentia os centros de força esquentarem e todo seu peito numa explosão quente, como se tivesse recebido um abraço poderoso. Começou a tossir, tentando expelir algo que estava engasgado, e enfim pôde falar:

– Eu conheci Yalom. Ele era meu pai.

Lázaro recuou. Respirou profundamente, chocado com a revelação.

– Como?

Saddah não respondeu. Queria saber como tinha sido a vida de seu pai na Terra.

– O que ele fez aqui? Ele conquistou algo? Quando ele saiu de... de casa... ele dizia que conquistaria algo.

– Ele foi prefeito desta cidade. Morreu antes da grande tempestade.

– Quando foi isso?

– Eu deveria ter uns seis anos.

Imaginou que era alguns anos mais velho que Lázaro, mas que não tinham mais de dez anos de diferença.

Deve ter sido na época em que a Kundalini veio para Aigam. Ele nunca deve ter conseguido voltar...

– Você viu o corpo dele?

Lázaro não sabia o que responder. Tinha sustentado uma mentira durante anos, dizendo que o pai voltara debilitado, quando ele nunca aparecera.

– Quando a tempestade começou, ninguém sabia ao certo o que aconteceria com Aigam. As chuvas vieram fortes e a tempestade parecia trazer raios incontroláveis. Foram sete dias e sete noites de chuva intensa. Ninguém tinha qualquer notícia sobre meu pai – disse Lázaro. – No oitavo dia, a chuva parou. Eu e Sinhá tínhamos ficado no refúgio subterrâneo. Quando saímos, vimos que a casa estava depenada. A força da natureza fora implacável. Saímos na rua e toda a cidade de Aigam havia sido devastada. Os corpos ainda boiavam pelas águas e não vimos nenhuma casa de pé.

Lázaro parou de falar e relembrou o que tinha acontecido. Horrorizada com aquela imagem, Sinhá pegara na mão do menino e dissera: "Encontre o poder escondido na sua verdade". Ainda se lembrava de seu gesto, coletando um punhado de terra no chão e colocando nas mãos dele. "Essa terra é sua, menino. Você vai construir um novo reino."

– Por que ele tinha um abrigo subterrâneo em casa? – perguntou Saddah.

– Eu... não sei...

Saddah imaginou que o pai já soubesse que poderia haver ataques ou que a Kundalini poderia ir para aquela região.

– Você viu o corpo dele? – perguntou novamente.

– Não – Lázaro baixou os olhos. – Nunca vi. Imaginamos que tenha morrido.

– Então ele vive... – Saddah ficou perplexo. – Certamente ele vive em algum lugar longe daqui.

– Por que ele não voltaria?

– Porque ele não volta jamais. Ele só segue adiante. Ele é como o Tempo. Implacável, rígido, não dá trégua e nos coloca contra ele sempre.

Lázaro nunca imaginara o pai daquele jeito, mas a forma como Saddah falava parecia definir Yalom.

– De onde você vem? – indagou, em tom amigável.

– Eu venho de muito longe. A história é longa para eu poder explicar. Vim salvar alguém que está em perigo.

Olhou para o pescoço de Lázaro. Ambos tinham a mesma marca de nascença. Uma espécie de pinta rosada um pouco abaixo da orelha.

– Veja... – Mostrou Saddah, achando aquele momento totalmente inusitado.

Lázaro ficou olhando para Saddah e nem se deu conta de que não perguntara seu nome. Estava com uma sensação estranha. Algo dizia que podia confiar naquele homem. Ao mesmo tempo, não o conhecia. Tinham um laço de sangue e encontrar alguém que era filho do mesmo pai o deixava cheio de sentimentos contraditórios, já que vivia uma relação complexa com a história de seu pai. Era como se conhecer aquele homem o ligasse ao seu passado e o fizesse entender melhor o presente. Mesmo assim, o convidou para que fossem para sua casa, onde poderiam fazer uma refeição e conversar.

Saddah estava se sentindo diferente com a energia da Terra. O turbilhão de sentimentos e sensações causado pela mudança energética e também por aquele encontro inesperado o fazia mudar certos padrões.

Saddah aceitou, sem imaginar que logo que passasse pela porta de entrada daria de cara com o próprio Karrazah.

– O que ele faz aqui? – gritou o menino, com expressão de pavor.

Saddah teve de controlar o impulso de segurar o jovem pelos braços. Em vão. Olhou para Lázaro, querendo fuzilar o irmão com o olhar.

Roubou meu pai... e rouba também meu filho, pensou, enquanto Sinhá entrava na sala atordoada com a série de acontecimentos.

– Karrazah, eu vim ajudar a libertar sua mãe. Não podemos perder tempo. Neste momento, ela está em perigo.

Os três se entreolharam e Lázaro ainda não conseguia entender o que acontecera.

– De onde vocês se conhecem? – por fim perguntou, confuso.

– Ele é Saddah! Ele é de Dragon e tem trazido todo o mal para a Terra. Suga a energia dos terráqueos e quer dominar os humanos. Não podemos confiar nele! – gritou o menino.

– Benjamin, acalme-se – pediu Lázaro.

– Parem de me chamar cada um de um nome que eu vou acabar enlouquecendo!

– Explique o que está acontecendo aqui, Saddah – pediu Lázaro.

Saddah resolveu explicar a história do início.

– Acabei de descobrir que meu pai habitou nesta casa.

Sinhá baixou os olhos, como se fosse uma portadora de segredos. Desde o dia em que Yalom saíra de Yevé, ela sabia que se tornaria um humano e fora designada a acompanhar seus feitos. Tinha ficado chocada com a frieza dele com Celeste, a quem ajudara, a fim de salvar o menino que carregava na barriga.

– Eu me despedi do meu pai aos seis anos. Foi a última lembrança que tive dele. Mas a mais marcante. Ele me dizia que eu precisava dominar os povos, que precisava ser mau. E eu manipulava a energia dos yevens com tanta facilidade que achei que deveria fazer aquilo. Quando criei Dragon, levei Lis comigo. Ela era uma Geradora de Energia excepcional... – Saddah parou de falar e começou a refletir por que estava ali se explicando. Mas, assim que viu o olhar de Karrazah, as emoções humanas o dominaram e voltou a falar com o coração: – Insisti que tivéssemos um herdeiro e geramos um filho. Mas ela foi abduzida por Yevé. Lis era incapaz de viver num reino onde o coração não podia se manifestar e os sentimentos eram proibidos e anulados em prol de uma mente mais ágil. Ela acreditava que o coração era sua força. Eu acreditava que o coração era sua fraqueza. Assim, ela retornou a Yevé e nosso filho veio para a Terra. Não sei como ele veio parar bem aqui, na casa do avô, com um familiar. Até este momento, eu não acreditava que existia algo guiando o Universo que fosse mais forte que nós. Mas agora entendo que deve haver uma explicação e uma inteligência muito superior que eu não sei como existe, mas existe. A questão é que, quando Lis se foi, para a sobrevivência de Dragon, tivemos que nos ligar à Terra. E através da Terra conseguimos gerar energia para Dragon. A energia na Terra era muito desperdiçada e começamos a entender que, se os humanos fossem dominados pelo coração, eles tornariam a energia leve; então, precisávamos de algo mais denso. Dominávamos suas mentes para criarem pânico, medo e emoções que gerassem a qualidade de energia que nos nutria em Dragon. Assim que Lis veio para a Terra, o padrão de energia mudou de modo brusco. As pessoas começaram a acompanhar suas músicas e mensagens e serem tocadas pelo coração. As emoções humanas são muito fortes. Fizemos alguns experimentos com Karrazah para que ele criasse situações de pânico, porém demos uma pausa no projeto quando o garoto sumiu. Quando ele desapareceu, começamos a notar uma movimentação em Dragon que mostrava que muitos estavam saindo da nossa frequência original. Eu sabia desde o início que isso poderia acontecer. Mas o motivo pelo qual venho à Terra é que Lis está em perigo.

– E você ficou bom de repente? – perguntou descrente o filho.

– Eu falo a verdade. Eu vim de Dragon, arriscando a minha vida para salvá-la das mãos de um cientista que a capturou para fazer experimentos genéticos. Não sei o que pode acontecer com a raça humana se ele for bem-sucedido. Ele fez uma fertilização *in vitro* e ela parece estar gerando um bebê. Se essa experiência der certo, a raça humana pode ser dominada por esse exército que será geneticamente preparado por esse cientista.

Sinhá, Lázaro e Benjamin ficaram em silêncio. Lázaro desconfiava que Saddah se referia ao doutor Lucas. Até que Lázaro perguntou:

– Quem é esse cientista? O que podemos fazer para tirá-la de lá?

– O homem, ou seja lá a que raça esse cientista pertence, chama-se Rubens. Pelo que estudei, mora em Aigam e tem uma filha geneticamente modificada.

Lázaro estava perplexo pelo fato de descobrir que Rubens era o grande vilão. Identificar Lalinha como um ser geneticamente modificado era assustador. Os fatos começavam a ficar mais claros, embora Lázaro não conseguisse entender direito aquela traição.

– É impossível. Conheço Rubens há muito tempo, ele seria incapaz de fazer isso. Você está aqui nos manipulando.

Saddah olhou para cada um deles e pediu que Karrazah fizesse uma demonstração.

– O menino sabe materializar energia. Isso quer dizer que ele consegue enxergar o que acontece através de uma tela mental para que outras pessoas possam enxergar aquilo que construiu com a energia. Isso é a materialização. Ele é um criador. Nasceu com esse Dom. Lis é Geradora de Energia. – Esquivou-se em dizer que era manipulador e continuou: – Se acessarmos a frequência de onde ela está, conseguimos capturar as imagens do local e transmiti-las através da televisão. Karrazah pode fazer isso.

Nesse instante, o jovem, mesmo desconfiado, viu verdade nas palavras de Saddah.

– Temos que nos unir. Caso contrário, Lis será destruída e uma nova raça de mutantes vai dominar este planeta.

– Como saber se você não está nos manipulando? Durante a vida inteira você jamais demonstrou qualquer sentimento pelo que pode acontecer com a Terra. Sempre a destruiu e roubou energia dos humanos.

– Eu os manipulei, mas eles se destruíram sozinhos. A maior prova de que falo a verdade é que a minha vida corre risco ajudando você energeticamente com essa materialização.

Lázaro entendeu que aquela discussão não os levaria a lugar algum, que Lis poderia estar correndo perigo.

– Acho que poderíamos tentar. Aonde iríamos?

Os olhos de Saddah brilharam.

– Ele não pode saber que estamos fazendo isso. Você disse que tem um abrigo subterrâneo? Se esse abrigo foi feito por nosso... digo, por Yalom, ele é protegido o suficiente para que não sejamos descobertos.

CAPÍTULO FINAL

SÓ O AMOR CONSTRÓI

Ainda sem energia elétrica na sala onde estava, Lis começou a dizer em voz alta para o bebê que estava em seu ventre:

– Não é da morte que a maioria das pessoas tem medo, mas de chegar ao fim da vida e entender que nunca viveram de verdade. O maior arrependimento da vida é deixar de fazer algo. Os riscos que nunca correram, os sonhos que nunca buscaram... A vida foi feita para viver. É preciso viver os seus sonhos. Viver sem deixar que o medo impeça você de realizar seus sonhos. As pessoas não escolhem os sonhos. Os sonhos escolhem as pessoas. Tenha coragem para agarrar o sonho que te escolheu e não deixe que ele escape. Cada um foi feito para viver o sonho que existe dentro de si. A pior coisa que pode acontecer é duvidar da própria missão e de seus sonhos. Ser feliz não é ter todas as riquezas do mundo, mas acreditar que você pode ser uma delas. Entenda que o importante não é o que te acontece, mas o que você faz com aquilo que te acontece.

Conforme ela falava, um milagre parecia acontecer. A luz dentro da sala voltava e as TVs de Aigam e de todo o mundo viam sua imagem e suas palavras.

– Deu certo! – vibrou Saddah, quando viu que sua tentativa não fora em vão. – Continue sustentando essa materialização, Karrazah.

Saddah sabia que precisava sustentar aquela energia para que a materialização continuasse acontecendo. Ao mesmo tempo que ajudava o filho a materializar, a transmissão de energia o enfraquecia. Sentia-se a cada segundo mais fraco, mas sabia que o sucesso daquela missão dependia da sua continuação.

Vendo que o pai estava se desmaterializando, à medida que emprestava sua energia para que a missão prosperasse, Karrazah voltou-se para ele:

– O que está acontecendo?

– Continue, senão vamos perder a Lis.

Como estava transmitindo sua energia, perdia a própria força durante o processo e definhava. Não sabia que aquilo poderia acontecer, nem imaginava que um dia salvaria Lis, que lhe fornecera energia vital durante tanto tempo. Não entendia bem a razão pela qual estava doando sua energia, mas não parava de sustentar energeticamente aquela transmissão ao lado do filho.

Do abrigo subterrâneo, faziam a imagem que conseguiam acessar através de Karrazah, de Lis conversando com seu bebê, ser transmitida para todo o planeta. Enquanto Karrazah olhava para Saddah, preocupado, a imagem das TVs enfraquecia.

– Não pare – pediu Saddah.

– Como? E você?

Karrazah, que tinha um coração bom, via o pai se desmaterializando enquanto emprestava a energia para a execução do plano.

– O que vamos fazer? – Karrazah indagou.

– Eu só quero que você saiba que Lis sempre foi o acontecimento mais importante da minha vida. Independentemente de quem eu sou. Hoje percebo que também fui tocado por um sentimento cujo nome eu não sei, mas ao qual entrego a minha vida. Também descobri que você é muito especial para mim. Obrigado por me ajudar a salvar sua mãe.

Enquanto ele emprestava sua energia, dizia ao filho que continuasse e pediu apenas que ele fechasse os olhos. Não queria que Karrazah presenciasse o que poderia lhe acontecer. Sabia que poderia perder toda a energia e desaparecer. Em questão de segundos, o seu corpo evaporou, surgindo no ar pétalas de flor-de-lis das mais variadas cores e perfumes. No ar, uma fragrância delicada e suave deixava o ambiente leve mesmo diante da sua partida.

Aos poucos, as pessoas paravam o que estavam fazendo em suas casas e começavam a ouvi-la. A princípio, acreditavam que o reality show tinha continuado.

"A maioria de nós não vê que a dúvida extermina os sonhos e usa disfarces e, assim como um vírus, nos deixa doentes. Você tem que querer viver com todo o seu coração. Terá que batalhar, não existe montanha sem subida. Se quiser chegar ao topo, precisa passar por obstáculos. A vida será repleta de momentos de dor, mas você pode escolher a sua dor. Não pense duas vezes... O passado não te define, você renasce a cada momento."

Enquanto ela falava, todos eram tocados e começavam a entender o que acontecia com suas vidas. Ao mesmo tempo, as retransmissoras de sinal não entendiam o que poderia estar acontecendo, nem como aquela imagem entrava sem que conseguissem impedi-la. Aos poucos, a imagem ia invadindo todos os meios de comunicação, rádios, emissoras de TV. Em pouco tempo, seria retransmitida pela internet.

Sentindo-se diante da morte, Lis tinha uma grande expansão de consciência e queria transmitir tudo que sabia sobre o amor. Assim que Rubens percebeu o que estava acontecendo, invadiu a sala para impedi-la de continuar falando. Nem raciocinou que era visto por milhares de pessoas. Num ato de total desespero, empurrou-a com força. Não sabia de onde aquelas imagens estavam sendo captadas.

– Quieta. Você precisa se deitar agora!

Ela olhou nos olhos dele e respondeu:

– Na vida, todo tempo é pouco. Se você não usar seu dom, não trairá apenas a si mesmo, mas a todo mundo.

Rubens estava irritado e pediu mais uma vez que se deitasse. Como ela o desobedeceu, ele a pegou com força e a amarrou na cama.

Em todas as telas ao redor do planeta, as pessoas ficavam perplexas diante do acontecido. Na casa de Luna, Lalinha assistia ao episódio em estado de choque. Nos demais lugares, alguns imaginavam que ela estava num manicômio ou em algum tratamento psíquico.

"*O local onde estamos é o local onde a gente aprende todo dia*", voltou a dizer, enquanto sua imagem aparecia imediatamente nas telas das casas. "*Cada pessoa que a gente conhece serve para nos ensinar. Temos que vê-la com ar de bondade, e não com julgamentos. Tudo que acontece no cotidiano e no relacionamento ajuda a sermos quem somos no dia de hoje. Pelos acontecimentos do dia a dia encontramos o caminho. Na estrada são entregues peças de um quebra-cabeça que, se tivermos paciência e sabedoria, seremos capazes de construir. Uma peça precisa da outra. Se eu não tivesse me prendido aqui para fazer este experimento, eu não teria a oportunidade de gerar você, meu filho. Não existem problemas. O que alguns chamam de problema eu dou o nome de milagre. Problema é um milagre que Deus entrega como sendo uma pedra no caminho.*"

Lázaro entendeu que o médico criara uma emboscada para Lis e saiu dali, a fim de informar às autoridades onde ele acreditava que estava localizado aquele esconderijo. Entre aqueles seres tão diferentes entre si, brotava um sentimento de união. Uma força difícil de explicar, mas que podia ser sentida. Estavam unidos no mesmo propósito.

"*Todos, sem distinção, vêm para a Terra para aprender e crescer*", continuou Lis. "*O objetivo do caminho do amor é crescer, e não permanecer na infância como uma criança pequena. Quando algo dá errado, a gente chora e grita. A maior tragédia é crescer por fora e continuar como uma criança por dentro. Na Antiguidade, existiam máscaras para esconder autores de grandes teatros. De fato, o que acontece nos dias de hoje é essa personalidade sendo assumida. As pessoas querem que as outras acreditem que elas são aquele personagem que criaram para si mesmas. A pior tragédia é que elas tomam por verdade as máscaras que usaram para que os outros acreditassem, mas que não é real. É preciso crescer e se colocar na escola da vida. Passar de ano depende de nós. O melhor lugar para aprendermos é aquele em que estamos agora."*

Suas palavras reverberavam no coração de cada ser humano na Terra. Em Dragon, onde os telões também tinham sido acionados, todos viam as mesmas cenas e a legião de Despertos começava a sentir emoções e elevar-se. Conforme a frequência vibracional de Dragon se elevava, cada um dos dragonianos começava a se lembrar de como era viver em Yevé. Tocados na essência, sentiam como as emoções poderiam ser leves. Isso fazia, pouco a pouco, a rota da energia mudar. A energia da Terra se elevava, e, conforme isso acontecia, a de Dragon se modificava, ganhando novos tons.

Gohan, que assistia a tudo de Dragon, estava desorientado com o que estava acontecendo. Para ele, era uma surpresa que pudessem se alimentar de outras fontes de energia. Estava convicto de que Dragon sofreria mudanças e de que nada seria como antes, mas tinha certeza de que aquele caminho parecia ser um novo caminho.

Então, podemos nos alimentar de energia positiva. Podemos nos alimentar da energia de emoções puras, pensou.

Lázaro correu contra o tempo, a fim de avisar às autoridades. Quando chegou na porta do hospital, viu que já estavam lá fazendo suas buscas.

As últimas palavras de Lis, antes que a polícia chegasse violentamente, arrombando a porta da sala onde ela era mantida em cativeiro, eram carregadas de amor:

"Veja o que você tem dentro de si para oferecer ao Universo. Uni *significa uma.* Verso *significa canção. É uma canção... Cante com seu coração no palco da vida. Sorria para a vida. Você não pode voltar e fazer um novo começo, mas pode fazer agora um novo final."*

O NOVO FINAL

Assim, Aigam viveu uma era de recomeços.

Rubens não foi encontrado pela polícia, mas todos estavam tranquilos com o retorno de Lis, que foi acolhida por Sinhá assim que a desamarraram da cama.

Quando saíram, Sinhá relatou os últimos acontecimentos em Aigam, envolvendo o aparecimento de Saddah, a notícia de que ele e Lázaro eram irmãos e como haviam feito para descobrir o esconderijo. Orgulhosa, Sinhá determinou:

– Lis, o amor venceu finalmente. Você pôde trazer o amor de volta. – Enquanto lágrimas escorriam de seus olhos, explicou mais uma novidade: – Recebi um sonho bom de Yevé. Um sonho vivo! No sonho, o Comando dizia que eu era aceita de volta. Que, apesar de eu ter interferido no livre-arbítrio, todos haviam entendido que aquela interferência tinha sido boa, inclusive para que você realizasse sua missão. Lis, eu não sou mais uma banida!

Emocionadas, as duas se abraçaram e ficaram um tempo sentindo o coração uma da outra. Era o reconhecimento de almas antigas que queriam o bem.

Assim que saiu do local onde fora escondida por Rubens, a primeira imagem que Lis viu foi a de seu filho comemorando ao lado de Lázaro. Deixou escorrer uma lágrima e agradeceu ao Plano Divino. Sabia que não precisaria se preocupar, porque uma Inteligência Infinitamente Superior estaria cuidando de tudo. Por causa dessa Inteligência, a Terra estava salva. Por causa dessa teia de acontecimentos, que ela não saberia como explicar ou definir, tudo tinha entrado nos eixos. No fundo, talvez sua missão tivesse sido viver o sacrifício para que Rubens fizesse o que tinha feito, a fim de atrair Saddah para a Terra.

Quem podia explicar os acontecimentos? Quem podia controlar ou definir as emoções? No fundo, a lei do amor sempre reinaria na Terra e salvaria todos os reinos da escuridão do medo e da ignorância.

Quando deu o primeiro abraço em seu filho, a quem não chamava de Karrazah ou Benjamin, e sim de Erosent, sentiu seu estômago se contorcer, como se dentro dela algo vibrasse mais forte. Colocou a mão do menino em sua barriga e disse, emocionada:

– A raça humana tem algo de bonito. Existe uma beleza no amor entre os humanos que não pode ser explicada. Mas há algo que se chama amor entre irmãos. E eu sinto que, independentemente do que possa acontecer daqui para a frente, espero que você o proteja.

Sentia um amor puro, genuíno, como um grande reencontro.

– Onde está seu pai? – perguntou a ele.

O menino baixou os olhos, que se encheram de lágrimas.

– Não sei. Ele me ajudou como pôde. Depois, fiquei concentrado na materialização e ele começou a definhar, dedicando toda sua energia para a missão. Então, desapareceu, deixando pétalas de flor-de-lis no chão.

Lis derramou uma lágrima. Mentalizou um "obrigada", mesmo sem saber qual tinha sido o destino daquele que um dia a convidara a formar um novo reino.

Ficaram abraçados como se fossem um só. Quem os interrompeu foi Lalinha. Lis ajoelhou-se quando a viu.

– Eu prometo com a minha vida que te protegerei enquanto estiver viva.

Sabia que Dragon sobreviveria à Nova Era de amor, e que a energia do reino seria modificada. Todos seriam elevados a um novo patamar.

Estava feliz como nunca havia estado. Cumprira sua missão, recuperara seu filho, e, mesmo com todos os obstáculos, as coisas tinham tido um desfecho positivo.

Chegou perto de Lázaro. Tão perto, que ambos sentiam a respiração um do outro.

– Você conseguiu – ele disse, sem tirar os olhos dela.

– Nós conseguimos. – Então, olhando para o ventre, disse: – Vou continuar precisando de sua ajuda.

Ele colocou a mão na barriga dela e se aproximou ainda mais.

Os dois fecharam os olhos e ficaram um longo tempo abraçados, sentindo um ao outro. Estavam em segurança. Amavam-se, acima de tudo.

Lis estava gerando uma vida. E se existia uma coisa que ela sabia, era que uma simples vida na Terra era capaz de mudar tudo.

Tudo. Para sempre.